犀利小廚娘 3 完

文創風 798

遲小容 著

目錄

第五十一章

丫鬟回來後，蘇阮的臉色青一陣、白一陣，好一會兒才恢復平靜。

她整理了自個兒身上的衣服，扯出一抹微笑，去了沈瞳的院子。

沈瞳的院子比蘇阮的院子大了兩倍有餘，如同一個小花園，種的幾乎都是名貴品種的花卉，哪怕是在京中世家貴族府中，也是極難尋得到的。

蘇阮一路穿過芳香撲鼻的花架和遊廊，面上不動聲色，垂在身側的手指卻緊緊握起，幾乎將掌心掐出了血印。

她來了好幾日，還是第一回進沈瞳的院子。

不愧是蘇家嫡小姐，待遇就是不一樣，將她完全比到了腳下。

蘇夫人給她安排的院子，是客院，小也就算了，所有的擺設都比不上這裡的一半。

丫鬟不忿地道：「小姐，這嫡系二房的也太過分了，他們家早就被發落到這偏遠地區來，連咱們旁系的都不如，怎麼敢對您這麼怠慢？」

蘇星華是嫡系二房，他爹和蘇昊遠一樣，同是蘇閣老的嫡子，排行老二，只是至今蘇家旁系還不知道為何他們會被蘇閣老發落到景溪鎮這樣偏遠的地方。

蘇阮雖然對蘇夫人安排的客院很不滿，但在還不清楚他們是否真的失去了蘇閣老的信任

之前，並不想和他們交惡。

她面無表情地訓斥。「景溪鎮畢竟不比京中，我住的客院，已經算是蘇家最好的一處了，不得胡言亂語，免得外人聽了笑話。」

兩人拐過一道遊廊，只差幾步便到了沈曈的房間門外，丫鬟還想再說什麼，被她冰冷的目光一掃，連忙噤口，不敢再言語。

白天一時衝動親了沈修瑾那一下，沈曈到現在還覺得耳根發熱，不知道該如何面對沈修瑾，整個下午到晚上，她一直待在自己的房中，蘇藍氏和蘇昊遠派人來喚了好幾回她都沒出來。

這會兒蘇阮不請自來，使沈曈蹙了蹙眉，但到底還是走出了房門迎接。

蘇阮將目光從茶几上的一套名貴茶具上收回，笑著朝沈曈說道：「我聽伯娘說妳從晌午便一直沒出過門，連午膳也沒用，擔心妳不舒服，便過來瞧瞧。」

沈曈笑了笑。「多謝堂姊關心，我沒事，不過是昨夜沒睡好，一時睡多了一會兒，補眠罷了。」

蘇阮又將目光投向那套茶具。「這套茶具很特別，我好像曾經在盛京城的如意齋見過相似的，許多達官貴人求上許久也沒能買到呢！」

這套茶具，如果她沒記錯的話，是茶具名家恆老的作品，在如意齋，出價高達十幾萬兩，如意齋的東家也不肯賣。

蘇閣老是最愛茶的人，府中各種名貴茶具，不知凡幾。

蘇阮投其所好，也對茶具頗有研究，經常四處尋找名貴的茶具和好茶，收回來討好蘇閣老，因此，也曾經去過如意齋求這套茶具。

可惜，最後還是空手而回。

沈曈對茶具並不怎麼講究，這套茶具是沈修瑾前段時日送來的，和好些零零碎碎的生活用品放在一起，當時他沒說這茶具的來歷和價值，只說給她買了些小玩意兒，讓她拿著玩，因此，她也沒怎麼在意。

她隨手倒了杯茶，拿起一只小茶杯遞給蘇阮，道：「盛京城的好東西，怎麼會出現在景溪鎮這樣的小地方？別是妳認錯了吧？」

蘇阮小心接過茶杯，沒喝茶，細細打量著茶杯上的紋樣和材質，輕輕晃了晃茶杯，茶水輕微漾起一陣小小的漣漪，發出幾不可聞的輕響。她心中一動，已經確定了這茶杯確實是如意齋東家當時說的「死都不賣」的天價茶具。

沈曈見她拿著茶具看了半天，彷彿拿著什麼稀世珍寶一樣，捨不得喝茶，她一邊小口啜著茶水，一邊道：「不用看了，就算和如意齋的茶具一模一樣，那肯定也是仿製品。」

嘴上這麼說，但她心裡也嘀咕上了，應該不是真的吧？哥哥一直在景溪鎮，哪能買得到什麼如意齋的東西？

就算是裴銳買的，也不對，不是說多少達官貴人都沒能讓如意齋的東家鬆口嗎？裴銳一

個吊兒郎當的小侯爺，雖然背後有裴家，但他到底沒有什麼實權，哪來這麼大的臉面，讓如意齋的東家給他破例？

沈曈搖了搖頭，不再多想。

蘇阮目光閃爍，試探地問這套茶杯的來歷。

沈曈看出她還不死心，笑道：「這是哥哥送我的，真的不值錢，說不定整個景溪鎮有一大批與這套茶具一模一樣的，不信妳可以去外面找一找。」

原來是他。

蘇阮腦海中閃過那抹高大英俊的身影，捏了捏手指，勉強笑了笑。「或許吧，不過我可能沒有機會找一套一樣的茶具了，我今夜便要回盛京了。」

沈曈的手一頓，笑容微斂，緩緩放下茶杯。

她隱隱猜到蘇阮接下來會說什麼話了。

果然，下一刻，蘇阮聲音輕柔，頗為不好意思地道：「我想今晚回盛京城，跟裴二公子一道回去，也好有個照應，只是，不知道裴二公子是否方便，想讓妳幫我問一下。」

蘇阮低下頭，她沒告訴沈曈，沈修瑾已經拒絕與她一道回京了。

她來這裡才幾日時間，聽說過無數關於沈曈和沈修瑾之間的事情，知道沈修瑾對沈曈言聽計從，只要沈曈願意開口，不論沈修瑾如何抗拒，他都會同意的。

沈曈打量了蘇阮幾眼，說道：「哥哥回京，是因為族中出事，需要他盡快回去，一路上

定然是抄近道快馬加鞭，恐怕鮮少有停下來休息的時候。堂姊妳若是要和他一同回去，舟車勞頓，會很辛苦，我怕妳吃不消；況且，妳在盛京城待了十幾年，恐怕還沒出過京城吧！這才來了兩、三日，景溪鎮的風景、民俗都還沒體驗過，怎麼這麼著急回去，不如再多留些時日，等我和爹娘忙完了，我們再一道回京，不是更好？」

蘇阮咬了咬唇。「我前幾日過來，也未曾在路上停留過，我覺得我還是吃得消的。」

這意思是，無論如何都要和沈修瑾一道回去了。

沈曈見蘇阮打定主意了，不再勸。「好吧，既然妳已經決定好了，那我幫妳問一下哥哥。」

沈曈叫來連翹，讓她帶話去給沈修瑾。

沒過多久，連翹帶著沈修瑾的話回來了。

「小姐，瑾少爺說他今晚亥時正出發，到時候會在景溪鎮郊外等蘇小姐，讓蘇小姐按時到，逾時不候。」

沒再遭到拒絕，蘇阮鬆了口氣，但隨即，她的心底又隱隱有些不悅和嫉妒。

果然如她所料，只要沈曈開口，沈修瑾絕不會拒絕。

他對她可真是千依百順。

蘇阮按下心底的嫉妒，笑著離開了沈曈的院子。

由於白天沈曈已經給沈修瑾送行了，晚上她原本不打算去的，可是蘇阮生怕沈修瑾臨時變卦，因此，到了亥時初，她硬是過來拉著沈曈一道，美其名曰讓她給自己送行。

沈曈畢竟是蘇家的大小姐，這麼晚出門，蘇家上下都不放心，蘇昊遠直接從睡夢中爬了起來，帶著蘇夫人叫來的十幾個護衛，護送兩個少女去了郊外。

到了郊外，沈修瑾果然已與一眾隨從等在那裡。

隔著十幾公尺遠的距離，頎長挺拔的身影在月色下顯得越發修長，沈修瑾背對著她們，騎在馬背上，在他的身後，沈落同樣騎著馬，手裡提著防風燈照明，燈光影影綽綽。

蘇阮目光一閃，直接讓馬車伕停下，對沈曈說道：「曈曈，多謝妳這麼晚送我出來，送到這兒就可以了，妳和伯父早些回去吧，一路小心，不用為我擔心。」

她跳下馬車，趕在沈修瑾轉身看見沈曈之前，讓馬車伕調轉車頭，早些送沈曈回去。

一旁蘇昊遠突然看了蘇阮一眼，讓身下的馬揚了一下馬蹄，朝遠處嘶鳴一聲。

沈修瑾似乎聽見了這邊的動靜，認出蘇昊遠的身形後，調轉馬頭，朝這邊過來。

黑暗中，蘇阮抿了抿唇，抬頭冷冷隱晦地看了蘇昊遠一眼，又不動聲色低下頭去。

蘇昊遠對沈修瑾今日來求親的態度還十分不爽，見他過來，冷哼一聲，朝馬車內的沈曈說道：「曈曈，咱們回去，出來這麼久，妳娘該擔心了。」

留下一輛馬車給蘇阮，讓載著沈曈的那輛馬車調轉馬頭，準備駛回蘇府。

然而沒等馬車轉頭，沈修瑾聽見了他的話，策馬快步過來，踩著馬背飛身躍上沈曈的馬

車，掀開車簾直接進了車廂裡面。

馬受了驚，前蹄一仰，馬車顛簸了一下，車內的沈曈發出一聲驚呼，險些撞到馬車內壁，結果下一刻，卻被擁進一個溫暖的懷抱中。

「曈曈，小心。」沈修瑾道。

車簾落下的瞬間，蘇昊遠透過月光看見沈修瑾將自己的寶貝閨女摟在懷中，一下子就火了。

「臭小子，男女授受不親，你在幹麼?!」他怒喝一聲，下馬要將沈修瑾揪出來。

然而，不等他踏上馬車，沈修瑾便先一步將車伕趕下去，抓住韁繩，往馬屁股上抽了一下，馬發出一聲嘶鳴，朝遠處跑了。

蘇昊遠在後面罵罵咧咧地追了許久，馬車都沒停，眨眼消失在黑夜中。

「臭小子，大晚上的，要把我閨女拐去哪兒，一會兒別讓我抓到你！」蘇昊遠下令蘇家的下人們在周圍四處找找，一邊找、一邊不滿地道：「不是說急著趕路回京？還有心情打鬧。」

蘇阮看向車窗外氣得跳腳的蘇昊遠，又望向空曠的遠處，坐在自己的馬車內，神情冰冷。

丫鬟顫抖著身子，手臂被她又長又尖的指甲掐得滲出了血也不敢發出一點聲音。

「哥哥，你不是要趕路嗎？要帶我去哪裡？」

顛簸的馬車內，沈曈被沈修瑾摟在懷中，身形隨著馬車的搖晃而晃動，隔著衣服，她能感覺到背後的胸膛燙得驚人，令她忍不住耳根發熱。

沈修瑾兩條手臂環住她的腰身，低頭輕聲開口，溫熱的氣息噴灑在她的耳根處。「我還以為妳今晚不會來給我送行。」

沈曈僵硬著身子，動都不敢動。「白天不是已經給你送行了。」

「我今晚才走，白天那個不算。」沈修瑾瞧著她不自在的樣子，覺得有趣，忍不住低頭，湊近些許，溫熱柔軟的唇瓣離她的耳垂只有一紙之距，只要再近一些，便會親上她的耳垂。

成功地讓沈曈的耳根更紅了，彷彿燒熱的鐵塊。

「你、你離我遠點！」沈曈羞惱，說出來的聲音卻軟綿綿的，一點氣勢都沒有。

這輛馬車是蘇夫人請人為沈曈精心打造的，車內的裝飾精美，嵌了不少夜明珠，在夜裡發出光芒，照得車內十分明亮。

沈修瑾見她耳根紅成這樣，唇角翹了翹，生怕再過火一些會讓她惱羞成怒，便不再捉弄她。

就在距離眾人幾十公尺外的地方，沈修瑾終於將馬車停了下來。

馬車停穩後，沈曈終於可以自在地活動了，她飛快地離開沈修瑾的懷抱，整理了一下自

己的衣服。

神情恢復淡定，她掀開車簾，看見外面黑漆漆的一片，偶爾還聽見幾聲蟲鳴和遠處的狼嚎，心裡有些發怵，又縮回了馬車內。

「你把我帶到了什麼地方？不是要趕路嗎？還是趕緊回去吧，我爹找不到我們，肯定著急了。」沈曈說道。

沈修瑾扶了扶她散亂的髮髻，笑道：「放心，離得不遠，伯父很快便能找到我們。」

他頓了頓，低下頭凝視著沈曈的俏臉，笑著問道：「妳今日說的那話，是什麼意思？」

沈曈沒答話。

這人，怎麼又提起白天的事情，明知道自己是什麼意思，非要逼著自己明說才行嗎？

沈曈沒好氣地看了他一眼，卻沒料到撞進一雙帶著笑意的眼中，她愣了一下，隨即渾身不自在地扭了扭身子。

「字面上的意思，你若是不懂，那就算了，當我沒說過。」她不悅地道。

「不行，說過的話，便要作數才行。」沈修瑾輕笑一聲，不敢再逗她，輕嘆一聲，雙臂一伸，將她輕輕擁入懷中。「曈曈。」

「嗯？」沈曈悶悶地應了一聲。

她整個身子僵在他懷中，儘管不是第一次被他擁在懷裡，她依然不是很習慣這樣親密的動作。

沈修瑾原本只是試探一下，看似雲淡風輕，實則內心不知多緊張，生怕會被她推開，沒想到她並未拒絕，不由得內心歡喜。

看來她白天說的話是真的，顯然，她不再逃避他的感情了。

馬車內靜靜的，兩人相擁著，彼此傾聽著對方的心跳聲，誰也沒開口打破這片平靜。

直到蘇昊遠和蘇阮的聲音由遠及近傳來，越來越大聲。

沈修瑾才輕聲喚道：「曈曈。」

「嗯。」

「我不是裴家的二少爺，事出有因，才暫時對外說我是裴銳的弟弟。」

「我知道。」沈曈點頭，不明白他為何會突然說起這個。

沈修瑾沈默片刻，有些緊張地道：「所以，我和蘇阮之間其實並沒有什麼婚約，一切都是誤會。」

原來他要說的是這個，之前他已經解釋過了。

沈曈坐直身子，轉身面對著沈修瑾，直視著他的雙眼，認真說道：「我信你和蘇阮之間的婚約是個誤會，不過，這個誤會還是要儘早解除比較好，否則，對你和她都不好。」

見沈曈沒有誤會，沈修瑾暗暗鬆了口氣，但是很快又有些委屈地道：「妳明知道我和她沒什麼，怎麼還幫她說話，讓她跟著我一道回盛京？妳就不怕，在路上我們發生點什麼，到時候……」

「不怕。」沈曈笑道：「我對你有信心。」

話音落下，蘇昊遠和蘇阮也已經找到了這邊。

蘇昊遠怒罵沈修瑾的聲音，從外面響起。

沈曈連忙從沈修瑾的懷中起來，整理衣衫、髮髻，在沈修瑾的臉上親了一下，在他反應過來之前，朝他眨了眨眼，飛快地掀開車簾跳下馬車。

沈修瑾愣住了。

包括白天那一次，已經兩次了，兩次她都是偷襲，兩次他都沒有反應過來。

他失笑，若不是蘇昊遠還在外面罵罵咧咧，若不是怕得罪了蘇昊遠，將來想娶媳婦那一關難過，他定要將她抓回來，狠狠地反擊一回，讓她下次再不敢撩完就走。

「曈曈，那小子沒對妳做什麼吧？」蘇昊遠拉著沈曈，從頭到尾地打量了一遍，見她衣衫整齊，暗暗鬆了口氣，然後沒好氣地朝著馬車裡面怒罵。「還不快滾出來！深更半夜，荒郊野外，孤男寡女，你想對曈曈做什麼？你個臭小子！快滾出來，我要送閨女回去！」

邊說邊跳上馬車，掀開車簾將沈修瑾拽出來，一腳踢下馬車。

然後，他朝沈曈伸手，臉色瞬間變得溫柔。「來，閨女，上車，咱們回府。」

沈曈正要上馬車，沈修瑾突然伸長手臂，握住她的纖腰，將她拉回懷裡，當著蘇昊遠的面，低下頭，溫軟的薄唇印在她的唇上，深深地吻了下去。

「這是對妳偷襲的懲罰。」

沈修瑾在沈瞳耳畔低聲輕笑，然後，他捏了捏沈瞳的臉頰。「等我。」

說完這話，在蘇昊遠反應過來之前，他身形一閃，往遠處一躍，瞬間消失在夜色中。

「混帳東西，竟敢當著我的面，占我閨女的便宜。」

蘇昊遠咬牙切齒，怒罵的聲音響徹整片荒野。

沈修瑾的馬蹄聲漸漸變小，直至聽不見。

沈瞳唇上的柔軟觸感彷彿還在，屬於沈修瑾的氣息似乎還縈繞在四周，她愣了半晌才回過神來。

「瞳瞳，以後離那臭小子遠點，不能讓他再占妳的便宜了，真是豈有此理！氣死我了！」

沈瞳上了馬車，蘇昊遠還在罵，她連忙安撫。「我知道了，以後離他遠點，不讓他占便宜。」

大不了我占他便宜就好。

第五十二章

父女倆乘著馬車，往蘇家的方向回去，說話聲漸漸遠去。

誰也沒想起來，在他們背後，蘇阮獨自一人站在黑暗中，心中的憤恨達到了頂峰。

她一個大活人站在這裡，竟然被他們所有人無視了。

蘇阮想起方才沈修瑾和沈曈的那一吻，還有蘇昊遠對沈曈的溫柔寵愛，又嫉妒、又憤怒。

「憑什麼！」

憑什麼她沈曈，什麼都有，寵愛她的父母，眼裡只看得見她一人的沈修瑾。

而自己費盡心思卻得不到這些她唾手可得的東西。

她蘇阮究竟哪裡比不上她！

「小姐，小姐！」丫鬟和僕人們提著燈籠，找了許久，才找到了獨自站在荒野中的蘇阮。

她一個人站在那裡，一動不動，不言不語，背對著他們。

丫鬟嚇了一跳，連忙跑過來。「小姐，瑾少爺他們沒等咱們，好像已經走了，怎麼辦，我們還……啊！」

啪！

一聲清脆的巴掌聲響起，蘇阮的面色在丫鬟手中的燈籠映照下，猙獰可怖。

「廢物！」

「裴二公子走了，可是他的僕從們明明和你們在一塊兒，你們為何不攔住他們?!」

蘇阮獨自跟著蘇昊遠來找人，把丫鬟和僕從留在那邊，就是為了讓他們盯著沈修瑾的手下們，不讓他們丟下自己就跑。

可是現在，沈修瑾走了，他的手下們也丟下自己跑了，而這一行人，讓自己在漆黑的荒野中等了半個時辰才到，都是一群廢物，蘇阮簡直要氣死了！

她之所以想和沈修瑾一塊兒回京，就是想藉著一路上朝夕相處的機會，與他多加接觸。只要她有心，何愁不能將他拿下?可是如今，沈修瑾連等都不等她，直接就走了，饒是她有諸多手段，又怎有用武之地？

「小姐，那咱們還走嗎？」

「走，當然走！」蘇阮咬牙。「快馬加鞭，一定要追上裴二公子。」

沈修瑾才離開沒多久，只要抓緊時間，不愁追不上他。

蘇阮連馬車都不上了，搶了一個僕從的馬，上了馬背，然後目光一掃，點了幾個僕從的名字。

陪同蘇阮來景溪鎮的僕從中，有幾個是蘇家旁系培養的高手，身手不俗，這幾個人一直

都很低調地混在僕從隊伍中，這會兒蘇阮點的這幾個，全都是身手不錯的。

她冷冷道：「你們留下，我另有任務讓你們去做，本小姐能否成為蘇家嫡小姐，我們旁系是否能翻身，就看你們的了。在這小小的景溪鎮，沒了老爺子那個老狐狸盯著，你們若還是失敗，那就枉費五爺爺對你們的一番栽培了。」

「小姐放心，我們一定不會讓您失望。」

「最好如此。」蘇阮冷哼一聲，策馬離開，身影很快融入夜色中。

沈曈坐在馬車內，面對著蘇昊遠的各種審問。

「曈曈，不要緊張，妳告訴爹爹，那臭小子方才在馬車裡對妳做了什麼？」

沈曈捏著眉心。「爹，您信我，他真沒做什麼。」

「不可能，他當著我的面都、都敢占妳的便宜，沒人的時候怎麼可能安分！」蘇昊遠的牙齒磨得咯咯作響，怒氣衝衝。

很快，他意識到自己的語氣太凶，怕嚇到自己的閨女，連忙按下怒火，壓低嗓音，說道：「乖女兒，我跟妳說，這樣的男人千萬不能要，妳把他忘了，等爹爹辦完這裡的事，我帶妳回盛京，到時候整個盛京城的好兒郎都隨妳挑，爹爹親自幫妳把關，絕對比他好百倍！」

因為學子交流會當日發生的那件事，沈曈和沈修瑾的處理十分得當，不僅給中了毒的人請大夫免費醫治，更是送了不少的補品和禮品，之後，又帶著學子們到糕點鋪後廚親眼見證糕點的烘焙製作過程，使得學子們對甜心美食糕點鋪的工作流程有了瞭解，也對其出產糕點的乾淨整潔和安全衛生有了具體的認識。

因此，幾乎當日參加交流會的學子和世家女眷們，都自發成為了甜心美食糕點鋪的宣傳，不遺餘力地為沈曈拉來了不少的客人，短短幾日的時間，甜心美食糕點鋪生意紅火，日進斗金，簡直是樂壞了陳齊燁。

從小身子孱弱的陳齊燁，這幾天彷彿獲得新生一般，整個人紅光滿面。

今日一早，他造訪蘇家，將這幾日的進項交到沈曈的手上。

沈曈一看，整個人都驚呆了。

「這麼多？」

才三、四天的工夫，就有將近十萬兩，景溪鎮的百姓們消費力這麼強嗎？

陳齊燁笑道：「這還只是咱們如今已進帳的部分，還有更多的是還未進帳的訂單收入，若不是咱們做糕點的原材料匱乏，糕點師人手不足，只能每日限量銷售，只怕還遠遠不止這個數。」

陳齊燁是剛從店裡過來的，一大清早，店裡面就擠滿了人，門口還排了長長的隊伍，壓根兒就沒有落腳的地方。

沈曈挑眉。「我記得當初潛入糕點班偷師的人，還有一些是讓你特意放進去偷師的外人，怎麼，他們沒開始跟咱們搶生意呢？」

陳齊燁看了她一眼。「妳當誰都能像妳，背後有管道從關外運回一大車的牛奶呢？如今市面上確實出現了好幾家糕點鋪，也推出了蛋糕，不過都和之前的鴻鼎樓一樣，賣的是最基本款的蛋糕，沒有奶油、果醬之類的，跟咱們的蛋糕沒有可比性，各家小姐、夫人看不上那種。願意買的，不過就是一些普通百姓，買不起咱們的高價蛋糕，又想嚐嚐鮮，才會去光顧。價格高不了，賺不了幾個錢，我估算著，再過幾日，等普通老百姓們都嚐過了鮮，他們的糕點鋪可能就沒有客人了，遲早會倒閉。」

沈曈想了想，確實如此，就算是基本款的蛋糕，製作的過程也是很麻煩的，在這個沒有電動打蛋器的時代，想要做一款最簡單的蛋糕，都要耗費大量的心血。

若是賣高價還好，有得賺，再辛苦都甘之如飴；但他們有甜心美食糕點鋪這樣的競爭對手在，吸引了所有的高消費人群，所以他們想要賺錢，就只能將目標客戶鎖定在普通老百姓身上，可惜普通老百姓沒幾個錢，只能把價格往低了調，這樣一來，賺的錢就不夠人工費了，時間一長，絕對會虧本。

既然對方注定會倒閉，沒能力和自己競爭，沈曈也懶得再放在心上，她將糕點鋪的所有事宜都交給陳齊燁打理，打算當甩手掌櫃。

陳齊燁從小就習慣了做這些，倒是沒什麼怨言，不過，他笑道：「妳就這麼信任我，不

怕我暗中動手腳？」

沈曈擺了擺手。「你不是這種人，陳家能在敗落之後，仍然在秦家的打壓下站穩三大豪富世家的位置，靠的不會是在背後搞小手段，你的能力和人品還是值得我信任的。」

被人信任是一件很值得開懷的事情，陳齊燁哈哈大笑。

笑完了他才道：「就算我想動手腳，也不敢。」

沈曈的背後可是有著不少支持她的勢力呢，單單是蘇家，就夠壓得他整個陳家都不敢輕舉妄動了。

兩人說笑一陣，又談起了糕點鋪未來的發展。

陳齊燁蹙著眉頭說道：「咱們在景溪鎮的糕點鋪漸漸步入軌道，若是能拿到足夠的原材料，想要對外擴展不是難事，只是，糕點師的人手實在是太少了。」

「這還不簡單？」沈曈喝了一口茶，淡淡地道：「再開幾個糕點師培訓班不就好了。」

「可是……」

「沒什麼可是，我知道你是擔心他們都學會以後，會成為咱們的競爭對手，跟咱們搶生意。」沈曈道：「市場那麼大，咱們的胃口再大，也吃不下那麼多，分一些給別人也損失不了什麼，反而還能拉攏一些利益相關的盟友，更何況，他們就算想分，又能分得了多少？你忘了方才說的，沒有原材料管道的商鋪，只能低價賣基本款，早晚是倒閉的命；再者，就算他們有管道，那又如何，靠模仿是不能出頭的，只能拾人牙慧罷了，咱們只要有技術、有創

意，永遠都會走在他們的前面。」

陳齊燁的眉頭頓時舒展開來。「妳說得對，我險些想岔了。」

「糕點師培訓班可以多開幾個，不用拘泥於什麼人報名，到時候你每人收一筆培訓費就成了，多收點，不用和他們客氣。」沈曈說道。

想學好技術，不付出一點代價怎麼行？

這年頭還有許多手藝想付錢都學不到的呢，收點錢已經很有良心了。

這些人才，將會是她向京推進的基礎。雖說沈修瑾的身分不凡，她蘇家嫡小姐的身分也不差，可她並不希望全倚靠這點家族名望，自己也得做出點名頭才行。

陳齊燁目光一亮。「這主意倒是不錯，不僅能收買人心，還能小賺一筆錢，說不定將來咱們的糕點師人手還能從這裡面挑出來，一舉三得。」

陳齊燁越想越覺得可行，拍著手掌迫不及待地走了。

將糕點鋪的事情全都交給陳齊燁打理，沈曈一下子輕鬆許多，正琢磨著今兒做點什麼好吃的，外面的下人跑進來通報，有人找她。

來的人是林大。

林大三兄弟一直被沈曈安排留在桃塢村打理桃山，平常沒事是不會過來的，今兒突然過來，應該是桃山上出了什麼事。

沈曈連忙讓下人帶他進來。

果然，林大一進來，臉色就不怎麼好。「小姐，我對不起您，沒看好桃山上的東西。」
「別急，發生什麼事了，慢慢說。」沈曈示意他坐下。
林大自知差事沒辦好，沒臉面對沈曈，哪裡敢坐下來，他連連搖頭。
「果園內的果子，全都被人摘光了，菜園的菜，只要是成熟的，都沒了；還有，咱們養的雞鴨鵝魚，也……」
林大哭喪著臉，聲音越來越小，低著頭不敢去看沈曈的臉。
雞鴨鵝少了十幾隻，菜園裡的菜也被摘去不少，地上被踩得四處都是腳印，爛菜葉丟了一地，整個菜園亂七八糟的。
果園裡的情況更糟，成熟的果子幾乎都沒了，剩下的都是又小、又青澀的。
沈曈一路看過來，臉色越來越陰沈。
當初從村長那裡用十幾畝田地將桃山換到手裡，由於忙著一品香和糕點鋪的生意，沈曈一直沒時間打理這裡，因此，全都交給了林大三兄弟。
林大他們也沒辜負沈曈的期望，將這一片山地按照她的要求，打理得不錯，整片荒山又是種果樹，又是圍菜園，挖池塘養魚、養家禽，一下子讓這座荒山恢復了生機勃勃。
每日送去一品香和蘇家的新鮮蔬菜和肉類食材，都讓沈曈十分喜歡。
然而，如今這些蔬菜都被糟蹋了。

林大覷著沈瞳的神色，跟在後面氣都不敢喘。

沈瞳深吸口氣，拉起長長的裙襬，蹲在地上將一些還能用的蔬菜整理了一下，放進菜籃子中。

沈默片刻後，她突然開口。「是個小孩。」

林大迷惑地抓抓頭。「什麼？」

旋即，他反應過來。「不可能啊，我和二弟、三弟天天守在這裡，如果是小孩來偷東西，不可能不驚動我們。」

再說，誰家的小孩能在一夜之間偷了十幾隻雞鴨，順便摘光了整片果園的成熟果子，又將菜園折騰了一遍，還能不驚動守園的人？除非這小孩是鬼。

這麼一想，林大突然覺得脖子有些涼颼颼的。

別是真的遇上鬼了吧？

沈瞳瞥了他豐富的表情一眼，有些無語。「你來看看這地上的腳印，成年人有這麼小的腳印嗎？」

林大定睛一看，果然看到地上那深一腳、淺一腳的腳印，都不過巴掌大，看樣子腳印的主人年齡不大，約莫只有八、九歲。

「還真是小孩的腳印。」林大撓了撓頭，還是覺得這事太玄了。「不應該啊，如果是小孩來搗亂，動靜肯定不小，我每天都守在這裡，怎麼都沒發現他。」

沈曈不置可否。

她提起裝滿蔬菜的菜籃子，朝家禽園走去，果然又看到了同樣大小的腳印，甚至還能看見幾條粗繩子，應該是綁雞鴨用的。

林大的臉色越來越羞愧，他天天守在這裡，一刻都不敢放鬆，生怕遭了賊，結果沒防著什麼厲害的山匪、賊盜，反而來了個小賊，自己還什麼都沒發現，這下什麼臉面都丟盡了，還愧對了沈曈對他的信任。

「別多想，這小孩很聰明，身手也不簡單，你沒發現也很正常。」沈曈走到園子周邊，看了一眼柵欄圍牆上面留下的幾個淺腳印，猜到這是小孩翻牆留下的，那小孩應該是有武功底子，而且還不低。

林大氣呼呼地道：「小姐，您放心，我今晚一定多找幾個人手守著，一定要把那小賊揪出來！」

然而，這一晚，林大帶著十幾個人手在桃山上四處巡邏蹲守，餵了一整晚的蚊子，直到第二天天亮，也沒等到那個偷菜的小賊。

氣得林大揉著青黑眼圈，打著瞌睡怒罵不已。

他找的那十幾個人都是自己以前做小流氓欺行霸市的時候結交的江湖朋友，熬了一整晚，沒抓到人，他也不好意思再讓人陪著抓人，第二天就讓他們走了。

接下來的幾天，林大和林二、林三都是白天睡覺，養足了精神，晚上輪流守夜，一刻都

不放鬆。

結果，仍是沒抓到人。

接連好幾日皆是如此，如此一來，林大以為對方不會再來了，漸漸放鬆了警惕。

結果，一天清晨，他氣急敗壞地發現，又少了十幾隻雞，菜園又被踩了一遍，新鮮水嫩的蔬菜也被摘走不少。

「行了，不用氣了，這事報官，讓官府的人來查，比你自己每天熬夜蹲守效率高。」沈曈看著林大的黑眼圈，沒有責備他，讓他回去好好歇著。

蘇昊遠這幾天忙得腳不沾地，似乎是在忙皇帝派他辦的事，整日皺著眉，一副愁眉苦臉的樣子，顯然是遇到了難題。

沈曈沒拿這事去煩他，讓人瞞著他，去衙門跟殷明泰報案。

殷明泰這時候正在書房和蘇昊遠討論著什麼，聽說有人報案，而且還是蘇府的人，他直接讓人當著蘇昊遠的面把案情詳細說出來。

「是蘇家大小姐的菜園被賊偷了。」

蘇昊遠捏著眉心，滿臉不耐煩，聽到和自己閨女有關，瞬間一反疲態，彷彿一下子又精神滿滿了，站起身就道：「小賊竟敢偷我閨女的菜，好大的膽子，老子今晚要親自帶人去抓賊。」

殷明泰見他要溜，連忙拉住他不放。「不就是被偷了幾棵菜、幾隻雞，至於這麼大張旗

鼓？你還是先將聖上交代的事情辦妥了再說吧，都拖多久了，不想回京了是吧？」

「聖上交代的事？什麼事？我記得聖上的密旨中，只是讓我配合你，別的我什麼都不知道。」蘇昊遠直接裝傻。「你與其拉著我不放，不如自己多花點心思，否則，這密旨沒完成，到時候聖上追究你的責任，別都賴在我的頭上。」

說完，他抽回手，腳底抹油直接溜出縣衙大門。

開玩笑，聖上交代的事都調查多長時間了，一點眉目都沒有，再拖幾天又有什麼打緊？還是我閨女的事情更要緊些。

蘇昊遠晃晃悠悠地點了兩隊衙差，整裝待發，準備出門給閨女查案。

殷明泰眼睜睜看著他當甩手掌櫃，氣得快要吐血，怒罵不已。

這一回，蘇昊遠帶著衙差蹲了兩晚，結果和林大一樣，沒能抓到人。

也不知道是走漏消息，讓對方提前戒備，不敢來了，還是當真就那麼巧，正好錯開了對方過來偷東西的時間。就這樣，蘇昊遠親自來也沒能抓到人，他被氣急敗壞的殷明泰拽回縣衙，讓他繼續辦皇帝下的密旨。

除了林大三兄弟又急又氣，恨不得把那小賊抓住狠狠揍一頓，沈曈卻是雲淡風輕的，甚至對那身手敏捷又狡猾的小賊多了幾分興趣。

「今晚那小傢伙應該會過來，我和你們一起抓人。」沈曈笑道。

第五十三章

林大急忙擺手。「萬萬不可，小姐，這桃山到了夜裡，蚊蟲多得很，您是千金之軀，怎麼能親自來抓人？而且，那小賊行蹤無定，說不定今晚根本不會來呢，到時候您豈不是白熬一夜。」

沈曈卻笑而不語。

這幾日蘇昊遠調查過附近的村民，沒發現有會武功的小孩，也排除了各家小孩夜裡出來偷盜的嫌疑。

所以，偷東西的小賊，初步確定是外地人。

她仔細算過了，那小賊第一回偷的菜，足夠十幾個人吃用三、四天，第二回偷的比第一次少了許多，只夠吃一、兩天，如果她沒猜錯，這兩天晚上他還會再來。

桃山的夜靜得嚇人，偶爾只聽得見幾聲蟲鳴和池塘蛙鳴，夜空星星點點，將靜謐的桃山照得隱隱只能看見一個模糊的輪廓。

林大、林二和林三照舊像平時一樣分別在菜園、家禽園以及果園門口守著，提著昏暗的防風燈，打著哈欠作勢巡邏，卻總是忍不住四處張望，尤其是時不時瞥向某一個隱秘的角落。

而那個角落裡，沈曈和連翹正貓著身子蹲著。
連翹手裡拿著一把紙摺扇，給沈曈搧風驅蚊子，害怕地看著四周的黑暗，低聲道：「小姐，咱們還是回去吧，這麼晚了，若是讓老爺和夫人發現您不在府裡，肯定會擔心的。捉賊的事，就讓林大他們做就好了，您何必……」
「行了，不用再勸，來都來了。」沈曈輕輕拍了拍連翹臉頰，成功拍死一隻在她臉上吸血吸得鼓鼓的蚊子，示意她不要說話。「別把小賊嚇跑了。」
直等到了亥時末，小賊還沒來，沈曈上下眼皮直打架，瘋狂地打著瞌睡。
桃山半山腰處，兩個瘦小的身影健步如飛地往菜園的方向奔來。
「十七，你慢點，小心別摔著了。」嬌怯的女聲提醒走在前面的小身影。
「漁姊姊放心吧，我身手這麼好，怎麼可能會摔著？」白十七大剌剌地道：「我跟妳說，這座山不知被誰包下了，種了不少蔬菜瓜果，還養了好多雞鴨鵝，咱們以後都不用愁沒東西吃了。」
「可是，你這兩次偷了那麼多東西，真的沒被發現嗎？到時候若是被抓住，咱們又得換地方了。」
「不會的，咱們在這座山待了好幾年了，哪條山路都熟悉得很，就算被發現了也沒什麼，以咱們的身手，難道還逃不掉嗎？再說，山下的百姓們都以為這座山鬧鬼，沒人敢來，

就連菜園的主人也沒安排幾個人守夜，就算被他們發現了又怎樣？大不了到時候咱們再裝一次鬼，最好把對方嚇跑，再也沒人敢上山，他們的菜園和果園就變成咱們的，多好！」

白十七說得興奮，手舞足蹈的，走在後面的陳漁卻是小心翼翼，連連提醒他小聲點，不要讓人發現了。

兩人繞小路到了菜園的柵欄圍牆外面，白十七小聲道：「漁姊姊，妳就站在這裡等我，我先跳進去，再拉妳，咱們先摘菜，再繞道去那邊的園子抓幾隻雞。」

陳漁點點頭，白十七腳下一蹬，踩在柵欄上，輕盈地躍上了圍牆上面，接著伸手去拉陳漁。

兩人窸窸窣窣地進了菜園，一人提著一個竹篾編製成的菜籃子，採摘的蔬菜全都放在裡面。

白十七較為粗魯，見到啥就摘，只挑大的，也沒看腳下，踩壞了不少蔬菜，將整個菜園折騰得亂七八糟。

陳漁則較為細緻耐心一些，留心腳下的路，生怕踩壞蔬菜，摘的時候也很溫柔，沒傷著什麼。她抬頭見白十七糟蹋了不少好菜，又氣又心疼。

「十七，你小心些，別踩壞了其他菜。」

陳漁之前就覺得偷菜不好，但如今走投無路了，若是不弄點吃的，唐爺爺他們那十幾個人就要沒命了。如今來這一趟，更覺得對不起這片菜園的主人，他們偷菜就已經給菜園的主

人帶來了損失，竟然還踐踏菜園裡的蔬菜。

陳漁如此想著，一邊採摘、一邊小聲說著對不起，還順手把一些被折騰得東倒西歪的菜扶好，又把周圍的野草都給清理了。

「菜園的主人，我們這麼做也是迫不得已，對不起。」陳漁一邊小聲道歉，一邊從自己的袖子中掏出幾塊銀錠，趁著白十七沒注意，悄悄埋在一棵大白菜的根下。

只要菜園的主人將來摘菜翻地，定然能發現這些銀子，也算是給他們的補償了。

感受到陳漁的怒氣，白十七頓時不敢再亂踩，小心翼翼地學著她的樣子，繼續採摘蔬菜。

沈曈蹲的地方正是菜園附近，白十七和陳漁跳進菜園的時候，她已經睏得迷迷糊糊的，和連翹歪著腦袋靠在一起睡著了。

這會兒迷迷糊糊中似乎聽見說話聲，她一下子就清醒了，推了推連翹，連翹揉著眼睛正要開口，她連忙捂住她的嘴。「噓，別出聲。」

眨巴了一下眼睛，約莫幾秒鐘後，連翹才徹底清醒過來，連忙點頭。

兩人彎著腰，躡手躡腳地向菜園的門口走去。

因為事先在鞋子上綁了柔軟的布條，地面的泥土又柔軟，走在上面，一點聲響都沒有，因此，菜園裡面的人一點都沒發現有兩個人正悄悄地靠近他們，交談聲越來越大。

蹲守在菜園門口的林大，不知何時歪著腦袋睡得人事不知了，呼嚕打得震天響。

怪不得對方那麼放心，接連幾次過來偷東西都如此肆無忌憚。

沈曈無語，讓連翹搖醒林大。林大醒來，慌慌張張地又跑去把另外兩處同樣也是鼾聲如雷的林二和林三叫醒，三人分別提著粗繩子、麻布袋、還有農具，氣勢洶洶地過來了。

沈曈一聲令下，五人一起衝進菜園，將裡面偷菜的兩人包圍起來。

「你這狡猾的偷菜小賊，總算是讓我抓到你了！」林大把麻布袋一套，抓住了其中一個。

「放開我，放開我！」

而另一個小賊，反應極快，在五個人衝進來的瞬間，下意識地飛身而起，跳出了圍牆。

下一刻，他似乎是想起自己還有一個同伴，連忙又轉頭回來。

「放開她，否則別怪我不客氣了！」

林大把麻布袋裡面的陳漁，用繩子綁起來，拉到身後，然後和林二、林三一塊兒圍住去而復返的白十七。因為方才見識到了他的輕功，知道這小子武功不低，三人都很警惕，絲毫不敢小瞧他。

白十七見他們這麼對陳漁，氣得握緊拳頭，二話不說直接打了過來。

雙方混戰，沈曈和連翹在外面看得清楚明白，白十七的武功確實不錯，比她所見過的武功高手的身手都好得多，就連沈落恐怕也不是他的對手。

林大三兄弟雖然曾經做過小流氓，學過幾招，經驗也很豐富，但到底沒有系統地學過武，幾個回合下來，就顯出了頹勢。

不過幾個照面的工夫，林大三兄弟被白十七一腳一個踢飛出去，哀號幾聲，在地上不住地揉著傷處，怒罵小賊可惡。

白十七冷哼一聲，稚嫩的嗓音不無得意。「就憑你們這點三腳貓的功夫，也想拿下我，哼！」

他轉頭看向沈瞳，惡聲惡氣。「快放了漁姊姊，否則我讓妳跟他們一樣躺地上起不來！」

提著防風燈，在昏黃的燈光下，沈瞳打量著眼前的小傢伙，身量不高，十分瘦弱，看起來只有八、九歲的年齡，一張稚嫩的小臉眉目清秀，但是表情十分神氣，扠著腰一副天不怕、地不怕的模樣。

不過，想到他小小年紀就有這麼好的身手，也就不奇怪了。

沈瞳笑了笑。「要我放了你漁姊姊也可以，加上今晚這一回，你前後光顧了我這裡三次，偷了不少東西，讓我損失慘重，只要你將偷的東西都還回來，然後跟我和剛才被你打傷的林大他們說一聲對不起，我便放了她。」

「作夢！」白十七想都不想直接拒絕。

前兩次偷的東西都吃光了，哪裡還拿得出來？再說，讓他跟她說對不起，還不如直接殺

了他，他白十七從小到大從沒向誰低過頭。

「既然如此，那我就只好將她送官了，偷東西還想不付出代價，哪有這麼好的事情。」沈曈拉住綁在陳漁身上的繩子，作勢要將她帶走。

「妳、妳別太過分，快放了漁姊姊，否則我真的對妳不客氣了！」白十七的輕功極好，瞬間身形一閃，攔在沈曈的面前。

「要不是我從來不打女人，就憑妳這麼拽著漁姊姊，我一拳就把妳打飛出去！」白十七氣呼呼。

喲！還是一個有原則的小賊。

沈曈忍住笑意，看著對方扠腰老氣橫秋的模樣，輕咳了咳，說道：「你這小賊，既然知道打女人不對，那難道不知道，偷東西也是不對的嗎？你若是真心疼你漁姊姊，就不該做壞事，她會落在我手裡，即將面臨牢獄之災，都是被你連累的。你若是想要我放了她，也可以，束手就擒，跟我去縣衙投案自首，我立刻就放了她。」

「十七，不要。」陳漁著急地叫了一聲。

「不許說話！」沈曈把罩在她身上的麻布袋打開，露出她的身子，正想找個東西堵住她的嘴，省得她破壞自己「拐小孩」，結果下一刻，她就愣住了。

方才麻布袋罩住了陳漁的整個身子，連帶著她的臉也被擋在裡面，沈曈沒能看見她的模樣，如今拿開麻布袋，防風燈一靠近，立即就將她的容貌照得清清楚楚，把沈曈嚇了一跳。

陳漁的臉上全都是燒傷的痕跡，整張臉幾乎沒有一處完好的皮膚，在夜燈下顯得醜陋可怖，相當嚇人。

連翹嚇得直接尖叫一聲，害怕地躲在沈曈的背後。

「小姐，她、她好醜！」連翹揪著沈曈的衣服。

「可惡，不許說漁姊姊醜！」白十七徹底怒了，怒罵連翹，然後著急地安慰陳漁。「妳才醜，漁姊姊最漂亮！漁姊姊，妳不要聽她胡說，妳是最好看的，十七從來不說謊。」

陳漁低著頭，因為繩子綁在身上，限制了她的行動，她無法摀住臉，只能將頭埋得低低的，不想讓任何人看見她的臉。

沈曈靠得近，能聽見她低低啜泣的聲音。

她蹙眉，拍了拍連翹的肩膀，示意她不要再說話刺激陳漁。

陳漁的狀態不太對，渾身顫抖著，不可抑制地哭出聲，哭聲中，有恐懼、自卑等等情緒。

沈曈原本在看見偷菜的兩個小孩的時候，就沒打算真的要將他們送官，只是想嚇唬一下他們，給他們一個教訓，讓他們今後不要再偷菜了，結果沒料到如今會出現這樣的意外。

很顯然，陳漁的臉，曾經經歷過相當可怕的事情，這已經成為了她的噩夢，回憶起來都令她痛苦萬分。

沈曈輕輕按住陳漁的肩膀，溫柔地拍了拍。「不要害怕，我們沒有惡意的，對不起。」

一旁的連翹也意識到自己之前脫口而出的話有多傷人，連忙補救。「對不起，我方才、我不是故意的。」

沈曈正想解開陳漁身上的繩子，將她放開，那邊白十七怒吼出聲。

「快放了漁姊姊，你們這些人太可惡了，不就是幾棵菜嗎，我有銀子，早就賠你們了，何必還咄咄逼人，把我漁姊姊都弄哭了。」

白十七用力踹了一腳腳下的泥土，翻出幾塊裹在泥土中的銀錠，這是他前兩次偷菜時悄悄在土地裡面埋下的銀子。

「我沒有偷你們的菜，都是給了銀子的，不許抓漁姊姊送官。」白十七嗓音中帶著不易察覺的哭腔，氣呼呼地將銀子丟了過來。

會在菜地裡面藏銀子的，不只有漁姊姊，他白十七也一樣會。

之前每次「偷菜」，他都在地底下埋了銀子，只是這些人都沒發現罷了。

沈曈看了一眼白十七丟過來的銀子，眉眼彎了彎，看來這小孩也知道偷東西可恥，還偷偷給了銀子，怎麼之前不知道解釋一下，還任由人將他當成賊來看呢？

桃山上的大院中，沈曈讓林大點上燈火，照亮了整個院子。

當初讓林大打理桃山的時候，沈曈還讓他請人建了一座寬敞的大院，就在離菜園不遠的地方。

院子很大，有主院和客院，還有個寬敞的小廚房，沈曈打算以後若是姜奶奶回桃塢村，她便從村裡搬出來，住到桃山上的，因此，這座院子建得很用心，佈置得也很合她的心意；雖然這般久沒消息，已是希望渺茫了。

只是到後來和蘇藍氏、蘇昊遠相認，她的身世揭露，就住進了蘇家，壓根兒沒機會搬過來這邊住。

這會兒倒是她第一次踏入這座院子。

陳漁身上的繩子被她解開了，沈曈輕輕拍著她的後背，輕聲安撫，將她扶著坐在了客廳裡。

白十七跟在後面，不情不願地走了進來，噘著小嘴，時不時瞪林大三兄弟一眼，惹得林大他們忍不住握緊拳頭，額角青筋暴起。

要不是看他年紀小，他們不想以大欺小，早就把他按在地上脫褲子打屁股了。當然，他們是不會承認自己是怕打不過他才沒動手的。

經過沈曈和連翹的溫柔安撫，陳漁這時候的情緒已經平靜許多，沒有剛才那麼激動了。冷靜下來後的陳漁，心裡還是很緊張，害怕會面對眾人厭惡和恐懼的眼神。但是從剛才到現在，她一直能感受到身邊少女溫柔親切的安撫話語，似乎沒有平常遇到外人時會面對的惡意，她心裡鬆了口氣，不再抵觸沈曈的接觸，甚至對她還多了一分親切和好奇。

陳漁時不時偷偷瞄過來的視線，沈曈假裝不知，安撫地拍了拍她的後背，還貼心地撕了

一塊布給她做面紗。

做完了這些，她看向白十七。

「既然有銀子，也願意花錢買菜，為何不能光明正大來買，要半夜出來偷、哦，不對，是買？」她問道。

白十七從剛才到現在，一直親眼看著沈瞳對陳漁的各種體貼和安撫，目光中的冷意和排斥已經消散許多，但如今聽見她問自己，卻仍是撇開頭，沒好氣地道：「小爺就是喜歡半夜出來偷，讓你們抓都抓不到，妳能奈我何？」

他不光明正大去買，當然是有原因的，只是這原因，他不想說。

沈瞳臉上的笑容僵了僵。

「小姐，這小子就是欠揍！不要和他廢話那麼多，給了銀子又如何？就這點銀子，壓根兒不夠買他偷的那些菜和雞鴨，更不用說，他還將咱們的菜地踩得一塌糊塗了，咱們可是損失慘重啊！」

林二對白十七方才傷了他依然耿耿於懷。

白十七冷哼一聲。「我就只有這麼點銀子，再多就沒了，愛要不要。想抓我進官府，先把漁姊姊放了，你們的菜都是我偷的，和漁姊姊沒關係，我一人做事一人當。」

林二捋起袖子。「嘿，你小子！」

「好了，少說兩句。」沈瞳揮退林二，對白十七說道：「小傢伙，雖然你偷偷給了銀

子，姑且可以說你是來買菜，而不是偷菜，但是，你『買菜』的方式太過粗暴，不僅沒給夠銀子，甚至還將我這座山頭上的東西折騰得一場糊塗，令我損失慘重，這些你不否認吧？」說完，她指了指旁邊菜籃子裡的東西，剛才她特意將那些爛菜葉都撿起來了，可以送給附近村民用來餵豬。

白十七看了一眼那些爛菜葉，自知理虧，抿唇不語。

沈曈眉眼彎了彎，又道：「看來你也知道自己做得不厚道，既然如此，那就好辦了。」

白十七直覺她不懷好意，方才那點虧欠頓時消失了，警惕地望著她。「妳想幹麼？」

「不用緊張，我沒有惡意。」

沈曈笑得像一隻狡詐的狐狸，像打量貨物一樣將白十七從上到下打量了個遍，直看得白十七忍不住打了個寒顫，她才伸手讓連翘遞過來一個算盤，啪嗒啪嗒地打起了算盤。

第五十四章

「你前後幾次偷的雞鴨鵝、果子，還有蔬菜，再加上被你損毀的菜園的損失，根據市面上的價格，折算成銀子共價值一百二十多兩，減去你和陳漁埋在菜園裡面的十兩銀子，你們一共欠我一百一十三兩二錢，看在你們年紀還小，也不容易，我便給你們抹去零頭，算你們欠我一百一十三兩。」

白十七目瞪口呆。

抹掉零頭？只抹了二錢？有這麼摳門兒的人嗎？看她這穿著打扮，應該是富家小姐，怎麼掉錢眼裡了？況且，她識不識數的？真當他不懂，他偷的那些，頂多值十兩，無論如何都達不到一百多兩那麼多。

普通人家一年吃喝嚼用，省著點也就十兩銀子，他怎麼也不可能在那麼幾天工夫，就花費了一百多兩，把他當傻子？

「別說一百一十三兩，就算妳只要兩文錢，我也沒有。」白十七破罐子破摔，梗著脖子。「要麼，妳就把我送官得了！」

沈曈搖頭，笑咪咪地道：「我不打算送你們去官府了，看你們的樣子，應該也還不起那麼多銀子，所以，你們就留下來給我打工吧！工錢和林大他們一樣，一個月十兩銀子，管三

餐食宿。每個月給你留一兩銀子，扣九兩銀子用來還債，你想還清債款，也須一年的時間，所以你可要安分點，不然做錯了事，我可是要扣工錢的。」

白十七方才還一臉憤憤，聽完這話，怒火一下子就平息了，驚訝地看著沈曈。「一個月十兩銀子的工錢？妳沒唬我吧？」

他也是在大戶人家待過的，大戶人家的下人一年才二兩銀子呢，她這裡一個月就十兩銀子，足足比人家一年的收入還要高出好幾倍。

白十七到底年紀還小，不懂得掩飾情緒，一張小臉變來變去，眼中的光芒越來越亮。

就連一直低頭不吭聲的陳漁，也隱隱有些激動了。

白十七看了陳漁一眼，興奮勁一下子就平靜了下來，問沈曈。「我可以少拿工錢，妳能不能把漁姊姊放了？我保證絕對不會偷跑。」

陳漁抬頭看他一眼。「十七，我也要留下來。」

「不行，漁姊姊，妳……」

「你若是不讓我留下來，我立刻就回去告訴唐爺爺。」

「好吧！」白十七敗下陣來。

沈曈看著兩人的對話，眼中精光一閃，隱隱露出笑意。

能養出這兩個身手這麼好的小孩，他們口中所說的唐爺爺，肯定不是什麼簡單的人物吧！

等兩個小孩被她成功「拐」熟了，將來定有機會見上唐爺爺一面。哪怕見不到這位唐爺爺，就憑這兩個小孩的功夫，給她打工也是她賺到了。

沈落跟著沈修瑾回京以後，沈曈身邊就只有蘇昊遠留下的人手在暗中保護，可是她並不覺得自己需要保護，想將這些高手安排到糕點鋪和一品香去，遇上找碴的人還能以武力鎮壓，震懾一番，可是蘇昊遠卻不同意，嚴令他們保護沈曈。

她正苦惱著該去哪裡找幾個身手好又信得過的人，可以代替蘇昊遠的手下，這會兒白十七和陳漁就送上門來了。

白十七小小年紀，武功不比沈落差，而陳漁，雖然到現在都沒展現她的武功，但是從她不俗的輕功底子來看，應該也不錯。

雖然兩個小孩看起來都不壞，但認識的時間短，沈曈還是想要多觀察一下，等瞭解他們的品性後，再給他們分派重要的任務。

正想著，白十七看向沈曈，惡聲惡氣，卻沒有一點威脅力地道：「妳不許給漁姊姊派重活，也不許欺負漁姊姊，否則，我絕不會饒了妳！」

「到底我是主子還是你是主子？這麼和主子說話，小心我扣你工錢。」沈曈堵他一句。

「看你身手不錯，就留在桃山守門吧！若是遇到來偷東西的小賊，就將他們抓起來報官。鑒於你有前科，為了防止你監守自盜，林大每日都會清點、檢查桃山上所有產業的數量，若是少了什麼，唯你是問。」

白十七臉色鐵青，拳頭握了又握，到底沒發作。

算了，看在那一兩銀子的分上，就不跟她計較了。

他如今不比從前，缺錢得厲害，又因為年紀小，找不著什麼好工作，能有一份可以掙錢的門道，受點苦、受點委屈也不算什麼。

沈曈對陳漁道：「從今兒起，妳和連翹一起，做我的貼身丫鬟，有什麼不懂的，妳可以問連翹。」

陳漁原本以為她就算能留下來，也是做粗重的力氣活，沒想到沈曈竟然讓她做貼身丫鬟。

大戶人家主子身邊的貼身丫鬟，可是極有體面的，不論是在府裡，還是在府外，都有一定的地位，她的臉都這樣了，怎麼能做丫鬟？

她難以置信地望著沈曈，難道她就不擔心自己會丟她的臉嗎？

陳漁下意識地摸著自己的臉，瘋狂搖頭，緊張地道：「我、我做貼身丫鬟？我不行的。」

「沒關係的，別怕，妳是我的人，沒人敢對妳說什麼，若是真有不長眼的，妳也不用和他們客氣，大不了到時候惹到了什麼人，小姐我替妳兜著。」沈曈拍了拍陳漁的肩膀。

陳漁期期艾艾，低下頭，眼眶紅了。

「咕嚕、咕嚕。」不知道誰的肚子突然響了起來，打破了沈默。

沈瞳順著聲音傳來的方向，看了看白十七，不由得笑了。

桃山這裡想要什麼新鮮食材都有，沈瞳挽起衣袖，讓林大帶著白十七一道去抓來一隻雞，又去池塘裡釣了幾條魚上來，自己則直接拿著白十七和陳漁之前摘的菜去了廚房。

陳漁和連翹給她打下手，挑菜、洗菜，兩個小丫頭年齡相當，脾性也不錯，之前發生的那一點不愉快早就忘了，有說有笑的，不一會兒的工夫，都開始以姊妹相稱了。

夜裡不好吃太難消化的東西，沈瞳在鍋裡下米，打算煮粥。

沒一會兒，白十七拎著一隻雞跑進來了，一邊跑、一邊鄙視林大。「就你這身手，連一隻雞都抓不好，先前還想和我打，若不是我手下留情，你的手腳都會被我打斷。」

這話把林大氣得咬牙切齒。

白十七不等沈瞳吩咐，自己在廚房裡轉了一圈，找了一把刀，抹了雞脖子，把雞血放了，然後舀開水燙雞毛，掏內臟，吆喝著讓林大一塊兒過來拔雞毛，動作索利，相當熟練，一點都不見外，彷彿在場的人中，他才是主人家，其他人都是客人或者下人。

林大深吸口氣，不和他這小屁孩計較，兩三下把雞毛都拔了。

「喂，這雞妳要用來做什麼，需不需要斬碎了？還有這幾條魚，宰了以後要不要切片？」白十七抬頭看向沈瞳。

沈瞳掃了他一眼，繼續熬粥。「對本小姐呼來喝去，不用敬稱，沒大沒小，念在你初

犯，只扣十文錢的工錢，下次若是再犯，一次扣一兩。」

白十七的臉色一下子僵住。

林大幸災樂禍大笑起來。

「林大，雞肉去骨切片，魚肉也切成薄片。」沈曈頭也沒抬，止住了林大猖狂的笑聲。

「是，小姐。」林大應得格外大聲，拿起拔乾淨毛的雞和宰好的魚，就要幹活。

刀還在白十七的手裡，他朝白十七伸出手掌，示意他把刀遞過來。

白十七搶過他手裡的雞，放在厚厚的實木砧板上，刀光寒芒一閃，眨眼把雞從中間斬成兩半。

然後，他抬頭得意地看了林大一眼。

那一眼，林大彷彿從中看到了森森的殺意和威脅，使他縮了縮脖子，退後了幾步。

「你來，你厲害，你來就行。」林大做出一個「請」的動作。

算了，他還是個孩子，不和他計較。

沈曈看著這兩人幼稚的舉動，差點笑出聲，但是很快地，她就笑不出來了。

白十七用力太大，刀整個砍進了實木砧板中，只留下刀把露在外面。

他和林大兩個人合力都沒能把刀拔出來。

而桃山這裡，只有一把菜刀，剩下的雞肉和魚肉還沒片好。

粥已煮得黏稠軟糯，用好幾個巴掌大的小砂鍋分裝，放在灶臺上小火燉著，發出聲響，

就等著雞肉片和魚片下鍋了。

帥不過三秒的白十七臉色脹紅，推開林大。「我自己來，我就不信我拔不出來。」

他一腳踩在地上，另一隻腳踩在砧板上，雙手握住刀把，咬牙用力，額頭青筋暴出，大汗淋漓。

不一會兒，喀嚓一聲，刀是拔出來了，實木砧板也從中間裂成了兩半。

沈曈嘴角一抽，黑著臉把白十七趕出了廚房，連帶著林大也被她趕了出去。

這兩人不是來幹活的，而是來搗亂的。

很快地，香噴噴的砂鍋粥就做好了，三鍋生滾魚片粥、四鍋雞絲蔬菜粥擺在灶臺上，散發著淡淡的香味。

沈曈擦了擦手，自己留了一份生滾魚片粥，對兩人說道：「好了，每人一小鍋粥，你們自己選喜歡的口味，然後叫外面的幾個傢伙進來吃吧！」

連翹跟著沈曈的時間久了，知道自家小姐對下人沒有架子，每次做飯不僅有家裡主子的，還有下人們的分，所以，她一點都沒猶豫，挑了一碗魚片粥。

但陳漁卻站在那裡，不知所措。

「不用客氣，吃吧，不是餓了嗎？」沈曈把一份魚片粥推到陳漁面前。

陳漁低下頭，有些不好意思，又莫名地感動，之前肚子響的人正是她，沒想到小姐聽到了不僅沒笑話她，還給她做了吃的。

之前沈瞳說要做宵夜的時候，她沒多想，只以為她自己餓了，想吃東西，沒想到對方竟是聽見了自己肚子餓的聲音，才臨時決定要做宵夜的。

瑩白剔透的粥黏稠順口，魚片鮮嫩，喝下一口，滿嘴生香，不小心吃到一條薑絲，也熱辣辣的剛剛好，直暖到了心坎裡。

陳漁低著頭，心想，會做美味的食物和下人一塊兒吃，不挑剔她醜陋的容貌，不僅不追究她的過錯，還給了她一份好活計，這樣沒有架子又親和的富家小姐，若是能在她身邊伺候一輩子，她也是願意的。

白十七蹲在她身旁，端著清香撲鼻的雞絲蔬菜粥一邊吹、一邊喝，發出呼嚕的聲音，察覺到她的異樣，湊過來小聲道：「漁姊姊，妳怎麼眼睛紅紅的？是那個女人欺負妳了嗎？我幫妳出氣！」

說完，他放下粥。

「胡說什麼，沒有人欺負我。」陳漁又氣又急，連忙拉住他，看了一眼眾人，都在認真喝粥，沒人留意他們兩人的動靜，她小聲訓斥白十七。「十七，你不要做事總是這麼衝動，萬一真的傷到人怎麼辦？小姐他們都是好人，明面上說是扣下咱們給她打工，實際上就是找藉口給咱們一個能掙錢的機會，你不要總是沒大沒小的，要對小姐恭敬一些。」

「什麼好人，她每個月要扣咱們九兩銀子。」白十七撇嘴，見她瞪眼，不敢再說，端起粥繼續喝了起來。

米粥裡加了香菇，香味濃郁，雞絲不知道用什麼處理過，肉質滑嫩嫩的，鮮得不得了，白十七忍著燙，一口氣喝完了，抹了抹嘴角，咂了咂嘴，意猶未盡。

那女人，算了，漁姊姊說叫她小姐，那就叫小姐吧！她做的粥還挺好喝的，看在她的廚藝那麼好、又讓漁姊姊這麼喜歡的分上，她以後若是有需要自己的地方，他一定會盡全力辦好，哪怕赴湯蹈火，也在所不辭。

不過，若是能讓唐爺爺和陳叔他們也嚐嚐她做的飯就好了。

白十七眼睛骨碌碌地轉了轉。

吃完宵夜，白十七和陳漁說出來這麼久了，怕家裡的大人擔心，便要告辭回去。

「妳放心，我不會偷偷跑掉的，明兒一早，我一定會過來。」白十七拍著小胸脯保證道。

陳漁也小聲跟沈曈說：「小姐，我們就是回去跟家裡人說一聲，沒打算跑。」

沈曈倒不是不信任他們，相處過後，這兩個小孩的秉性她也看出了一些。「不用解釋，在我這兒幹活，又不是把你們都關起來不給自由，以後你們只要辦好了分內的事情，其他時間隨便你們安排，想什麼時候回去都行。」

陳漁千恩萬謝，她的容貌毀損，一直都找不到掙錢的門路，自己和十七明明是來偷東西的，結果被當場抓住後，對方不但不和她計較，還給了他們一份工錢不低的活兒，從沒見過

這樣好的富家小姐。

白十七哼了一聲，雖然沒說什麼，但是表情比之前溫和了許多。

兩人走之前，沈曈讓林大抓了幾隻雞，又摘了幾籃菜給他們帶走。

看著兩個小孩複雜的神色，沈曈淡定地道：「提前給你們付的工錢，月底發工錢的時候，會在你們的工錢裡面扣。」

白十七和陳漁這才把東西接了過去。

按理說，他們偷了人家的菜，還吃了人家做的宵夜，又得了好差事，是沒什麼臉臨走還拿東西的，可是沒奈何他們家裡還有十幾個人等著吃。

兩人沈默著，半天沒說話。

「小姐，謝謝您。」臨走時，陳漁眼睛紅紅的，小聲道謝。

一大一小兩個瘦小的身影，提著滿滿的東西，腳步輕快地離開桃山大院，瞬間消失在茫茫夜色中。

林大有些不明白。「小姐，這兩個小鬼偷了咱們的東西，您就算看在他們年紀小的分上，不和他們追究，也沒必要對他們這麼好吧！他們可是有前科的，您把他們招進來幹活，萬一他們又偷了咱們的東西。」

沈曈搖頭。「他們其實也不算是偷，不是還在地裡埋了銀子嗎？」

「可是……」

「不用擔心，他們沒你想像得那麼壞。」沈曈說道：「你若是擔心，以後你就多盯著他一點，不就好了。」

天色不早了，沈曈不想走夜路回蘇家，生怕驚動家裡人，反正這邊的院子裡該佈置的生活用品都備下了，沈曈便直接在這邊的房間歇下了。

連翹就睡在她的隔壁房間。

林家三兄弟怕有什麼閃失，不敢進主院，都守在了外面。

很快地，院子裡安靜了下來，偶爾只能聽見蟋蟀和蟲鳴聲。

幾道黑影悄悄從外面翻牆進來，鬼鬼祟祟地潛入了主院，往沈曈的房間靠近。

「什麼人?!」

林三本來想偷個懶，悄悄溜回客院睡個覺，結果眼角瞥見主院那邊一閃而過的幾道黑影，瞬間瞌睡全都嚇醒了，厲喝一聲，順手抓起立在旁邊門框的農具，往主院衝去。

一邊跑，他還一邊大喊。「大哥，二哥，快，有賊偷偷跑進主院了，快來保護小姐！」

林大和林二立馬衝了進來。

沈曈向來淺眠，林三第一次喊的那一聲就把她吵醒了，她睜開眼睛，目光往房內一掃，捏著一根簪尾尖利的髮簪，閃身躲在了門後衣架的側邊。

外面響起了打鬥的聲音，林家三兄弟分別和三個黑衣人打了起來，還有兩個黑衣人，往沈曈的房間過來。

沈曈屏住呼吸，緊緊捏著手裡的髮簪，不敢發出一點聲音，盯著門口。

門開了，兩個黑衣人一進來就直奔沈曈的床，手中長劍刺向鼓起的被窩。

絲毫沒發現，他們的目標早已經不在床上，而是站在他們背後的實木衣架旁。

看這架勢，沈曈明白，對方定然是衝著自己的命來的，她心知對方武功高強，不敢硬碰硬，一把推翻實木衣架，朝黑衣人的後背砸去，然後趁著兩個黑衣人被實木衣架絆住，飛快地奪門而出。

然而，逃出了房門，她絕望地發現，林家三兄弟顯然也打不過外面的三個黑衣人，全都負了傷。

三個黑衣人正想提刀殺死林家三兄弟，回頭見她跑出來，立即丟下林家三兄弟，繼而向她圍了過來。

這時，房內的兩個黑衣人也從裡面衝了出來。

沈曈頓時進退兩難，陷入絕境。

她咬牙，壓下內心的慌亂，冷靜問道：「你們是什麼人？若是求財，我多的是銀子，只要不傷害我們，要多少銀子我都可以給你們。」

第五十五章

沈曈已經看出來了，這群人都是專業的殺手，今晚就是衝著她的命來的，出手快狠準，若非林家三兄弟早些年流浪街頭，有些身手，只怕方才已經成為他們的劍下亡魂了。

黑衣人沒說話，緊盯著沈曈，一步步靠近，殺氣騰騰。

長劍在月下反射出來的光芒冷如寒冰，沈曈的心也漸漸地沈了下去。

「派你們來的人給了多少銀子，我可以出三倍。」她抿唇，冷冷又道。

對方不為所動，揮起長劍，看她的眼神就像看一個死人。

沈曈咬牙，緊緊握著髮簪，伺機而動。

然而，黑衣人的劍還沒揮下來，就被一顆突襲而來的石子擊落在地，發出噹啷的聲響。

一道身影翻牆而入，施展輕功在空中翻出一個相當帥氣的姿勢，抬腿一腳將那名最靠近沈曈的黑衣人踢飛。

「想殺她，先問過我白十七同不同意！」

白十七這一腳，一點都沒留力，那名黑衣人被他踢飛出去十幾公尺，頭顱狠狠地撞在牆面上，登時氣絕身亡。

這一變故發生在瞬息之間，根本就讓人來不及反應。

剩下的四名黑衣人愣怔片刻，才回過神來，然而，不等他們出手，白十七便身形飛快地穿梭於他們之間，不過眨眼的工夫，沈曈連續聽到四聲「咚」的聲音，四名黑衣人像下餃子一樣接連倒地。

「等一下，留一個活……」

「口」字還沒出口，沈曈嘆了口氣，看著地上四個斷了氣的黑衣人，都死了，想要查出他們背後的人是誰，就不容易了。

畢竟想要她命的人太多了。

這陣子自己的生意紅紅火火，不知招了多少人的眼，也難怪蘇昊遠一直擔心她的安全，不讓她單獨出門。

說起這個，沈曈納悶了，蘇昊遠安排保護她的人去哪裡了，都被人殺到家門口了，那些人也沒出現，該不會在此之前就被解決掉了吧？

這下子，沈曈的冷汗都滴下來了。

蘇昊遠安排的高手，身手絕對是不容置疑的，可是這樣的高手，竟然被事先解決了，她還都沒察覺，可見今日這五名黑衣人的武功究竟有多強。

不過，白十七的武功似乎比這些人更強，而且強的不只是一星半點兒。

他才多大啊！就有這麼高的武功，也不知道是什麼樣的人才能培養出他這樣的高手。

這時候，沈曈不得不慶幸，好在那五個黑衣人看自己是女子，沒將自己放在眼裡，所以

沒有急著下手，否則，她怎麼可能有命撐到白十七回過頭來救人？

慶幸過後，沈曈又是一陣惱火，若是讓她查到究竟是什麼人在背後請殺手暗殺自己，她一定不會放過對方，說什麼也要反擊回去才行，她可不是什麼心慈面軟的聖母，人家都殺上門來了，她怎麼可能沒氣？

白十七哼了一聲。「留什麼活口，這種專業殺手，牙槽裡都藏著毒藥，只要任務失敗，落在敵人手裡，立即就會咬破毒藥自盡。妳想活捉是絕無可能的，乾脆一口氣殺了乾淨。」

沈曈看著他那副明擺著在說「妳好蠢」的神情，有些好笑，說道：「若是活捉，我當然是不能，但不是有十七你嗎？你身手這麼好，難道也對他們無可奈何？」

「這個嘛。」白十七沒想到沈曈會將難題踢到自己這裡來，撓了撓頭。「若是能趕在他們咬破毒藥之前，提前卸了他們的下頷，把毒藥拿出來，還是有可能活捉他們的。前提是他們除了牙槽裡的毒藥以外，沒有其他的自盡手段了。」

白十七這麼說是有原因的，他曾經遇見不僅在牙槽裡藏毒藥，甚至在身上的每一處都藏了各種要命暗器的殺手。

五具屍體整齊地被林家三兄弟搬到一起，揭開了他們臉上的面紗，露出真實面容。

然而，這並不能幫助眾人辨認他們的身分。

因為這五張臉，都布滿了傷疤，是為了防止別人調查他們的身分信息，刻意毀了容的。

眾人沈默。

沈曈已經不是第一次看見死人了，之前在張屠戶的屠宰房看見的人肉堆和白骨架數不勝數，那樣的情形更加恐怖，如今面對五個死人躺在地上，對她來說，一點都不會造成任何困擾。

不過，雖然不怕死人，但是讓她去碰死人，在他們身上翻來翻去，也是很為難的。

因此，她只坐在一旁，讓林大他們翻找黑衣人身上是否有什麼可以證明身分的東西。

然而林家三兄弟翻找了好久，都沒發現什麼有用的線索。

白十七人小鬼大，嘖嘖搖頭。

「你們也太蠢了，這幾個殺手擺明就是有備而來，毀了容還不放心，甚至還要在牙槽裡藏毒藥，這樣的狠角色，怎麼可能會隨身攜帶能證明身分的物件？就算是有，那也肯定是混淆視線的假證物，說不定會誤導你們的調查方向。」

林大不服氣。「你就只會說，小小年紀，整日老氣橫秋的，你那麼能說，你倒是來說說看，這幾個人是什麼來歷？」

「行，既然你這麼虛心請教，那白小爺我今兒就給你露一手，讓你見見世面。」

白十七學著林大之前的姿勢，雙手抱胸，一副不可一世的模樣，走到五具屍體跟前。

他右手屈指，形成一個奇異的姿勢，隨手往其中一具屍體的耳根後一拈。「我跟你說，江湖上的許多殺手，他們是有一套訓練的流程的，越高級的殺手，他們身上藏的絕命手段就

越多，哪怕是髮根上，也有你想不到的東西。不過，這幾個殺手，武功不怎麼樣，級別肯定不高，身上應該沒什麼……」

話沒說完，白十七的動作突然停滯了一下。

「怎麼了？」沈曈看出他的異常，連忙站起來。

林大原本還想嘲諷白十七幾句，見他的神情，也不忙著和他鬥嘴了，連忙圍過來。「小子，你發現什麼了？」

白十七神情古怪，將手指從黑衣人的耳後根處縮回來，兩根手指併攏，手中夾著一枚細如毫髮的銀針，在月光和防風燈的照耀下，銀光一閃而逝。

這樣細的銀針，若是不注意，哪怕是眼力再好的人，壓根兒就發現不了。

眾人沈默下來，整個院子一片死寂。

白十七看了沈曈一眼，說道：「江湖上有一個很出名的殺手組織，名叫『絕殺閣』，這個組織的殺手，訓練相當嚴格，組織內的紀律十分嚴明，在整個江湖上可以說是令人聞風喪膽，只要被他們盯上的目標，絕無生還的可能。」

白十七曾經從唐爺爺那裡聽說過關於「絕殺閣」的事情，絕殺閣輕易不接任務，一旦接了，任務目標不死不休。但是絕殺閣之前接的暗殺任務，要麼是刺殺武林高手，要麼是刺殺高官大臣，又或者是財力雄厚的大富之家，這些人背後基本都有自己的勢力，暗殺的難度大，對絕殺閣來說才有挑戰性，也利於他們給外界震懾。

可是從來沒聽說他們接過針對內宅婦人的刺殺任務。

白十七說完，見眾人神情嚴肅，如臨大敵，他突然捧腹大笑。「哈哈，你們怎麼這副模樣，是被我嚇到了嗎？也太膽小了吧，隨口說幾句，就把你們嚇成這樣。」

他不懷好意地繞著林大的周圍轉了一圈。「讓我看看，你該不會尿褲子了吧？膽子這麼小，還好意思半夜給小姐守院子，怪不得前幾次我動靜那麼大，你都沒發現我，我猜你肯定是膽小怕事，聽見動靜就躲起來了。」

「呸，放屁，老子是這種人嗎？」林大氣得臉色鐵青，但是心裡卻暗暗鬆了口氣，這小子方才說得一本正經，差點就被他騙過去了，原來都是嚇唬人的。

不只是他，其他人，包括沈曈也暗暗鬆了口氣。

「十七，你這小子也太渾了，沒事拿這種事情開什麼玩笑，盡嚇唬人。」

林三倒是對這小傢伙不反感，反而還挺欣賞他的，畢竟方才他可是親眼瞧見這小子一口氣解決了五個黑衣人，一點都不費力，這樣小的年紀就有這身武功，能不招惹就不招惹，相反地，還要狠狠地抱大腿。

也就他大哥蠢，不知道抱大腿，竟然還跟對方作對。

白十七哼了一聲。「不是我嚇唬你們，是你們自己嚇唬自己，也不想想你們家小姐是什麼身分，不過就是一個手無縛雞之力的閨閣女子，弱不禁風，普通壯漢一拳就能打死的貨色，怎麼可能會有人重金請絕頂殺手來刺殺她？這不是殺雞用牛刀，大材小用嗎？」

「不是，你這話怎麼說的？咱們家小姐好歹也是蘇閣老的嫡孫女，身分高貴，再加上她廚藝一絕，不知道憑藉這門手藝賺了多少銀子，擋了多少人的財路，那些人眼紅我家小姐，不知道多想讓咱們家小姐暴斃而亡，這樣就沒人跟他們搶生意了。這麼一想，花重金來除掉她，也算是一本萬利的買賣了，要是我，我可不會放過這麼好的機會。」

「不可能的，專業的殺手接任務，你知道他們收多少銀子嗎？你們家小姐壓根兒就不值那麼多銀子。」

「都是人，憑什麼別人就值那麼多銀子，我家小姐哪點比不上那些人。」

沈曈嘴角一抽，聽不下去了，忍無可忍地道：「行了，你們少說幾句，你們家小姐我還活著呢！」

吵得最凶的林大和白十七，頓時安靜下來。

沈曈看了林大一眼。「盼著我被殺手組織刺殺？」

又看向白十七。「我是手無縛雞之力，弱不禁風，一拳就能打死的貨色？不值錢？」

林大低頭，不敢吭聲。

白十七撇了撇嘴，也沒開口。

「林三，記下來，林大和白十七不敬主子，以下犯上，月底扣二十文工錢。」

「是，小姐。」林三笑嘻嘻，連忙拿出紙筆記了下來。

林大自知理虧，不敢反駁。

白十七想了想，咬牙忍住了。接下來他要低調做人，不然他還沒開始幹活，那點工錢都要扣沒了。

院子裡好不容易安靜了一會兒，沈曈捏著眉心，這會兒也沒什麼心情睡覺了。

她吩咐林家三兄弟把屍體抬到另一個院子，等天亮以後送到衙門去調查，然後她才有空閒問白十七，之前他明明和陳漁都回去了，怎麼半夜又回來了。

要不是他去而復返，自己和林家三兄弟此時只怕已經成了那些黑衣人手下的冤魂了。

白十七這才說道：「我和漁姊姊其實就住在這座山北邊的半山腰，那邊比較偏僻，平時幾乎沒人，方才我和漁姊姊回去的時候，發現這五個黑衣人鬼鬼祟祟的，便猜到他們不懷好意，所以漁姊姊讓我跟過來看看情況，或許能幫上妳的忙。」

事實上，一開始白十七和陳漁看見這五個黑衣人的時候，其實並沒想到他們的目標是沈曈，而是懷疑自己的行蹤暴露了，對方是來殺他們的。

只是他們想到桃山上沈曈等人還在，怕驚嚇到他們，甚至可能會連累他們，所以才想著先把黑衣人引到遠處去再解決，結果他們沒想到，雙方擦肩而過，這五個黑衣人將他們當成了普通小孩，壓根兒就沒將他們放在眼裡，連滅口的意思都沒有，徑直朝著沈曈的院子走去了。

白十七和陳漁這時候才意識到，對方的目標恐怕是沈曈。

要不是白十七堅持讓陳漁先回去，自己可以搞定這些黑衣人，只怕現在陳漁也會出現在這裡。

話剛說完，外面便響起陳漁的聲音。「十七，小姐，你們沒事吧？」

陳漁緊張地跑了進來，看見兩人安全地站在那裡，頓時鬆了口氣。

「你們沒事就好。」

白十七有些不高興。「漁姊姊，妳怎麼又出來了？我不是讓妳回去好好待著嗎？妳的實力不如我，就算過來了也幫不了我，說不定還會扯後腿。」

他絮絮叨叨，陳漁面色如常，似乎已經習慣了白十七的嘮叨。

沈曈看向陳漁的背後，方才跟著她一起進來的，還有兩個人。

一個是看上去約莫六十歲左右的老人，鶴髮童顏，精神矍鑠，一點都看不見尋常老人身上常見的沈沈暮氣。

另一個是四十多歲的中年人，面白無鬚，氣質儒雅，神色平和，眉眼帶笑，看似平易近人，但莫名地讓人有股不敢靠近的疏離感。

兩人身上都穿著帶補丁的粗布麻衣，但絲毫掩不住他們非同尋常的氣質。

可是，兩人都身有殘疾，前者少了一條右腿，只能用枴杖拄著才能走動；後者少了一條左臂，袖管空盪盪的。

看來，這便是白十七和陳漁一直不離口的唐爺爺和陳叔了。

從這兩人的外貌特徵來看，想必白十七和陳漁之前所說的其他叔伯，應該也是身有殘疾的，否則有十幾個長輩照顧，怎麼可能讓兩個小孩出門覓食。

「唐爺爺，陳叔，你們怎麼來了？」

白十七方才還在訓陳漁，這會兒看見兩人，立馬跟老鼠見了貓一樣，不敢大聲說話，反而躲在陳漁的背後，小聲說道：「漁姊姊，我不是讓妳不要和他們說嗎，怎麼還把他們帶來這裡了。」

陳漁小聲說道：「我擔心你打不過那些黑衣人，所以告訴了爹爹，然後爹爹又告訴了唐爺爺，之後他們就讓我帶著他們一塊兒過來了。」

陳叔便是陳漁的親爹，名叫陳集。

陳漁嘴上說是自己怕白十七打不過人才找救兵，事實上，其實是陳集先發現了她的異常，她憋不住，才出賣了白十七。

但是，她是不會告訴白十七的。

陳集淡淡地掃了白十七一眼，成功讓白十七寒毛直豎，不敢再動彈，然後才對沈瞳笑道：「沈小姐，兩個孩子胡鬧，對妳造成了困擾，真是抱歉。」

沈瞳驚訝。「陳叔知道我？」

之前看白十七和陳漁兩人的對話，沈瞳其實能猜得到，兩人是不怎麼在世俗上行走江湖的，會在半夜才出來覓食的人，肯定對世俗人有顧忌，不接觸外面的人，也就不可能會知道

外界那麼多事。

然而，沒想到，對方竟然知道自己。

陳集笑了笑。

他們這群人極少下山，是因為不想接觸外人，生怕會暴露身分，引來仇敵追殺，但是並不代表他們就與世隔絕了，外界的一些信息和情報，他們還是會關注的。

沈曈原先就是桃塢村的人，後來成了這座桃山的主人，離得這般近，平時他們下山都能聽到不少村民議論沈曈的事情，而從沈曈成為景溪鎮的名人之後，他們聽到的各種議論自然就更多了。

對於她，陳集等人是久聞大名，只是一直沒見過面。

今日也是他發現陳漁和白十七舉止異常，逼問之下，才從陳漁口中得知，白十七前幾日從外面「買」回來的食物竟然是從沈曈這裡偷的；而他不僅來偷了兩回，這一回，竟然把自己的閨女也帶壞了，兩人結伴一起出去偷。

雖然閨女再三保證，這次帶回來的食物不是偷的，而是沈曈送的，不只如此，對方還給他們提供了一份工錢不低又輕鬆的活計，但是陳集一點都不相信。

畢竟這兩個小傢伙年紀小，又單純，再加上陳漁容貌毀損，哪有人願意招他們幹活？若是真的有，對方鐵定是另有企圖。

所以，他和唐爺爺商量後，兩人便一道跟著陳漁過來了。

唐爺爺一直站在一旁沒開口，目光暗暗打量著沈曈和林家三兄弟。沈曈目光清澈，氣質乾淨，確實沒有尋常商人身上常見的狡詐氣息。

想起方才陳漁對她的百般維護，唐爺爺對沈曈的初步印象極好，暗暗點頭，然後又看向林家三兄弟，身上散發著一股匪氣，但面目正直，看不出什麼大奸大惡之相。

他在心底給出了這個結論，便閉目站在一旁，沒摻和陳集和沈曈之間的交談。

第五十六章

聊了幾句，陳集才掃視一眼院子，問道：「漁兒說妳這裡遭了賊，不知那賊人可解決了，有沒有什麼損失？」

陳集和唐爺爺來這一趟的最主要目的，除了兩個小孩的安全以外，就是那黑衣人的來歷。

和白十七、陳漁之前的判斷一樣，他們也是懷疑這些黑衣人是衝著自己來的，就算不是，他們也要小心，否則說不定以後還會遇上，若是一旦出點什麼差錯，他們就又得離開桃山，過上從前那樣四處流浪的生活了。

沈曈看出他們的來意，也沒什麼好隱瞞的，將事情經過都說了。

之後，陳集說想驗一下屍，或許可以查出殺手的來歷，於是，沈曈便讓林家三兄弟從隔壁院子又將黑衣人的屍體搬過來。

「不用搬來搬去那麼麻煩，」唐爺爺突然開口。「我們可以直接過去隔壁院子。」

陳集和他對視一眼，也跟著說道：「沈小姐，殺手身上都藏有許多秘密，有些甚至能讓他們在死後也能置人於死地，所以還是要小心一些，不要隨意搬動屍體，萬一一個不慎，傷到了人就不好了。」

裝啞巴好一陣子的白十七連忙跳出來。「唐爺爺，陳叔，我檢查過那些屍體了，他們身上除了這個，沒別的了。」

他拿出之前那枚銀針，遞給唐爺爺。

唐爺爺一看見那銀針，目光一凝，臉色立即變了。

他的面部表情變化十分微小，不熟悉的人壓根兒就看不出來神色變化，但是熟悉的人一看便知道，這枚銀針怕是來歷不小。

白十七內心咯噔一聲，該不會這銀針真的跟絕殺閣有關吧？

「唐爺爺。」他正想問，唐爺爺看了他一眼，他便閉嘴了。

沈曈也察覺到了氣氛的微妙，但她並沒有說什麼，帶著眾人來到隔壁院子。

五具屍體被擺在角落裡，原本林家兄弟打算搬動，放在院子中央，讓他們看得更方便一些，可是方才聽了唐爺爺和陳集的提醒後，他們便不敢再動那幾具屍體了。

沒看見之前白十七那小子隨便一摸，就從殺手身上摸出了一枚銀針嗎？說不定他們什麼時候就被殺手身上藏的東西殺了還不知道是怎麼回事呢！

眾人圍在外面，唐爺爺朝白十七丟去一個眼神，白十七立即走上前去，把五具屍體都扛了過來。

他的手法是唐爺爺親手教過的，全都避開了殺手身上危險的地方，放在地上的姿勢也很講究，殺手們身上隱蔽的位置基本都暴露了出來。

唐爺爺從腰間拿出一個布包，從布包中拿出一把精巧的小鑷子和鋒利的小刀，拄著枴杖要親自動手檢查殺手的屍體。

白十七連忙上前扶住他。「唐爺爺，您不用動手，我來吧！」

唐爺爺沒理他。

白十七摸了摸鼻子，老老實實地站在旁邊看著。

陳漁悄悄走到沈瞳的旁邊，低聲說道：「小姐，唐爺爺醫術很厲害的，而且還懂得驗屍，您等著看好了，這些殺手身上只要藏著東西，就絕對躲不過唐爺爺的眼睛。」

陳集看了一眼這邊，又收回目光。

沈瞳似乎沒察覺到對方的視線，和陳漁一邊閒聊、一邊看著唐爺爺驗屍的情形。

唐爺爺的小鑷子隨意地在殺手屍體的指甲、頭部髮根、舌尖底部、手臂皮膚下方等等，皆是輕輕一挾，就挾出了一大堆東西，放在了一旁地面上的小帕子上。

眾人都看呆了。

小帕子上放著的，不僅僅有和方才白十七找到的一樣的銀針，小刀片、毒藥等都是小意思，還有一些細若毫髮、刀切不斷的絲線。

「這種絲線，是殺手們殺人或者自絕的利器，在手腕血管處埋藏進去，平日裡看不出任何異常，但是只要在關鍵時刻，他們用內力催發，便能直接用它切斷血管動脈，自絕身亡；或者是拔出來，在你的脖子上繞一圈，你的脖子便能被割斷，相當鋒利。」白十七湊在林大

的耳畔悠悠地說道。

林大臉色發白，腿都軟了，想罵他一句，卻又不知道罵什麼。

白十七還在一旁說著那些小東西的奪命方式，沈曈聽得一股涼意從腳底爬到天靈蓋，能用如此自殘的方式在身上藏這麼多致命武器，既針對任務目標，又針對他們自己，這樣變態的殺手組織，不可能是普通的殺手。

唐爺爺只檢查了一刻鐘，就揪出了殺手身上所有的東西，都是藏在看起來毫無異常，讓人完全想不到的地方。

他看向陳集。「你怎麼看？」

陳集神情凝重。「絕殺閣的地級殺手。」

江湖上流傳，絕殺閣的殺手等級有四種，分別為天、玄、地、黃，黃級最低，天級最高，至於上面還有沒有更高的，沒人知道，因為目前為止，能讓絕殺閣出動地級高手的都已經相當少了，更不用說玄級和天級。

沈曈一個小小的閨閣女子，竟然能讓對方出動地級殺手，真是令人匪夷所思。

聽完陳集對絕殺閣以及殺手等級的解釋之後，沈曈沈默了。

她無論如何都想不到，自己就算是真的得罪了什麼人，頂多也就是商業上的競爭對手，可是，在景溪鎮這麼一個小小的偏遠山村，那些商人怎麼可能有管道接觸到江湖上絕頂的殺手組織？甚至還能請得動地級殺手來殺自己。

這可真應了白十七之前說的那句話，殺雞焉用牛刀。

陳集和唐爺爺也覺得這事太玄乎了，不過沈曈的背景畢竟還有蘇家，蘇閣老可是大盛朝的重臣，說不定對方不是衝著沈曈來的，而是因為蘇閣老來的。

事情關係到朝堂，那就不一樣了。

朝堂水深得很，他們如今的安寧生活得來不易，不願意淌這趟渾水，兩人對視一眼，對沈曈提出告辭，承諾會盡快將白十七之前偷菜欠的銀子還清。

這意思就是，不準備讓白十七和陳漁留在桃山大院打工還錢了。

沈曈一下子就明白了對方的意思，不過對方不避諱絕殺閣的殺名，指出了今日殺她的人就是絕殺閣殺手，她已經很感激了。

更何況，白十七之前還救了她一命。

她不是不知感恩的人，當即表示白十七和陳漁欠的錢不用還了，就當是今日救她一命的答謝。

「至於要不要繼續留在這兒幹活兒。」沈曈看了兩個小傢伙一眼，白十七目光飄忽，陳漁低著頭不吭聲，顯然兩人都不贊同陳集和唐爺爺的決定，但是也不敢反抗。

沈曈笑道：「我尊重小漁和十七的決定，若是他們不想來，我沒意見，不過我這裡的大門永遠會為你們而開，你們想來隨時都可以來。」

陳漁的目光亮了亮，悄悄朝沈曈露出一抹笑意。

白十七則表面一副不在意的樣子，實際上心裡已經琢磨開了。絕殺閣的人不好惹，江湖上人人聞之色變，就連見多識廣的唐爺爺也對他們諱莫如深，今日既然說出了這番話，就代表他的決定沒有轉圜的餘地。

可是漁姊姊很喜歡小姐，如果不讓她過來，她定是不願意的，白十七心情複雜，一時間不知道該不該和漁姊姊繼續留在沈瞳的桃山大院，摻和這趟渾水了。

他自己倒無所謂，唐爺爺說過，他的實力在整個大盛朝，罕有敵手，只要自己不作死，基本就是禍害遺千年；可他和漁姊姊若是摻和進來，到時候會引起外人的注意，他們想繼續隱姓埋名就不可能了。

陳叔和唐爺爺他們以前吃了許多苦頭，如今一個個都身有殘疾，不良於行，一旦被仇敵發現，單靠自己一個人很難保護得了所有人，萬一出了點什麼事，他便是後悔也遲了。

白十七皺著眉，小臉凝重。

陳集看了看自己的好閨女，又看了一眼低著頭的白十七，暗嘆了口氣，看來兩個小傢伙真的很喜歡沈瞳。

也是，他們年紀小，還是愛玩的時候，跟著他們一群老頭子、老殘廢在深山野林裡吃苦，之前還好，沒遇見什麼玩得來的小夥伴，自然憋得住，可如今難得遇上了喜歡的朋友，怎麼可能還如從前那般忍得住寂寞？

陳集和唐爺爺帶著白十七和陳漁走的時候，天已經快亮了。

累了這一晚上，沈曈睏得夠嗆，生怕蘇藍氏和蘇昊遠早起發現自己一整夜不在府裡會擔心，顧不上休息了，連忙乘坐馬車趕回蘇家。

就連林家三兄弟都被她打發回去補眠了。

整個桃山安靜下來，在清晨的微暖陽光下，顯得格外的美麗。

直到附近沒有任何動靜了，趴在桃山大院偏僻角落裡一整晚，將院子內發生的所有事情都看在眼裡的幾個人，這才敢動彈，悄悄地爬起來，捶了捶身上僵硬發麻的四肢。

「幸虧昨晚沒出手，否則，現在死的就是咱們了！」

「早知道當初跟大小姐一塊兒來景溪鎮的時候，就該提前下手了，至少那時候跟在沈曈身邊的是蘇昊遠的人，武功沒那麼高，如今沈曈身邊又多了這麼可怕的幫手，咱們想下手，恐怕沒機會了。」

想起昨晚看到的情形，那武功高強的小孩，還有似乎無所不知的老人和中年人，他們忍不住打了個寒顫。

昨晚他們趴在地上動都不敢動，連呼吸都不敢大喘氣，就怕被對方發現，所以，才會在這裡吹了一整晚的夜風，趴得渾身僵硬發麻。

因為他們知道，對於白十七那樣的高手來說，只要他們稍微有點動靜，立即就會被他察覺，到時候他們可能就要命喪於此了。

四個人揉著發麻的四肢，面面相覷，都看見了對方眼裡的慶幸和後怕。

這四人都穿著一身平常的便服，相貌普通，是扔在人群中都不會被多看一眼的那種；可是，如果沈瞳在這裡，一定會認出他們是曾經跟在蘇阮身邊的護衛。

「好了，咱們先回鎮上找個地方安頓下來，靜待時機吧！總有機會的，我就不信沈瞳的身邊無時無刻都有人保護著。」

馬車回到蘇家，沈瞳和連翹找了幾個下人做掩護，小心翼翼地繞過前廳和爹娘的院子，飛快地溜回了自己的小院。

「還好，爹娘好像還沒醒。」

沈瞳拍了拍自己的胸口，幸虧回來得及時，否則，不敢想像若是被爹娘當場抓住徹夜未歸，會受到怎樣的審問。

最重要的是，她不想讓他們擔心。

兩人心情愉悅地回到院子，沈瞳正想趁著眾人還沒起床，回去補個眠，結果連翹突然拉住她的袖子。「小、小姐，可能已經晚了，您看看那邊。」

沈瞳抬頭，院子的會客廳門口，站了兩個丫鬟，正悄悄朝她擠眉弄眼，示意她會客廳裡面有人。

這兩個丫鬟是蘇藍氏身邊的人，會客廳裡面的人會是誰，一目了然。

沈曈頓時愁眉苦臉，就像是上戰場一樣地走了過去。

沒事的，娘這麼好哄，只要她多說幾句好話，娘就不會再追究了。

沈曈一邊安慰自己，一邊踏入會客廳。

下一刻，看見會客廳裡面整齊坐著的蘇家上下人等，她臉色一僵，下意識地雙腿往後一退，便要溜走。

「站住。」

蘇藍氏的聲音一如既往地溫柔，但是不知為何，沈曈莫名聽出了一絲嚴厲的感覺。

沈曈頭皮發麻，轉過身來，扯出一抹僵硬的笑臉。「娘，您今兒怎麼起這麼早？」同時，她看向其他人。「爹，二叔，嬸娘，你們今兒也起得好早，還有堂弟，你怎麼也來了？今兒是吹了什麼風。」

幾乎整個蘇家能稱得上主子的都坐在這裡了，個個神色嚴肅，一副要三堂會審的模樣，沈曈整個人都不好了。

蘇藍氏深吸一口氣，指了指旁邊的位置，讓沈曈先坐下來，似乎是在壓抑怒氣，又似乎是在醞釀要說的話，反正沈曈猜測，今日她是逃不過了。

蘇星華在一旁幸災樂禍，拖著尾音叫她。「堂姊，聽說妳一夜未歸，不知去了何處，怎麼到現在才回來？不是我說妳，妳一個女孩子家。娘，您拉我做什麼？嗯。」

蘇夫人咬牙，當機立斷拿帕子塞進蘇星華的嘴裡，成功讓他閉嘴。

有了蘇星華這一通鬧，蘇藍氏和蘇昊遠凝重的神情也放鬆下來。

沈曈坐下來後，不等蘇藍氏開口，她主動交代了自己昨晚的去向，卻隱瞞了遭遇殺手的事情。

事關江湖上的絕殺閣組織，這件事情並不簡單，沈曈不想讓他們擔心。

昨晚聽陳集和唐爺爺分析過殺手的來歷之後，沈曈就不打算將此案報到縣衙去了，因為若是讓縣衙知道，蘇昊遠就鐵定也知道了。

沈曈暗暗決定，也該是時候花錢找幾個身手好的手下，不僅可以保護她的人身安全，還可以替她調查有關絕殺閣的事情，最重要的是要知道背後想殺她的究竟是什麼人。

「娘，我只是去了一趟桃山，因為太晚了，不方便走夜路，才沒回家，留在那邊歇了一晚。」她挽著蘇藍氏的手臂撒嬌。「桃山那邊都是自己人，他們會保護我，不會出事的。您瞧，我這不是好好的，什麼事都沒有嗎？」

蘇藍氏是最禁不起沈曈撒嬌的，平時她寵著她，只要她開口，就沒有不同意的，簡直是千依百順，然而今天不行。

她看了沈曈一眼，她的眼睛四周青黑了一圈，而且帶著一絲浮腫，她如何看不出來自己的閨女一整晚都沒怎麼睡？

「若是沒事，妳怎麼會一整夜沒睡？」蘇藍氏點了點她的額頭。「妳跟娘好好說說，昨晚遇到了什麼事？」

「沒什麼事啊，就是桃山那邊最近總是有不長眼的小賊來偷東西，我過去看一下而已，不信您問爹，爹也知道的，那些小賊狡猾得很，爹幫我抓過幾次都沒抓到。」沈瞳向蘇昊遠求助。

蘇昊遠原本是打算讓蘇藍氏好好訓一下沈瞳，讓她知道教訓，結果他高估自己對閨女的縱容了，沈瞳一做出可憐兮兮的表情，他立即就心軟，忍不住開口求情。「夫人，桃山那邊的盜竊案，我也是知道的，閨女既然是去抓賊的，也沒出什麼事，妳就……」

「都跑去抓賊了，這還叫沒事？」蘇藍氏不冷不淡地掃了蘇昊遠一眼。「那些小賊半夜出來偷偷摸摸的，會是什麼好人？萬一對方知道瞳瞳的身分，要對她做什麼呢？萬一對方鋌而走險，你閨女如今恐怕就不是什麼事都沒有了。」

蘇昊遠被訓得狗血淋頭，但心想確實如此，於是他改變陣營，也跟著蘇藍氏一道板起臉，教訓起沈瞳了。

「瞳瞳啊，連爹爹都抓不到那小賊，可見對方狡猾至極，身手定然也不差，若是面對面碰上了，對方想傷妳是輕而易舉。爹爹知道妳膽子大，和尋常女子不同，但畢竟再如何，妳也是手無縛雞之力的弱女子，妳不為自己想，也要為爹娘想一想，爹娘好不容易才找到妳，妳……」

一旁的蘇夫人也連連附和。

沈瞳嘴角微抽，頭大得很，幸虧她沒將桃山上發生的事情全都說出來，否則面前這幾人

恐怕會擔心得更誇張。

果然，瞞著他們是對的。

沈曈好說歹說，才哄好了眾人，將他們的怒火壓下。

但是最終，蘇昊遠在她身邊安排的高手，比原來多了兩倍。

沈曈無奈。「爹，真用不著這麼多人。」

「不行，爹娘不放心妳。」蘇昊遠沈聲嚴肅道。

蘇藍氏難得有一次和蘇昊遠意見相同，點頭道：「曈曈，妳是娘唯一的孩子，又失散了這麼多年，好不容易找回來，若是娘再把妳丟了，娘決計活不下去了。」

沈曈知道他們關心自己，但是她真的不需要這麼多人跟著。人多更引人注目，並不意味著安全。

更何況，以她爹娘的性子，待她就像是待三歲孩童一樣，做什麼都不放心，這些人若是跟在身邊，自己的一舉一動也會傳到爹娘耳裡，那她遭遇暗殺的事情就瞞不住了。

第五十七章

「娘，我知道你們關心我，不過爹安排的這些人，我用不上，還是留著爹自己用吧，畢竟爹經常辦案，需要人手。」沈瞳說道。

蘇昊遠和蘇藍氏雙雙皺眉，還想說什麼，結果管家走進來，說是林大帶著兩個小孩來了。

沈瞳目光一亮。「快讓他們進來。」

林大帶來的兩個小孩，自然是昨晚才見過的陳漁和白十七。

因為昨晚忙到很晚，沈瞳告訴兩人若是想來，可以晚兩天再來，沒想到這兩個小孩天一亮就來了，看來他們已經說服唐爺爺和陳集了。

雖然此刻睏得要命，但是為了打消爹娘在她身邊安插一大堆高手的念頭，沈瞳依然打起了精神。

眾人見她神情這麼激動，眼中浮上疑惑。

沈瞳笑道：「爹，待會兒進來的兩個小孩，實力不錯，完全可以保護我，您若是不信，可以讓您的手下們和他們比試一番。」

蘇昊遠半信半疑。

直到看見陳漁和白十七，他將兩人打量了一遍，有些哭笑不得。

白十七今年十一歲了，但是因為長期吃不飽，營養不良，導致十分瘦弱，身高也比不上同齡人，因此看起來只有八、九歲模樣，雖然他冷眉冷眼，故作深沈，卻擋不住他眉眼中的稚嫩。

而陳漁，也就十二歲左右，比沈曈小了一些，瘦瘦小小的，臉上覆著面紗，將臉遮掩得嚴嚴實實的，面對著好奇的蘇家人，她眉眼間盡是敬畏和警惕，下意識揪著白十七的衣袖，躲在他身後。

這兩個小孩，怎麼看都不像是沈曈所說的什麼武林高手。

不過畢竟是沈曈的小客人，蘇家人儘管心裡是這麼想的，但是也不會當著小孩的面說出來，這也是他們的修養。

沈曈一眼就瞧出眾人的想法，她並不解釋，說道：「爹，您別看這兩個小傢伙年齡不大，但是他們的本事大著呢！您的那些手下，未必能打得過他們。」

蘇昊遠笑呵呵的。「閨女，妳找的人，不管是老人還是小孩，肯定有過人之處，既然這兩個小孩妳喜歡，就讓他們跟在妳身邊好了，咱們蘇家養得起。不過，爹給妳安排的那些人，也必須留下。」

說完，他朝白十七和陳漁招手，讓他們過來坐，旁邊茶几上有瓜果、零食。

對於閨女身邊的人，他都不討厭。他看得出來，白十七確實有武功底子，但是絕不相信

他會比自己精心培養的護衛強。

對於蘇昊遠的招手，白十七和陳漁沒有過去，而是第一時間看向沈瞳。

顯然，從他們答應給沈瞳打工的那一刻起，他們就認定了沈瞳才是他們的主子，除了她以外的其他人，他們一句話都不聽。

蘇昊遠一愣，失笑出聲。

沈瞳看著他吃癟，卻是開心得不行。

她滿意地看著兩個小孩，越看越喜歡，沒想到這兩個小孩這麼快便進入狀況了，而且她可以確信，這兩個小孩絕對不會背叛自己。

「爹，他們是我的人，除了我的話，誰的話也不聽，這樣的下屬，可比您身邊的人強嗎？」沈瞳揶揄地問道。

蘇昊遠也是無奈了，連連搖頭，又帶著一抹欣賞。「我閨女就是會調教人，比爹爹還厲害！」

沈瞳笑咪咪地道：「爹說錯了，他們不是我調教的，我不會調教人，但是我會看人。」

說完，她朝白十七和陳漁說道：「我爹娘不信你們有本事保護我，你們給他們露一手吧，可不能讓他們小瞧了。」

白十七早就按捺不住了，方才進來的時候，眾人一直都將他和漁姊姊當成小孩來看待，他可不是那些只會玩泥巴的小屁孩，他的本事大著呢！

而陳漁的心思比他更細緻得多，也更敏感。她雖然當著這麼多人的面覺得很緊張，但是能看出來，自己和十七若是不能證明自己的實力，說不定小姐的爹娘不會同意讓他們留下來保護小姐，就算看在小姐的面上留下他們，也頂多給他們派一些不痛不癢的活，可能壓根兒就不能跟在小姐的身邊。

所以，她就算再緊張，也必須要表現出自己的能力。

因此，兩個小孩相視一眼，身形一動，各自朝著外面院子的兩邊飛掠出去。

蘇家人面面相覷，不明白這兩個小孩打算幹什麼。

只有蘇昊遠目光一動，似乎已經猜到了，不過他的表現依然很淡定，甚至可以說是十分輕鬆。

沈曈笑盈盈的。「爹，您一會兒可別太吃驚了。」

蘇昊遠對這個閨女真是沒法子。「妳呀，鬼精鬼精的，不過妳今兒可要失望了，爹爹身邊的人，都是經過嚴格訓練的，沒那麼容易……」

話沒說完，伴隨撲通的聲音響起，接連十幾個護衛，被扔在了地上。

之後，白十七和陳漁毫無聲息地回到了眾人的眼前。

蘇昊遠傻了。躺在地上的那些護衛，是他安插在蘇家院子中的人手，他們不僅身手了得，更是隱匿的好手，從不現於人前，就連蘇藍氏都不知道。

如今卻被白十七和陳漁輕而易舉地從暗處揪出來了。

這怎麼可能?!

蘇昊遠難以置信。

不僅是他，躺在地上的那些護衛也覺得匪夷所思，他們藏匿的位置十分隱秘，蘇家上下從來都沒人發現過他們，怎麼這兩個小孩一抓一個準，將他們全都找出來了？

更可怕的是，他們的實力也是相當好，只用了一招，就將他們拿下了。

現在的小孩都這麼可怕的嗎?!

地上的護衛中，一半清醒，一半昏迷。

清醒的一半，是白十七揪出來的，以武力勝之。

昏迷的那一半，是陳漁揪出來的，扔下來的時候便已經昏迷過去了。

蘇昊遠連忙讓人檢查了一番，發現他們都中了迷藥。

他有些嘖嘖稱奇，打量著陳漁。「小姑娘竟是用藥的好手？」

他這些護衛，經過嚴格訓練，不只身手了得，更是精通各種三教九流的手段，下毒、放火不在話下，遇上他分派特殊任務的時候，從來都沒失手過，向來只有他們給別人下毒，從沒有人給他們下過毒，沒想到，今兒卻是栽在一個小姑娘手上，真是有意思。

他目光好奇，看得陳漁有些緊張，躲在白十七的身後。若是旁人問她，她肯定不會搭理對方，不過面前的男人是小姐的父親，她不能不理，便怯怯地點了點頭，解釋道：「他們沒事，再過半個時辰便能醒過來了。」

沈曈也是第一次看見陳漁大展身手，之前在菜園的時候，陳漁表現出來的武功其實並不高，不過輕功倒是和白十七一樣好。後來才知道，陳漁不愛學武功，一直跟著唐爺爺學醫術，只不過沒能將唐爺爺的醫術都學成，反而陰差陽錯學會了毒術技能，對各種毒物十分感興趣，因此研究出許許多多古怪的毒藥。

這麼膽小的小女孩卻跟毒術扯上關係，除了興趣使然，應該也和自保有關，沈曈好奇過後，便不怎麼在意，如今看來，自己留下這兩個小孩，一個月才給十兩銀子，好像不是他們賺，而是自己賺大了。

沈曈暗暗決定給兩個小孩加工錢，然後朝蘇昊遠道：「爹，這下您放心了吧！他們倆的實力，可比您安排的人強多了，有他們在，我不會有事的。」

親眼所見，自己的手下敗得那麼快，雙方連對招的機會都沒有，蘇昊遠還能說什麼，他有些無奈。「妳能找到這麼厲害的兩個小傢伙，爹爹當然放心。也罷，就讓他們跟著妳吧，爹爹不插手了。」

說完，他踢了一腳躺在地上的護衛，笑罵一句「丟人現眼」，便讓他們扛著昏迷的人退下了。

面上的神情不動聲色，蘇昊遠內心卻是在想著一會兒讓人去調查一下白十七和陳漁的身世背景。

若是普通的小孩倒罷了，養在蘇家也不算什麼，但這兩個小孩的能力不一般，不是尋常

人能培養得出來的，自己身邊的人已經是千挑萬選的高手了，卻連這兩個小孩都打不過，這說明兩個小孩的來歷定不簡單。

自個兒閨女的安全最重要，希望兩個小孩跟在她身邊不是另有企圖吧！

終於哄好了眾人，沈曈睏得上眼皮都抬不起來了，把兩個小孩交給蘇藍氏安頓，自己跑去補眠了。

蘇藍氏很喜歡白十七和陳漁這兩個小傢伙，讓人給他們換下身上打補丁的衣服之後，又帶著兩個小孩一起去用早膳，兩個小孩一開始還十分緊張，到後來便漸漸適應了蘇家人的和氣。

兩個小孩在蘇家養了幾天，每日都跟著蘇家人享受沈曈親手做的美味飯菜，跟著沈曈去一品香或者糕點鋪察看店鋪的經營情況，順便能品嚐一品香的好酒、好菜以及糕點鋪的各種甜品、糕點，簡直是樂不思蜀。

短短幾天的時間，兩個瘦瘦小小的小孩就胖了一圈，白十七甚至還長高了一些。

這一天，林大來蘇家彙報桃山上農產品的產量，比尋常人家的產量多了許多，而且品質也好，一品香和糕點鋪用不了那麼多，自己家也吃不完，便詢問是否送去市場賣。

沈曈琢磨了一下，心裡有了一個主意，她說道：「這樣吧，咱們用不完的蔬菜，可以批

發賣給鎮上的酒樓，要賣給哪家，你決定就好；至於家禽和水果，你先送到蘇家，我另有用處，過幾日再通知你。」

沈曈的想法是將這些家禽和水果做成罐頭，開一家小店，專門賣罐頭。桃山那麼大，如今只是開墾了一部分，還有很多地還沒種上東西，再加上人手不足，現階段的產量就有這麼多了，若是充分開墾過後，產量還會更多，做肉罐頭和水果罐頭，既好吃又方便攜帶，肯定會有很多人喜歡。

尤其是出遠門的人。

沈曈突然想起回京的沈修瑾，不知道他如今到了哪裡，路上是否安全，她烙的那些醬香餅夠不夠吃，路上食宿是否方便。

若是之前早些想到做肉罐頭和水果罐頭，他一路上的吃食選擇會更多。

沈曈搖了搖頭，將思念的情緒拋在腦後。

爹要調查的事情，這幾日已經有眉目了，只要等事情辦好，他們一家便會啟程回盛京，到時候就能見面了。如今再想這些，除了徒增煩惱，沒有別的用處。

林大很快便帶人將家禽和新鮮水果全都送了過來。

足足有十幾大車，蘇家下人搬了許久，直到天都快黑了才搬完。

沈曈嚇了一大跳，先前林大彙報產量的時候，她沒怎麼在意，完全沒想到這些東西比她想像中的還要多。

林大傻笑著道：「小姐讓我們打理桃山，自己出主意，我便自作主張請了附近村裡的許多農戶，又圍了幾個菜園，種了不少蔬菜、瓜果，所以……」

「你們做得很好，比我想像中的好太多了。」沈曈笑道：「月底給你們發獎金。」

蘇家廚房雖然又大、又寬敞，但是十幾個籠子裝的家禽和數十個竹簍的新鮮水果壓根兒就放不下，沈曈直接讓下人們放在了廚房旁邊一個沒人住的客院。

一時間，整個客院響起各種雞鴨鵝的叫聲，「咯咯咯」、「嘎嘎嘎」等不絕於耳，還有雞屎、鴨屎、鵝糞四處都是。

沈曈抽了抽嘴角，早知道就不叫林大送來這邊，直接在桃山那邊處理就好了，不過現在已經送過來了，只好盡快解決掉這一片混亂，下次再將場地定在桃山上。

沈曈支使著下人們殺雞宰鴨，還有一部分下人將新鮮水果洗乾淨晾乾，另外又派人去鎮上做瓷器的店鋪訂製一批輕便小巧的陶罐。

她自己則繫上乾淨的圍裙，將殺好的雞鴨鵝肉處理好，帶著下人們一塊兒調製醬料，將其醃製起來。

「什麼氣味，怎麼這麼臭？」

蘇星華一回到家門口，就聞到一股臭味，忍不住皺眉。

家裡的下人都看不到人影，蘇星華叫了好幾聲都沒人應，就連大門口守門的門房都不見了。

這還是蘇家這麼多年來破天荒頭一回出現這樣的情況。

那些個下人膽肥了，難不成全都跑去偷懶了？

蘇星華臉色難看，進了院子以後，冷不丁看見地上全是各種動物的糞便，一下子就明白方才那股臭味是怎麼來的了。

「這是怎麼回事?來人，家裡都亂成什麼樣了，一個個都不見人影！」蘇星華彷彿看見了什麼洪水猛獸，雙腳猛地往後退，看著地上的糞便，不敢往前踏出一步。

下人們全都聚在廚房幫沈曈處理食材，廚房離前院那麼遠，壓根兒就沒人聽見他的聲音。

「娘！娘！」

蘇星華氣得大喊。

然而，還是沒人搭理他。

平常只要他回府，娘必定會第一時間知道，今兒個叫了這麼久都不出來，不用想，鐵定是因為沈曈。

蘇星華早就看透了，從沈曈住進蘇家以後，他就不是他娘的親生兒子了，各種看他不順眼，反倒整日圍著沈曈轉，把她當親閨女了，那叫一個親熱。

不用想，家裡的這些糞肯定歸功於他那個好堂姊，除了他，蘇家還有誰會養這些東西，又還有誰敢讓這些東西在院子裡拉屎？

更何況，如今全府上下的人都不在，鐵定都在廚房。

蘇星華忍著不適，氣勢洶洶地跑去廚房。果然，讓他看見了蘇家一大家子人都擠在小小的廚房裡，他娘和大伯娘還和一群下人一道圍著灶臺，看沈曈在翻炒著鍋裡的東西呢！

「曈曈，妳放這麼多辣椒，這肉還能吃嗎？」蘇藍氏指著鍋裡的東西，總忍不住想打噴嚏，實在是太嗆了，她眼睜睜看著沈曈不斷地往鍋裡面放各種不同品種的辣椒，鍋裡紅通通的，看著不像是炒肉，反而更像是炒辣椒。

他們向來口味清淡，從不吃辛辣重口味的東西，這會兒看見這一鍋辣椒，壓根兒沒勇氣吃。

她身旁的蘇夫人倒是沒那麼多顧忌，自從沈曈搬進家裡來，她每日三餐外加下午茶、宵夜以及各種零嘴，享受得不得了，眼看都圓潤了一圈。她對沈曈的廚藝相當有信心，一點都不擔心會吃不下。

「大嫂，曈曈的廚藝那麼好，怎麼可能不好吃，放心吧！」蘇夫人說道：「若是咱們吃不下，到時候讓我家那臭小子吃，絕對浪費不了。」

蘇星華聽了倒抽一口氣。

娘，我真是您親生的嗎？

嗆鼻的辛辣味瀰漫在空氣中，蘇星華鼻子一癢，終於忍不住打了個大大的噴嚏，驚動了眾人。

正好，鍋裡翻炒的東西好了，沈曈將鍋內的東西盛出鍋，放在雪白的瓷碟中，紅白相映，相當好看。

「來嚐嚐。」沈曈對眾人說道。

眾人面面相覷，看見瓷碟中滿滿的紅辣椒將少得可憐的肉給埋在裡面，都遲疑了一下。

雖然大夥都知道沈曈的廚藝好，但是卻沒人敢第一個來嚐鮮。

蘇夫人朝蘇星華招手。「兒子，你怎麼這麼晚才回來？來，過來嚐嚐你堂姊做的新口味好菜。」

「……」蘇星華恨不得轉身就走，娘這是讓他當試吃的小白鼠呢，這是親娘嗎？他是撿來的吧？但……

「過來啊，還愣著幹什麼？」蘇夫人幾步走過去，把不情不願的蘇星華直接拉了過來。

不等蘇星華拒絕，她挾起一塊直接塞進蘇星華的嘴裡。「來嚐嚐。」

「等等，娘，您挾的是……咳咳咳。」蘇星華眼尖地看見蘇夫人挾的除了一小塊肉以外，還有好幾個鮮紅火辣的小辣椒，可是不等他說完，嘴裡就被塞了東西進來，辣得他不停地咳嗽，滿臉脹紅，眼飆熱淚。

「咳咳咳，娘，您、您想害死您的兒子嗎？」

又香又辣的味道在唇齒間爆開，嗆得蘇星華懷疑人生，他直接將辣椒和肉塊一塊兒吐出來了。

看蘇星華這狼狽的模樣，眾人也不敢嚐鮮了。

沈曈卻笑道：「嬸娘太著急了，堂弟應該沒吃過辛辣的口味，猝不及防塞了辣椒進嘴裡，被嗆到是正常的。」

第五十八章

一時間，亂成一團。

蘇星華瘋狂找水喝。

「兒子，娘沒留意，不小心給你挾了辣椒，你沒事吧？」蘇夫人給蘇星華輕輕拍著背。

蘇星華聽著她那沒什麼誠意的語氣，一時間無語凝噎。「娘，兒子今兒累了，我先回去歇著了，你們慢慢吃，我就不打擾了。」

「別啊，還早呢，娘再給你挾一塊，你來嚐嚐。這回娘會注意，一定不會再挾錯了。」蘇夫人拉住他。

呸，他再吃他就是狗！

蘇星華冷下臉轉身就走。

然而，蘇夫人哪裡那麼容易就讓他走了。

十幾個下人攔住蘇星華，硬生生把他按住，蘇夫人笑咪咪地從紅通通的「辣椒山」中挑出一塊小得可憐的肉塊來，餵到蘇星華的口中。

那表情，那動作，看在蘇星華的眼裡，就像是在給他餵見血封喉的毒藥一樣。

但炒得乾香的肉塊一入口，蘇星華第一反應是想立即吐出來，可是下一秒，他遲疑了。

「咦？」

方才那樣嗆辣的味道並沒有出現，反而肉塊香辣鹹口的味道在味蕾中瀰漫。

蘇星華遲疑片刻，試探著咀嚼了一下，頓時嚐到了截然不同的口味。

「怎麼樣，怎麼樣？」蘇夫人問道。

眾人也眼巴巴地望著蘇星華。

蘇星華此刻的表情，沈曈十分熟悉，因為許多人吃過她的飯菜後，也露出了同樣的表情。

沈曈笑了笑，由著這些人熱鬧，她繼續翻炒著其他的肉。

並不是所有人都能吃辣，所以肉罐頭她打算暫時做兩種口味，一個是香辣味，另一個是紅燒味，若是日後銷量好，她還可以再添加其他的口味。

第一個嚐鮮的蘇星華，在眾人期待的目光下，站起身，一言不發地端起桌上那碟香辣的肉塊，一溜煙地跑了。

「娘，這個我端走了。」

香辣可口，外焦裡嫩的肉塊，他拿著去和好友們佐酒正好。

一整晚就在做各種口味的肉塊中過去，每一種口味沈曈都給眾人留下一些，其餘大部分都裝進巴掌大的小陶罐中，密封好，沈曈再在陶罐的表面貼上一張紙——上面寫著「一品

香」三個清秀的字，作為一品香的產品，對外銷售。

這些肉罐頭，可以當零嘴吃，也可以佐酒、佐菜，風味絕佳，相信很快就會受到景溪鎮百姓們的喜愛。

至於水果罐頭，沈曈打算放在甜心美食糕點鋪銷售。

忙活了一整晚，肉罐頭也才做好了一半，而水果罐頭還沒開始做。

沈曈看天色不早，眾人都昏昏欲睡了，便暫時停工，讓眾人各自回去睡了。

第二天一早，原想繼續完成昨日的工作，沈曈卻收到了一個意外的消息，蘇昊遠調查的事情已經有了眉目，該回盛京了。

這段時間，蘇昊遠和殷明泰每日忙得焦頭爛額，因為皇帝讓他們調查的是十幾年前的案子，許多線索已經找不到了，大部分證據也已模糊、丟失，費了好多工夫，才抽絲剝繭找到一點線索，總算查到了一點眉目。

這會兒還有幾個重要的人證、物證在盛京城，需要即刻回盛京繼續調查。

「曈曈，罐頭交給林家兄弟去做就好了。」蘇藍氏拉著沈曈的手。「咱們該回家了。」

是的，回家。

從出生到現在，十幾年了，沈曈一次都沒踏入過的那個家門。

蘇藍氏想到這裡，忍不住眼眶濕潤，她的好閨女，一出生就是蘇閣老的嫡長孫女，原本應該是集萬千寵愛於一身的大家閨秀，老天偏偏開了個玩笑，讓她流落在外吃了這麼多年的

苦，如今，總算是苦盡甘來了。

等回到盛京，她一定要讓整個盛京城的貴女都瞧瞧自己的閨女有多優秀。

相比於蘇藍氏的激動和期待，沈曈卻有些躊躇。

她前世對「家」這個字，充滿著嚮往，今生藉著原主的身體，得到了這麼疼愛她的爹娘，她其實已經很滿足了，至於什麼蘇閣老的嫡長孫女，什麼大家閨秀，她其實並不在意。

甚至，覺得有些抵觸。

她更喜歡的是作為一個自由自在的農女生活，可以每日做自己喜歡做的事情，不會受到任何拘束；可一旦回到盛京城，成為蘇閣老的孫女，到時候她代表的就是蘇家的顏面，一舉一動都不能輕忽。

自然地，到時候她或許都不可能再開酒樓、經營糕點鋪了；甚至，到了蘇家，能不能進廚房都不一定。

景溪鎮偏遠落後，加上大多數人並不知道她的身分，沒人會在背後議論她的所作所為。可是到了盛京城，蘇閣老畢竟是朝堂上的重臣，蘇家人的一舉一動，莫不吸引整個盛京城人們的關注，就算她那個閣老爺爺允許她繼續做菜、經商，可是其他人呢，其他人若是聽說蘇家那位流落在民間十幾年的大小姐，竟好端端的大家閨秀不做，「自甘墮落」跑去經商，會怎麼議論蘇家？

蘇藍氏似乎看出了沈曈的顧慮，拍著她的手笑道：「放心吧，妳爺爺不是那等迂腐的

人，他比妳想像中的更開明。回到盛京之後，妳依然可以做自己喜歡的事情，沒人會對妳指手畫腳，憑咱們蘇家的地位，也沒人敢在背後議論。」

蘇藍氏在心裡道，若是真有人敢在背後議論她的閨女，別怪她不客氣。

回盛京城的時間定在了明日，沈曈只剩下一天的時間打點景溪鎮這裡的店鋪，好在糕點鋪有陳齊燁盯著，陳齊燁在經營方面的手段和經驗比沈曈還要多，沈曈不必擔心自己不在的時候會出現什麼大問題。因此，她只給糕點師們留下了幾個新糕點的配方和製作新口味糕點的創新思路，讓他們自己琢磨，便不再做其他的安排了。

而桃山那邊，有林家三兄弟在，沈曈也不用擔心會有什麼問題。

只是，陳漁和白十七。

沈曈看著面前的兩個小傢伙，有些頭疼。

「小姐，我們想跟您一起去盛京。」陳漁捏著衣角，小聲說道。

至於白十七，看他的表情就知道，也是鐵了心要一起走的。

沈曈有些無奈。「你們問過陳叔和唐爺爺了嗎？」

兩個小孩面露心虛。

沈曈嘆了口氣，她就知道，這兩個小傢伙肯定是打算先斬後奏。

「你們若是沒經過陳叔和唐爺爺的同意，我是不會帶你們走的。」沈曈讓兩個小孩回

去。

陳集和唐爺爺帶著他們在山中隱姓埋名這麼多年，從不接觸外人，定然是有他們的原因，如果陳漁和白十七真的跟自己走了，盛京人多嘴雜，他們的身分必定會引起有心人的懷疑，到時候會發生什麼就無法預料了。

沈曈剛說完，就聽見一道聲音從身後傳來。

「我們同意了。」

陳漁和白十七都露出驚喜的表情。

「陳叔，你們怎麼來了！」白十七愣了愣，才慢半拍地嚇了一跳。

沈曈回頭，和陳集一起過來的，不只是唐爺爺，還有十幾個面黃肌瘦的人。這些人身上都穿著補丁的衣服，打扮十分寒酸，但是身上乾淨整潔，也如她先前猜測得差不多，基本都是缺胳膊、少腿，不良於行。

這些人都是陳漁和白十七之前說過的叔伯們。

沈曈看著眾人吃力地走過來，連忙讓林家三兄弟去攙扶，陳漁和白十七也趕緊跑了過去，一人攙扶著一個走過來。

「沈小姐，多謝妳這段時間對我們的照顧。」眾人鄭重其事地對沈曈道謝。

自從陳漁和白十七留在蘇家以後，沈曈每日都讓他們帶回許多食物，供養這些叔伯們。

其實一開始他們心裡有過忐忑和懷疑，以為沈曈是另有企圖，後來經過陳集和唐爺爺的

調查後，知道沈曈確實對他們並沒有企圖，這才放心下來。

但是很快地，他們又開始感到不好意思。

他們畢竟有十幾個人，天天靠著人家的接濟過活，卻什麼都沒付出，始終覺得過意不去。

於是，便打算過來桃山大院幫忙守園子，已經守了好多天了，不過林家三兄弟一直都沒發現他們的存在，他們也不打算讓他們知道。

直到方才，聽見了沈曈和兩個小傢伙的對話，他們才決定現身。

「沈小姐，我們這些老東西不良於行，又因為一些原因，不方便外出，這些年來一直都仰賴著兩個孩子照顧，已經拖累他們許久了，也是時候讓他們過上想要的生活了。」

陳集笑道：「兩個孩子從小到大沒有一個像樣的童年，跟著我們這些殘疾的人，沒長歪已經是萬幸，我們也不可能拘著他們一輩子，就讓他們跟妳一道去盛京吧，見識一下外面的世界也不錯。」

其他人也連聲附和。

沈曈本來就是擔心他們不同意，才不讓兩個小傢伙跟著，如今他們既然同意了，她自然不會再拒絕。

陳漁和白十七看到她點頭，歡呼一聲跳了起來。

「這兩個小傢伙調皮得很，若是他們闖了什麼禍，沈小姐不用客氣，儘管罰他們，讓他

們吃個教訓。」陳集樂呵呵地道。

白十七撇嘴。「陳叔，您放心吧，我們不會惹事的，就算真惹什麼事，我們自己也能解決。」

陳集不置可否。

沈曈看了眾人一眼，這些人中，幾乎都身有殘疾，不便行動，若是白十七和陳漁離開，只怕他們的生活還會更艱難。

她有心想照顧，又怕他們不願意接受，想了想，說道：「陳叔，我這桃園種了許多蔬菜、瓜果，還養了不少家禽，管園子的林家三兄弟之前還忙得過來，但是如今開墾的土地越來越多，他們人手不足，越來越捉襟見肘，反正你們住得近，我想請你們幫忙照看園子，管食宿，工錢和兩個小傢伙的一樣，你們看如何？」

她說得很客氣，彷彿真的很需要陳集等人的幫忙。

陳集等人面面相覷，對面前這名少女的印象又好了許多。她分明是看他們這些老傢伙可憐，想照顧他們卻又小心翼翼地怕會傷了他們似的。

陳集失笑，欣賞地看著沈曈，怪不得兩個小傢伙這麼喜歡她，這小姑娘確實不錯，細心又善良。

不等陳集等人開口，陳漁就搶先說道：「爹，唐爺爺，你們就答應小姐吧，反正你們在家裡閒著也是閒著，能在這裡幹活，既能幫小姐的忙，又能消遣掙錢，何樂而不為？」

這些叔伯們的本事，陳漁是知道的，也是全靠他們的教導，她和白十七才會有這麼好的身手，如果他們願意幫小姐守園子，這整座桃山鐵定不會有人敢來鬧事。

「妳這小傢伙。」陳集笑著摸了摸陳漁的小腦袋，既然小傢伙都這麼說了，再加上他們也確實很喜歡沈曈這個小姑娘，就算是看在她這段時間送的那些食材的心意上，他們也願意幫這個忙。

儘管以他們這些老傢伙當年在江湖上的地位，沒有個幾千幾萬兩都請不動他們。

陳集和唐爺爺等人，一共十八個人，全都留了下來。

之前從陳漁口中已經聽說過他們的本事了，可是如今一看，沈曈才知道，她還是低估了這些人。

唐爺爺悠閒地坐在林大搬來的小板凳上，看著陳集帶領另外十六人在院子的四周巡邏一番，佈置下各種陷阱和機關。

短短半個時辰的工夫，便將整個院子四周佈置成鐵桶一個，連蒼蠅都飛不進來。

沈曈嘖嘖稱奇，不知道的還以為這院子裡有金山、銀山呢，區區一個種菜、養雞的院子，竟用上了這麼多的防護措施。

不等沈曈感嘆完，剛佈置好的防護措施便抓住了幾個小賊。

晌午，眾人享用著沈曈做的美味午餐，十幾雙筷子飛快地在飯桌上狂舞，突然聽見了幾

聲淒厲的慘叫。
是院子東北方向的陷阱被觸發了。
陳集第一時間停下筷子，但他並沒有起身，而是看向林大。
眾人見狀，也紛紛看向林大。
見識過陳集等人的本事之後，林大已經對他們佩服得五體投地，甚至隱隱有些忌憚他們，因此，不用陳集說話，他就領悟到對方的意思。
「……」林大默默地放下筷子，揪起還在瘋狂往嘴裡塞飯菜的林二和林三。「走了，別吃了，出去瞧瞧是什麼情況。」
該死的小賊，什麼時候來不行，非得這時候來，害得他沒辦法好好吃飯，一會兒定要狠狠教訓他們，讓他們知道打擾他吃飯，會有多可怕的後果。
不一會兒，林家三兄弟就各自拖著三個黑衣人回來了。
這三個黑衣人臉上還蒙著紗布，將臉遮得嚴嚴實實的，身上全是傷，是被陳集等人佈置的陷阱刺傷的，鮮血淋漓，慘狀令人同情。
其中一個甚至直接被機關削去了一條腿。
「小姐，這三人鬼鬼祟祟的，看樣子好像不是來偷東西的。」林大說道。
院子的東北方向，不是菜園，也不是家禽園，果園也不在那邊，剛剛好是還沒開墾的荒地，若是想要偷東西，正常人都不會選擇從那個位置翻牆進來，可是，偏偏這三個人選了那

裡，而且他們身上都帶著武器。

沈曈一下子就想起了那天晚上遭遇的暗殺。

莫非又是絕殺閣的殺手？

其他人也想到了這點。

然而，陳集搖頭。「不是絕殺閣的，絕殺閣沒有這麼蠢的殺手。」

三個黑衣人臉色一變。人為刀俎，他們出師不利，身先被擒，自然不敢說自己多機靈，但對方如此侮辱他們，未免太過分了。

「要殺要剮隨你們，少在這裡羞辱人！」斷了一條腿的黑衣人梗著脖子怒道。

陳集嗤笑一聲，指了指其中一名黑衣人腰間佩戴的東西，神情一言難盡。「在刺殺的時候，還會隨身攜帶主家家族徽章的殺手，我還是第一次見。說你們蠢，難道說錯了嗎？」

黑衣人低下頭，一看見自己腰間的東西，身體猛地一僵，頓時對陳集的話無言以對。

不等他開口，林大飛快地扯下他腰間掛的東西，呈到沈曈的面前。

沈曈只看了一眼，便認出了這塊家族徽章的來歷。

碧綠色的玉珮，墜著金色流蘇，雕琢著花紋的玉珮中央，雕刻了一個「蘇」字。

同樣的家族徽章，她曾經在蘇昊遠的腰間見過。

看來，這幾名黑衣人，是蘇家派來的。

沈曈目光冷淡。「把他們的面紗摘下來。」

面紗一摘下，沈曈看見了三張似曾相識的臉。

「是你們。」沈曈記性不錯，依稀記得這三個人似乎曾經是蘇阮身邊的護衛。

再加上那塊家族徽章，沈曈心裡已經有數了。

當初蘇阮來景溪鎮的時候，雖然她沒表現出來，但是沈曈依稀能感覺到對方對自己的敵意，不過只要對方沒有做什麼對自己不利的事情，沈曈並不在意。

可是，她沒想到，蘇阮竟是對自己起了殺意，既然如此，那就不能怪自己了。

沈曈眯眼想著，之後，直接將三個黑衣人交給了蘇昊遠。

蘇昊遠得知此事後，怒不可遏。

蘇藍氏更是後怕不已。

「小小年紀，竟如此狠毒，還真是小瞧她了！」

「若非看在她同是蘇家人，年齡又與曈曈相當，我也不會對她如此疼愛，倒是沒想到，這些年對她這麼好，卻把她的心給養大了。她在族中享受的地位和福利，都是我們嫡系給的，若非如此，憑她一個旁系庶出的姑娘，就算那些人再怎麼傾盡財力培養，也不可能有如今這般出色的名聲。

「把這三個人都帶回盛京，旁系那些老傢伙一定要給我一個交代，否則，我絕不甘休！」

第五十九章

蘇阮的出身並不光彩，是蘇家旁系庶出的一個老爺子與一名出身青樓的女子所生，那青樓女子身分低賤，壓根兒沒資格進蘇家的門，蘇家也不可能承認一個小妾所生的女兒，因此，蘇阮小時候是在青樓長大的。

小妾死後，蘇阮也漸漸長大，被迫接客時，正好被蘇昊遠查案的時候偶然發現她的身分，可憐她的身世，便將她帶回蘇家旁系，並且還幫她安排了清白的身分。除了蘇家幾位核心人物，幾乎無人知道她是青樓女子所生，全都以為是外室女所生，因為受蘇家重視，從小大門不出、二門不邁，對外也不宣揚，直到這些年越發優秀，才被蘇家女眷帶出門參與名媛閨秀們的小圈子活動。

正因為蘇阮的年齡與自己丟失的女兒年齡相當，蘇昊遠心生憐憫，才會對她多加照顧，也因此，使得族中的人都對蘇阮更加看重，照著嫡女的方式來重點培養。

蘇阮也爭氣，不管學什麼都願意下苦功，再加上蘇家旁系的刻意推波助瀾，第一美人的名聲漸漸傳揚開來。

如此一來，蘇阮逐漸受到蘇家旁系的看重，蘇家旁系為了讓她順利被蘇閣老看上，繼而過繼到嫡系，付出了許多，在她身邊跟著的護衛都是身手極好的。

蘇昊遠和蘇藍氏不是傻子，這些年也看清了，對旁系那些人的勾當明白得很；但因為蘇阮隱藏得比較深，兩人沒想到一個小姑娘會有如此心機，才讓她接近自己。

如今得知蘇阮心懷不軌，兩人都決定以後不會再讓蘇阮有機會靠近沈曈，更加不會讓她有算計自己的機會了。

「這次，還真是多虧了你們。」蘇昊遠聽說抓到三個護衛的人是白十七和陳漁的親人，連忙給兩個小傢伙打賞了不少銀子，又提出要登門道謝。

陳漁連忙搖頭，磕磕絆絆地道：「老爺客氣了，我們是小姐的人，保護小姐是天經地義的事，而且如今我爹和唐爺爺他們都被小姐請來桃山守園子，做這些是他們的分內之事。」

最重要的是，陳集和唐爺爺等人，絕對不可能同意見蘇昊遠的。

蘇昊遠畢竟是朝廷命官，他們隱姓埋名多年，連普通百姓都不願意接觸，更何況是蘇昊遠。

要不是對沈曈印象好，也信任沈曈的人品，他們甚至不會在沈曈的面前現身。

蘇昊遠見她拒絕，也不勉強，只好多備了幾份謝禮，讓林大送去給陳集等人。

一天時間很快便過去，行李已收拾妥當，即將要離開景溪鎮了。

幾輛外表低調樸素，內裡裝飾豪華的馬車從蘇家駛出，緩緩離開景溪鎮，駛向盛京城的方向。

景溪鎮距離盛京城，乘馬車需要十幾天的路程，最後還要乘船。沿途風光無限，各地風俗民情皆不同，沈曈好奇得很，蘇昊遠和蘇藍氏見她喜歡，便每到一處都停車下來休息半日，因此，回盛京的時間便又慢了許多。

但一家人鮮少有如此悠閒溫馨的時刻，倒也樂在其中，就連蘇昊遠都暫時忘記了皇帝來信中屢次催促他盡快回京的事情，和妻女四處閒逛，購置了不少當地特產和小玩意兒。

原本輕車簡從的馬車，一下子多了一大堆各地特產，於是又添置了兩輛專門運貨的馬車，一路緩緩地跟在車隊的背後，慢悠悠地趕路。

這一日，船終於到了盛京城外。

蘇家全府上下早已得到消息，派出大批人馬在碼頭等著，沈曈一家子一下船，便被下人們接上岸，坐著馬車眾星拱月般回了蘇家。

「老夫的乖孫女怎麼還不回來？」

蘇家花廳裡，蘇閣老坐立難安，不停地問旁邊的老管家。

老管家在他身邊伺候了幾十年，知道他的性子，說道：「老太爺，您這句話已經問了足有三十多遍了。您放心吧，老爺、夫人一定會帶著小姐平平安安回來的。」

蘇閣老也意識到自己太緊張了，但他忍不住啊！

他接過老管家奉上來的茶水喝了一口，嘆了一口氣。「乖孫女流落在外這麼多年，都是受我和她爹的連累，只怕吃了不少苦頭。」

說著，他又氣得猛拍桌子，怒罵蘇昊遠。「那個臭小子，明明早就找到老子的乖孫女了，卻不知道給家裡遞個信，在外面拖這麼久才回來，等他回來，老子定要狠狠揍他一頓！」

想起蘇昊遠昨兒個才派人送信回來，說是會帶著閨女回來認祖歸宗，讓他好好準備一下，他就氣不打一處來。

乖孫女回家認祖歸宗，這麼大的事，只準備一天怎麼夠？

他蘇家的女娃娃，都是寶貝，第一次回家，必須要大肆宣告，宴請各家，林林總總至少要準備個十天、半個月，把排場搞大一點才行。

必須要讓整個盛京城的人都知道，他的乖孫女有多貴重，今後就不會有人敢欺負她了。

花廳內除了蘇閣老以外，還有其他各房的主子和小輩。蘇家這一代的小輩，生的都是男孩，約莫有十幾個，都是蘇閣老的幾個兒子生的，最大的已經二十歲，最小的只有三歲，整齊地站在自個兒的父母身後，沒人敢開口說話。

和蘇閣老的焦慮和愧疚不同，他們的心裡十分複雜。

因為他們從小到大，都知道自己有個失蹤多年的堂姊妹，從他們父母的口中得知，對方極有可能早就死了，萬萬沒想到還有活著回來的一天。

而且看爺爺那模樣，再加上大伯在府中受寵的地位，只怕這位堂姊妹一回來便會是蘇家最寶貝的眼珠子，到時候他們這些原本就不受寵的庶子們，就更不受待見了。

眾人望著大門的方向，心思各異。

沈曈一下馬車，就被蘇家門口的大陣仗嚇到了。

蘇府的下人全都整整齊齊地站在大門口，一看見她，立即激動地大喊「大小姐到家了」，聲勢之大，震耳欲聾，沈曈感覺自己的耳膜都要破了。

她摸了摸耳朵，一時間，不太敢上前。

還沒進門呢，就這麼大陣仗，不知道裡面還有什麼樣的驚喜等著她，難怪蘇昊遠一直不肯提前送信回家通知已經找到她的消息。

一路上，要不是蘇藍氏一直催他，他都不肯通知，恨不得直接帶著沈曈神不知、鬼不覺地回到蘇家。

看來，她那位還沒見面的爺爺，真的很期待她回來。

這麼一想，沈曈頗有些受寵若驚。

蘇藍氏和蘇昊遠不同，她巴不得整個盛京城的人都知道她的女兒要回來了，這樣的大陣仗，對她來說，正好。

這才是蘇家大小姐才能擁有的排場。

她拉著沈曈的手，安撫地拍了拍。「別緊張，妳是蘇家嫡系的大小姐，第一次回家，多大的排場妳都受得起，沒人敢說什麼。」

外面的動靜瞬間驚動了坐在花廳裡的蘇閣老，不等沈曈等人進門，蘇閣老輕咳一聲，壓下面上的激動，故作沈穩地掃了眾人一眼。「好了，咱們蘇家的嫡孫女回來了，大夥跟我一起出去迎接吧！」

眾人面面相覷。

按理說，在場的人雖然都是蘇家庶出的子弟，除了幾個小輩，其他的叔叔、嬸嬸都是沈曈的長輩，天底下沒有長輩出門迎接晚輩的道理。

就算要迎接，也不該由他們出去。

而蘇閣老身為一家之主，沈曈只是他的孫女，一個小輩，就算再得寵，更沒道理讓他親自出門迎接。但蘇閣老在蘇家說一不二，在場的這些人就算有意見，也不敢吭聲，於是只能老老實實地跟著他出門迎接沈曈。

一大家子人一起走出蘇家大門，將正門擠得滿滿當當的。

蘇閣老走在前面，看上去似乎腳步不疾不徐，但實際上，瞭解他的人都知道他此刻有多興奮。

蘇府坐落在盛京城最繁華的地段，門口動靜這麼大，周圍已經吸引了不少人來看熱鬧，看見蘇閣老出門，都嚇了一大跳。

蘇閣老年紀大了，這些年來幾乎不大出門，甚至連朝中的事務也不大管了，身為兩朝元老，有時候甚至連當今陛下都請不動他，可是今兒他竟然出門了，臉上還帶著笑容。

能勞動他老人家親自出門迎接的，究竟是何方神聖？

圍觀的路人皆滿臉驚奇。

「曈曈，快，見過妳爺爺。」

蘇藍氏也沒想到蘇閣老竟然會親自出門迎接，連忙給這個好些年沒見過面的公公行禮。

沈曈連忙跟著行禮，乖巧地叫了一聲「爺爺」。

「欸，好孩子！回來就好，回來就好！」蘇閣老望著沈曈，不停重複這句話。

但沈曈莫名地從他僵硬的神情和重複的話語中，聽出了一點激動的聲音，而且，他雖然儘量按捺住了，但沈曈還是從他的眼中看到了滿滿的慈愛。

這種感覺，與當初和爹娘相認時相似，卻又有些不同，這或許就是血脈相連的感覺吧！

沈曈只感覺心裡暖暖的。

「好了，老爺子，這下您可放心了吧，乖孫女總算平安回來了。」蘇昊遠從馬上跳下來。

蘇閣老收起激動的心情，沒好氣地瞪了他一眼。

等給乖孫女接風洗塵完，再跟你這臭小子算帳！

蘇昊遠被他這一眼瞪得莫名覺得背後一涼。

一大家子人往裡面走，進了花廳，沈曈給蘇閣老磕了頭後，蘇藍氏拉著她，一一介紹。

種。

因為人太多了，沈曈看得眼花繚亂，就只記住了幾個，還只是記住了名字沒對上人的那

「不記得不要緊，反正以後總有機會認識。」蘇藍氏說道：「咱們蘇家，只有妳爹和星華的爹是妳爺爺嫡出的，星華一家在景溪鎮，而咱們蘇府裡面，如今就只有妳一個嫡出的小姐，其他人有天大的膽子，也不敢招惹妳，所以在這府裡，妳想做什麼就做什麼，不用怕，若是有誰招惹妳，妳告訴娘。」

這番話，蘇藍氏是當著蘇家眾人說的。眾人心裡是如何想的，沈曈不知，但看神情似乎都還挺自然的。

蘇家上下正沈浸在團聚的喜慶中，而外界卻因為沈曈的回來掀起了狂瀾。

蘇閣老多年沒邁出蘇家大門一步，整個盛京城這些年幾乎沒人有幸能見他老人家一面，可是今兒卻突然出門，雖然只是踏出了大門幾步而已，但也足以讓盛京城的許多人驚訝不已了。

各家驚異之下，紛紛猜測蘇家出了什麼大事，連忙四處打聽。一些消息靈通的得知是蘇閣老找回了失散多年的嫡孫女，正處於興頭上，便料想到這位孫女在蘇閣老心中的分量，稍微精明些的人已經火速準備了賀禮登門賀喜。

這些人都是平日裡找不到門路接觸蘇閣老的，今兒卻因為蘇閣老心情好，不但沒吃閉門羹，反而被客客氣氣地請進門，一時間都興奮得滿面紅光，暗道蘇閣老對剛尋回的孫女還真

重視，看來這孫女不簡單。

一時間，各人都思量開了。

接風宴結束以後，沈曈便算正式回到蘇家。蘇閣老又親自挑選了一個黃道吉日，安排讓她正式認祖歸宗。

那一日，沈曈被蘇藍氏拉著盛裝打扮，在蘇家眾多族人的簇擁下，在蘇家祠堂進行了隆重的儀式，並正式改回蘇姓，從此沈曈改姓為蘇曈。

不僅僅是認祖歸宗，蘇閣老為了表現對蘇曈的重視和疼愛，也為了顯示她在蘇家的地位，將盛京城大半的世家都邀請來了。

一時間，整個盛京城都沸騰了。

蘇閣老素來低調，這些年更是不見客，想巴結討好的人連蘇家的大門都進不去，如今難得有機會，豈會放棄。

於是，整個蘇府被客人擠滿，賀禮堆積如山。

東宮。

「殿下，這是娘娘讓奴才送來的請帖，好像是蘇家今兒有大喜事。」內侍將燙金紅帖小心翼翼地放在案上。「娘娘說，蘇閣老乃是兩朝元老，先帝和陛下對他都極其看重，若是您能與蘇閣老打好關係，對您將來……」

「本宮何時允許你進來了？下去。」

坐在案前的金冠男子頭都不抬，把請帖一把掃飛出去，低沈磁性的嗓音中滿含不耐煩。

祁修瑾捏了捏眉心。

當初母后以父皇病重為由騙他提前回京，甚至用的還是最高調的方式，讓他以赴京趕考的學子身分參與金鑾殿殿試，在父皇和文武百官的面前展現實力，一舉成為了金科狀元。因為如此，因失蹤五年之久而險些保不住的儲君之位硬是在這樣的情況下，不僅沒有丟失，反而因他出色的表現而更加穩固了，父皇和朝中部分官員都對他十分滿意。然而也因為打了晉王黨一個措手不及，使得他們對祁修瑾更不敢小覷，提前執行了許多計劃。

這陣子太子黨和晉王黨明面和暗地裡的交鋒不少，祁修瑾忙得沒工夫關注曈曈在景溪鎮的情況，正煩得很，哪裡還有心情去拉攏官員？

內侍瑟縮著跪在地上。「殿下，您畢竟和蘇家大小姐有婚約，就算您再不樂意，如今蘇家大小姐回府，正值蘇閣老心情大好的時候，您若是去了，既能表現您對蘇家大小姐的看重和誠意，又能讓蘇閣老對您……」

「不去、不去，本宮……你方才說什麼？」祁修瑾神色一動，抬頭看向內侍。

不等內侍開口，他站起身，大步走過去，撿起方才被他掃落的請帖。

祁修瑾看完請帖上的內容，方才還不耐煩的神情瞬間變了。

內侍戰戰兢兢地跪在地上，等他回過神來，才發現太子殿下已經不在殿內了。

一個時辰後，熱鬧的蘇家第一次迎來了大盛朝的太子殿下。

「老太爺，太子殿下來了。」老管家小跑著進來，在蘇閣老耳畔低聲回報。

太子殿下自回宮之後，除了在金鑾殿的那一場殿試上嶄露頭角，驚豔眾人，之後便幾乎沒露面，許多朝中大臣想見上一面都很難，誰也沒料到，他竟會突然造訪蘇家。

賓客們小聲議論，都認為應該是太子殿下看在蘇閣老的面上才會駕臨，壓根兒沒人會想到蘇曈的身上去。

就連蘇閣老也是如此。

不管太子殿下所為何來，今兒畢竟是大好的日子，對方又是如此尊貴的身分，蘇閣老也不敢怠慢，連忙帶著蘇家眾人小心迎接。

「見過太子殿下。」

蘇曈跟在眾人身後，在黑壓壓的人群中，只看見一頂金冠，沒看見太子是什麼模樣，她只看了一眼便收回目光。

「本宮今日出來，是微服私行，諸位不必如此緊張，只當本宮不存在便可。」

說得倒好聽，誰微服私行不是悄悄地來？可這主兒一來便興師動眾，沒人將太子殿下隨口說的客套話當真，畢竟以對方的身分，他們哪敢真的當他不存在？

只有蘇曈突然愣住，這嗓音為何如此耳熟？

她瞇了瞇眼，不知想到了什麼，默默地走到人群最後面，藉著前面的人擋住了身形。

祁修瑾被一群人擋著，不斷地往蘇家人那邊望去，卻始終沒找到最想看見的那人，心裡又急切、又煩亂。

可是，他越急，就越不如意，眼前這些人彷彿故意與他作對一般，無論他如何暗示，他們都小心地在旁邊伺候，不敢散開。

最後，還是蘇閣老看出了他的漫不經心，讓眾人散開，將他單獨請去了自己的書房。

祁修瑾更加無奈了。

他來蘇家是為了曈曈而來，不是為了蘇閣老。

進了後院無人處，祁修瑾停下腳步，對蘇閣老和盤托出。

蘇閣老心中詫異，這幾年他已經習慣了那些有野心的皇室子弟們三天兩頭來拜訪拉攏，哪怕吃再多閉門羹他們都沒有放棄，今兒來的這位倒是和其他人截然不同。

莫非他想的和其他人不一樣，知道從自己這裡行不通，便想從曈曈那邊下手？

蘇閣老暗嘆，怪不得這位太子殿下才剛回宮不久，便得到不少朝臣的推崇，人家確實是夠聰明。

第六十章

祁修瑾一看便知道蘇閣老想岔了，為免未來的爺爺對自己印象不好，他連忙解釋。「蘇閣老別誤會，我對瞳瞳絕不敢有算計之心，今日來找她確有要事。」

蘇閣老的眼神都變了。

連「本宮」都不說了，自稱「我」，瞧瞧，多麼紆尊降貴的太子殿下，說他沒有企圖他還真不信。

祁修瑾都要急瘋了，他總不能直接說本宮今兒來是為了拐你孫女做太子妃，你做好心理準備吧？

這要是真說出來，只怕他連一眼都見不到瞳瞳。

當初蘇昊遠知道自己對瞳瞳有意之後是什麼態度，他都還記得。

方才在外面，蘇昊遠和蘇藍氏已經認出他來了，好在當著這麼多人的面，又震驚於他的身分，他們到底沒來得及說什麼。

可是沒想到，祁修瑾進得來蘇家後院，卻只能和蘇閣老站在這裡大眼瞪小眼，連瞳瞳的一個影子都沒見著。

被強硬著請進書房，足足聊了半晌，日頭漸漸西沈，祁修瑾一再暗示，都沒能如願。

最後只能黑著臉離開了蘇家。

蘇家廚房。

「曈曈，他走了，妳真不讓他見上一面？」蘇藍氏試探著問女兒，不知道她是什麼想法。

在景溪鎮的時候，兩個年輕人之間的感情好得不行，臨來盛京之前，曈曈還總是掛心著瑾哥兒在盛京不知過得好不好呢，可今兒有機會見面，她又不肯見了。

蘇曈低下頭揉著麵團，力道之大，彷彿在揉著什麼仇人一般，淡淡地道：「娘，您別勸了，我暫時還不想見他。」

原本今兒這樣的日子，她是不該進廚房的，可是她心情不好，若是不做點什麼，無法紓解鬱悶的情緒。

某人回京這麼長時間，連個消息都沒有，虧她還擔心他在盛京過得不好，如今看來，人家堂堂一國太子，隨時隨地都有一大群人捧著，好得不得了，哪裡用得著她擔心？

就該讓他急個幾天，好讓他知道，她也是有脾氣的。

「好吧，妳若不想見便不見了，就算他如今身分不同以往，他也不能強迫妳。妳放心，有爹娘和爺爺在，他若是敢欺負妳，我們都饒不了他！」

蘇藍氏並不是想替祁修瑾說話，她只是怕女兒不高興、悶壞了自己，見狀安撫了幾句，

便在一旁打下手，說著京裡好玩的趣事哄她開心。

這一天過後，蘇曈正式成為蘇家承認的嫡小姐，被整個盛京城所熟知，接連好幾日，她收到了各家女眷邀請她參加不同的宴會和活動，很快便在名媛、貴女圈內混熟了。

而祁修瑾，接連幾日悄悄出宮造訪蘇家，卻都沒能看見蘇曈，彷彿對方提前知道他會過來，故意躲著他似的。

祁修瑾無奈，只好另想辦法。

這一日，天沒亮他就出宮了，直接等在蘇家門口。

蘇曈照常跟著蘇藍氏出門赴會，今兒總算讓他堵了個正著。

突然出現在面前的男人，將眾人嚇了一跳，蘇藍氏下意識地護住蘇曈，正要開口喚人來，待看清男人的臉後，她的動作停了下來。

「娘，您和堂姊、堂妹們先走吧，我一會兒再跟上。」蘇曈說道。

今日要去的是與蘇家有些親戚關係的人家，遲一些也不要緊，蘇藍氏看了祁修瑾一眼，輕拍了拍蘇曈的手，帶著一群好奇的女孩先走了。

蘇曈望著祁修瑾，今日他穿著一身低調的玄色常服，頭上插著白玉簪，整個人溫潤如玉，比起前幾日看見的時候少了幾分矜貴，身形也顯得瘦了些。

堂堂一國太子，回宮後應該吃得更好，白白胖胖的才對，怎麼反倒比當初在景溪鎮的時候更瘦？

心裡這麼想著，但她面上卻不冷不淡，低下頭行了個禮。「民女蘇曈見過太子殿下，不知太子殿下找民女有何吩咐？」

見她這麼冷淡，祁修瑾原本的興奮瞬間被一盆冷水澆滅，既緊張又無措。「曈曈，妳生氣了？我不是故意沒聯繫妳，我回京以後，一直都找不到機會出宮，我宮裡又都是眼線，只要有一點動靜，他們都會發現，到時候，我怕對妳不好。」

他不是不想她，他是不能。

太多人盯著他了，他自己無所謂，但他不想讓她因此受到那些人的影響。

可如今不一樣了，她已經是蘇家承認的嫡女，有蘇閣老為她撐腰，沒人敢在明面上針對她。

不過儘管如此，祁修瑾今兒出門前仍是小心地甩掉了身邊的眼線，低調前來。

生怕蘇曈不信他的話，祁修瑾拿出厚厚的一疊書信。

「曈曈，妳看，這些都是我給妳寫的，自從離開景溪鎮後，每日只要一想妳，我便寫一封信，因路途遙遠，我身邊的人也一直被盯著，怕會給妳帶去麻煩，才一直沒有寄送出去。」

蘇曈倒是沒想到他竟然還給自己寫了信，她驚訝地接過來大致數了一下，竟有上百封。他離開景溪鎮到現在不過才過去了一個多月，所以，他平均一天寫了至少三封。

拆開其中一封看完，裡面字字句句都是景溪鎮一別以後濃濃的想念，以及他每日的生活

記錄，彷彿將一顆真心毫無保留地捧到了她的面前。

被人如此用心地惦記和呵護，哪怕原本有再大的火氣，都發不出來了，更何況，蘇曈一開始便沒有生他的氣。

她唇角幾不可察地翹了翹，將厚厚的信全都收了起來，打算留待回去再慢慢看。

祁修瑾見狀，心知她已經消氣了，暗暗鬆了口氣。

然而不等他高興，蘇曈就道：「哥哥，我沒生氣，既然你身邊都是眼線，還是儘量低調些，不要經常私自出宮，免得被抓住了把柄。」

娘她們走了這麼久，自己若是再不追上去，娘會擔心的。

更何況，今日的宴會雖然是尋常聚會，但遲到了也不好看。

祁修瑾話都來不及回，蘇曈匆匆忙忙地便離開了。

好不容易看見了人，沒能聊幾句，只能眼睜睜看著對方走了，祁修瑾好不鬱悶。

蘇藍氏等人的馬車並未走遠，蘇曈乘坐著馬車，很快便追上了她們。

今日去拜訪的是蘇家旁系五房的宅子，與蘇家大宅在同一條街，不同的是，一家在街頭，一家在街尾。

距離並不遠，很快便到了。

旁系五房的宅子比起蘇家大宅小了些，不過佈置得很是雅致，若是在看見蘇家大宅前看

見這麼雅致的院子，蘇曈一定會被驚豔，如今只是讓她多看幾眼罷了。

她掃了幾眼，便收回目光，目不斜視地跟在眾人的後面進了一處小花園。

今日的聚會，是蘇家自己人的聚會，沒什麼外人，都是蘇家的女眷們。

雖說前幾日蘇曈認祖歸宗時已經有不少人見過她了，但並不是所有人都有資格參加認祖歸宗儀式的，因此，還有一些人對蘇曈只聞其名，未見其人。

今日知道蘇曈會來，眾人都好奇地在小花園裡面等著。

「不知道閣老爺爺是怎麼想的，咱們蘇家有阮姊姊這樣才貌雙全的大美人，哪一點比不上一個村姑了？竟然找她回來認祖歸宗，還這般隆重地介紹給全城的人認識，也不怕她丟了咱們家的臉。」

「聽說她可是從景溪鎮那偏遠的小山村出來的，在農家長大，從小幹慣了農活，誰知道長成什麼模樣？」

「妳想知道她長什麼模樣，還不簡單嗎？我記得咱們府裡面有幾個負責侍弄小花園的花農，花農應該比菜農要輕鬆得多吧？妳去把花農叫過來瞧瞧長什麼樣，那蘇曈鐵定比這花農還要黑個兩倍，定是差不了！」

眾人笑成了一團。

蘇阮就坐在眾多少女的中央，被眾人簇擁著，柳眉微蹙，沒參與她們的討論，只是在一旁聽著，想起蘇曈的容貌，不由得緊握了一下拳頭。

坐在她身旁的蘇佳葉，向來與蘇阮不和，她是這群少女中除了蘇阮以外，唯一一個有資格參加蘇家族會，有幸看過蘇曈認祖歸宗儀式的人，她聽著周圍少女對蘇阮的追捧，以及對蘇曈的貶低，嘴角含著淡淡的嘲諷。

蘇阮雖然貌美，但比起蘇曈，她可是差了一大截。

如今蘇曈不過才剛回京，知道她的人還少，等再過幾日，恐怕盛京第一美人的名號，蘇阮就要拱手讓人了。

況且，人家還是正牌的嫡小姐，憑蘇阮，怎麼跟人家比？

蘇佳葉笑了笑，打斷眾人的笑聲，說道：「這妳們就猜錯了，大小姐的美貌，並不比阮姊姊差。阮姊姊曾經去過景溪鎮，與大小姐相處過一段時間，前幾日也在族會上見過，想必對大小姐的容貌和性子，應該比我更熟悉，妳們若是好奇，不妨問一下阮姊姊，就知道我說得是不是真的了。」

有人噗哧一聲笑了，陰陽怪氣地道：「佳葉，妳可真是個馬屁精，人都還沒到呢，妳就左一句大小姐，右一句大小姐地叫起來了。那蘇曈只是一介村姑，她憑什麼做咱們蘇家的大小姐？況且，我才不信一個村姑的容貌能比得上阮姊姊。」

「憑她是蘇家嫡系的血脈，憑她能得到閣老爺爺的承認。」蘇佳葉有意無意地瞥了蘇阮一眼，成功看見她的臉色陰沈下來，心裡一陣暗爽。

啪嚓一聲，蘇阮手邊的茶杯突然掉在地上，摔成了碎片。

小花園裡靜了一瞬。
氣氛一時間變得有些凝滯。
蘇阮淡淡地掃了蘇佳葉一眼，沒回應她方才的話，繼而怒斥一旁的丫鬟。「怎麼總是這般笨手笨腳的！」
丫鬟愣了一下，看見蘇阮眼中的殺意後，頓時驚恐地跪下來。
她站的地方正巧就在茶杯碎片的前方，這一跪下來，膝蓋重重地壓在茶杯碎片上，裙子瞬間染上殷紅，卻不敢喊疼，一個勁兒地求饒。
蘇阮冷冷地道：「妳要時刻記住自己的身分，做好妳分內的事情，免得哪天丟了性命還不知道是什麼原因！」
丫鬟被摀著嘴拖了下去。
在場的少女們面面相覷，蘇阮雖然高傲，但平日裡從不會當眾發怒，因為會影響她的形象，可現在卻如此動怒，甚至方才的話似乎還意有所指。
顯然，蘇佳葉的話惹惱她了。
小花園外。
蘇曈和蘇藍氏站在門口，聽見了裡面的動靜，神色各異。
「曈曈，妳還是跟娘去前面的牡丹院吧，那邊都是長輩，知道規矩，沒人敢欺負妳；再

說，有娘在，也沒人敢。」蘇藍氏柳眉倒豎，壓下怒意，對蘇曈輕聲說道。

為了讓小輩們玩得開心，今日的家族聚會，小輩們和長輩們的場所是分開的，小輩們在小花園，長輩們則在前院的牡丹院。

蘇曈失笑。「娘，沒事的，她們欺負不了女兒。您忘了，有小漁在呢！」

自從見識過陳漁與白十七的身手以後，蘇藍氏更喜歡這兩個小傢伙了，如今在蘇家，除了蘇曈以外，蘇藍氏最疼這兩個小傢伙。

如今，他們都被安排跟在蘇曈身邊隨身保護，白十七隱於暗處，而陳漁則在明面上，作為貼身丫鬟保護她。

花園裡的都是大門不出、二門不邁的千金大小姐，沒什麼戰鬥力，若是有人敢當眾對她出手，陳漁不會讓對方好過的。

蘇藍氏又叮囑了幾句，才讓蘇曈去小花園，她自己則轉道去了長輩們所在的牡丹院。

蘇藍氏走後，蘇曈淡淡地道：「小漁，咱們進去吧，也不知道裡面的堂姊、堂妹們看見我的容貌與她們想像中的不同以後，會不會被嚇到。」

蘇曈一進入小花園，方才還吵吵鬧鬧的眾人瞬間安靜下來。

蘇曈感覺到無數雙好奇的目光看向自己，在她的臉上、身上四處掃射，像雷達一樣，充斥著各種不同的情緒，好奇、嫉妒、驚豔等等。

她的腳步微頓，無視這些人的目光，神情自然，不卑不亢地繼續往前走，直到到了小花

園眾人聚集的小涼亭，才停下來。

蘇瞳的容貌遺傳了蘇藍氏的美貌，當初還是個皮膚黝黑的小女孩的時候，五官就極其精緻，約莫能看出以後的風華了，經過了這段時間蘇瞳的精心保養，再加上隨著時間的流逝，五官漸漸長開，早就已經脫胎換骨，比以前更加清麗脫俗。

五官精緻，冰肌玉骨，可謂美得不可方物。

更何況她的美不僅僅是在外表上，還有氣質。

少女們盯著她的臉，忍不住屏住了呼吸。

蘇瞳的五官，與蘇藍氏有七、八分相似，青出於藍而勝於藍，活脫脫另一個更年輕的蘇藍氏。

但與蘇藍氏的婉麗溫和相比，蘇瞳的氣質帶著一股拒人於千里之外的清冷孤傲，如寒梅一般，美得驚人。

「諸位堂姊、堂妹們，抱歉，出門時遇上了一些意外，我來遲了。」

直到蘇瞳坐在小亭子裡，開口說話，打破了寧靜，眾人才從驚豔中回過神來。

蘇佳葉倒抽了一口氣，愣了半晌，第一個跑到蘇瞳的旁邊坐下來，一雙眼睛緊盯著蘇瞳的臉挪都挪不開。「瞳瞳，妳還記得我嗎？我是蘇佳葉，比妳大一歲，是妳堂姊，前幾日咱們在族會上見過面。」

前幾日族會上，確實有一個少女和她說過幾句話，不過當時蘇瞳因為認祖歸宗的各種儀

式忙碌得腳不沾地，最後迷迷糊糊地，跟沒有感情的機器人一樣任由娘拉著她四處轉悠，後來見過什麼人，她都記不太清了。

不過，蘇曈能感覺到蘇佳葉對自己沒有惡意，甚至還透露出親近的意思，她點了點頭。

「我記得，佳葉堂姊。」

蘇佳葉聽見這一聲「堂姊」，笑得整個人變成了一朵燦爛綻放的花兒。

可其他人的表情就耐人尋味了。

「蘇佳葉，人家可是蘇家的嫡小姐，妳頂多只是個旁系不受寵的庶女而已，妳算哪門子的堂姊？別惹人笑話！」一個少女酸溜溜地道。

「就是，也不看看自己什麼身分！」

越是大家族，就越講究規矩和身分等級。

尤其是蘇家這樣的家族。

若真論起誰才能稱作是蘇曈正兒八經的堂姊，在場的人，沒一個是有資格的。畢竟蘇家嫡系這一輩的孩子，就只有蘇曈和蘇星華兩人，其他人都是旁系庶出，親戚關係遠著呢！

就連她們的父母，哪怕在外面仗著蘇家的名頭多威風，回到家族內部，也必須低調做人，而她們這些小輩，就更不用說了。

名義上，她們是蘇家的小姐，從小嬌養著，被盛京城大半的同齡少女羨慕嫉恨，可實際上，蘇家的閨女多得數不完，卻壓根兒不值錢。

只有嫡系所出的閨女，才是蘇家真正的掌上明珠。

整個蘇家都知道，蘇閣老究竟多盼著有一個嫡孫女，可是這個嫡孫女，早在十幾年前就失蹤了，生死不明。這些年，眼看嫡孫女是找不著了，蘇閣老似乎有意要在旁系過繼一個各方面都優秀的女孩入嫡系，旁系那些有閨女的長輩們便挖空了心思培養她們，而沒有閨女的就拚了命地生，期盼著生出一個讓蘇閣老滿意的閨女來，導致這十幾年來，蘇家出生的女孩多不勝數。

可是誰也沒想到，努力了這麼多年，蘇家小輩的女孩們將彼此既當成是姊妹、又是競爭者，鬥了這麼久，卻一個都沒能如願。

就連最有希望的蘇阮也是如此。

因為，在蘇閣老快要做出決定，蘇阮即將迎來最後勝利的時候，正牌嫡小姐蘇曈突然回來了。一回來便出盡風頭，成為滿盛京最受關注和羨慕的女子。

這讓她們既絕望又羨慕嫉妒，卻又無可奈何。

眾人心思複雜，一時還不能接受這樣的事實，可蘇佳葉卻似乎不受一點影響，瞬間就接受了蘇曈的出現，甚至還主動跟對方親近起來。

第六十一章

於是，眾人礙於蘇瞳在蘇家的地位，不敢對她如何，但是嘲諷一下蘇佳葉，卻是可以的。

然而，蘇佳葉壓根兒不理這些人陰陽怪氣的嘲諷，一直瞅著蘇瞳看。

那天在族會上，礙著有那麼多長輩在，她不好意思靠近蘇瞳，今兒近距離一看，發現她比前幾天更美了，皮膚也是好得讓人嫉妒。

她盯著蘇瞳的臉，忍不住動手摸了一把，滑溜溜的，手感好極了。

蘇瞳愣了愣。

這一副小流氓輕薄的樣子是怎麼回事？

蘇佳葉終於意識到自己的行為似乎有些不太妥當，紅著臉解釋。「瞳瞳，妳的皮膚太好了，我前幾日第一次看見妳的時候，就想請教妳是如何保養的，一直沒找到機會，沒想到今兒一見，妳的皮膚好像更好了。」

她盯著蘇瞳的皮膚，這麼細膩滑嫩的皮膚，不知道是怎麼保養的，她自個兒每日塗抹那些昂貴的香膏，還吃了不少昂貴補品，卻效果甚微，簡直是羨慕死了。

女人最關注的問題之一，就是皮膚的保養。

在場的眾人方才還在嘲諷蘇佳葉，甚至對蘇瞳目光不善，一聽見蘇佳葉的問題，立即就被轉移了注意力，不由自主地盯著蘇瞳的臉蛋。

對啊，蘇瞳的皮膚可真好，從沒見過有誰擁有這麼滑膩白皙的皮膚。

就連之前號稱盛京第一美人的蘇阮，也比不上她的那般細膩紅潤呢！

眾人的目光立即變了。到底是一群年紀不大的女孩，對一個人的惡意來得快，去得也快，瞬間在蘇瞳的身邊就圍了裡外好幾層的人。

「大小姐，妳皮膚可真好，妳平日裡用了什麼？」

「對啊，堂姊，我用的是芝香閣最頂級的保養品，卻沒什麼效果，妳這是怎麼……」

只有蘇阮及方才開口嘲諷過蘇瞳的幾個女孩，沒有圍過去，神色是一致的陰沈難看。

蘇阮是氣的，而其他女孩，則是悔的。

蘇瞳最大的愛好，除了研究廚藝，便是琢磨護膚品。

她懂得自製許多不同的面膜和精華水，平日裡早晚塗塗抹抹，再加上自從穿越過來以後，不用像前世一樣整天熬夜，也不用面對各種科技產品，古代空氣清新，食材新鮮，全都是純天然的，她的皮膚又精心保養，自然是嬌嫩滑膩得不得了。

蘇瞳對眾人笑道：「我用的都是自己調製的護膚品，妳們若是想要，我改日有空可以多做一些送給妳們；不過，妳們若是想要皮膚變得更好，挑選香膏和胭脂水粉的時候，最好是慎重一些。」

她之前曾經看過蘇藍氏用的護膚品和化妝品，和自己自製的對比，差了不是一星半點兒，其中有一些甚至含有對皮膚不好的成分，長期使用，皮膚定然會越變越差。

「啊？原來如此，那我往後可要小心些了。」

「對啊，難怪用了那麼多東西，皮膚不見好，反而越來越差。可我用的分明是芝香閣賣的最貴、最好的面脂和香膏，芝香閣可是咱們大盛朝最大的脂粉店啊！」

少女們一聽蘇曈說她們臉上的胭脂水粉有可能會導致皮膚更差，恨不得立即就回去將臉上的妝容都卸掉。

蘇曈想像了一下那個畫面，忍不住笑出聲。

她說道：「別擔心，也不是所有的胭脂水粉都含不好成分的，妳們若是實在不放心，可以將妳們用的東西都拿出來給我瞧瞧，或許我能幫妳們看出點什麼。」

眾人連忙讓隨行的丫鬟們把東西拿出來，胭脂水粉和香膏等物品瞬間擺滿了蘇曈面前的桌子。

辨別這些東西是否含鉛之類的有害成分很簡單，蘇曈讓下人準備了一盆水，自己從髮髻上拿下一支純銀的簪子，開始當眾試驗。

眾人都瞪大了眼睛看著。

就連站在蘇阮身邊的幾個女孩，彷彿也忘了方才與蘇曈的針鋒相對，不由自主地跑過去圍觀。

蘇阮一個人孤零零地站在外面，與蘇曈此刻的眾星拱月形成了鮮明的對比。

蘇阮的神色頓時更加難看了。

在場的少女們身分相當，所用的護膚品和化妝品也是差不多等級的，有不少是正巧相同的，因此，蘇曈只用了一刻鍾的時間，便試驗完了所有的護膚品和化妝品。

最後得出的結論，竟是有半數以上都含有害成分，而且這些東西都是出自同一家店，正是芝香閣。

「為什麼會這樣？芝香閣可是咱們大盛朝最大的胭脂水粉鋪啊！而且，還是秦家的鋪子，曈曈，該不會是妳搞錯了吧？」

眾人不太相信。

秦家的生意遍布整個大盛朝，各個行業都有所涉獵，名下的胭脂水粉鋪販售的胭脂水粉都是最好的，用的人都說好，怎麼可能會對皮膚有害。

就連蘇佳葉也有些猶豫了。「曈曈，秦家最注重名聲和商品的品質，不可能會做出有問題的東西，會不會是妳試驗的方法有誤？」

蘇曈當眾試驗這些東西的好壞，不是為了與秦家作對，驗出秦家的東西有問題，她自己也很驚訝。

不過見眾人都不信，她也沒生氣，畢竟這些護膚品和化妝品裡面含的有害成分並不多，

若是不長期大量使用，頂多只是對皮膚有些影響，問題不大，她犯不著給自己找事。

不過，她不想惹事，有人卻偏偏要拉她下水。

蘇阮突然開口道：「秦家的東西，我也用了不少，近段時間確實覺得皮膚有些不對，我原以為是因為氣候的原因才出現的小毛病，如今想來，或許曈曈說得對，芝香閣賣的這些東西有問題。」

這人方才還一副與自己針鋒相對的架勢，如今居然附和自己的話，這讓蘇曈一挑眉。旁邊蘇佳葉湊過來。「她怎麼回事，突然幫妳說話，不會有什麼陰謀吧？」

「別著急，聽聽她還要說什麼。」蘇曈說道。

果然，蘇阮接著又道：「咱們女兒家的臉最要緊，若是出了什麼毛病，可是要命的大事，不管是不是真的，都必須要徹查清楚。不如先將此事報官，讓官府封了秦家的芝香閣，再慢慢取證調查。」

蘇曈自從回到蘇家，蘇閣老為了讓她弄清楚盛京城各大世家之間的關係，請了幾個夫子專門為她講解，她對秦家的認識，已經比當初在景溪鎮時的認識更加深入。

秦家乃大盛朝的豪富世家之首，富可敵國，再加上如今當家的秦老夫人是個樂善好施的性子，經常賑濟窮苦人民，名聲極好，就連皇帝也敬她三分；甚至，因為秦老夫人喜歡接濟各地的讀書人，其中有不少曾經受過恩惠的讀書人考得功名，如今朝中許多官員都對其感恩戴德。

得罪秦家，不僅僅是得罪一個商賈之家那麼簡單，背後帶來的麻煩無法想像。

蘇曈立即明白了蘇阮的企圖。

秦家注重名聲，若是傳出秦家賣的東西有問題，損失的不僅是秦家的生意，還有經營百年的聲譽。因此，第一個指出秦家商品有問題的蘇曈，就會成為秦家的眼中釘，以及秦家擁護者的眾矢之的。

蘇閣老在朝堂中的地位雖然高，但不可能會為一個剛回歸家族的孫女而與秦家對抗，他身為蘇家的族長，不能只考慮自己，必須要為整個家族的利益考慮。

一旦蘇家放棄蘇曈，她迎來的會是什麼，不言而喻。

在場的人只關心自己的皮膚問題，並沒想那麼多，聽完蘇阮的話，頓覺有道理，連忙讓人去報官。

「沒錯，不管有沒有問題，先讓官府調查過再說，沒問題便罷了，若是當真有問題，不能就這麼算了！」

有下人急忙領命出去。

蘇佳葉想攔都攔不住。「怎麼辦？曈曈，蘇阮肯定不安好心，咱們不能讓她們報官啊！」

「秦家的胭脂水粉有問題，這是事實，誰也改變不了。」蘇曈說道：「她們想報官便報官吧！」

反正她在景溪鎮的時候與秦家名下的鴻鼎樓對抗，後來又選擇與陳齊燁合作，早就已經和秦家對上了。

那時候她只不過是一個小小的廚娘，對方或許覺得對付她這種小蝦米沒什麼成就感，一直都沒將她放在眼裡，如今她回到蘇家，盛京城的生意很快也會開始進行，定會與秦家有利益衝突。

既然遲早會對上，那麼提早一些又有什麼關係？

蘇佳葉不知道她心裡的打算，見她如此淡定，急得不得了。

「妳呀，真是初生之犢不怕虎，妳不知道秦家如今的權勢有多大。」蘇佳葉左右瞧了瞧，悄聲道。

「前幾日我偷聽父親與友人的談話，據說秦家早已和晉王搭上，而且過幾日會送一名秦家女入宮，若是秦家女在後宮得了勢，到時候秦家如虎添翼，憑他們的財力和聲望，只怕咱們蘇家未必是對手。」

蘇佳葉說完，自責地看著蘇瞳。「早知道我方才就不應該問妳如何保養皮膚，就不會牽扯出這麼多的事情來了，都是我害了妳。」

「好了，沒事的。」蘇瞳難得遇上這麼合拍的小姊妹，聞言笑著安撫她。「我那裡還有不少自製的面膜，妳跟我回府，瞧瞧喜歡哪些，我都送妳。」

蘇佳葉還想再說什麼，蘇瞳拉著她離開小花園，不再管蘇阮等人如何給她招麻煩。

回到蘇府，蘇曈帶著蘇佳葉進自己的閨房，拿出一堆瓶瓶罐罐，全都是她自己做的護膚品和化妝品。

「這些都是我自己做的，用的都是最溫和的材料，對皮膚沒有傷害，妳看看。」

護膚品的效果，是要長期才能看出效果，可是化妝品，卻是一眼就能瞧出好不好。

因此蘇佳葉對蘇曈自製的護膚品雖然好奇，卻很淡定，可在看見那些色澤鮮亮的化妝品以及化妝用具以後，她目光一亮，瞬間就被吸引了注意力，小花園的事情被她拋到了腦後。

「曈曈，這是口脂嗎？怎麼這麼多種顏色？竟然還有紫色和黑色，抹了會好看嗎？還有，妳這套小毛刷是用來幹麼的。」蘇佳葉發出一連串的疑問。

蘇曈都一一解釋了，並且還教了她用法，最後送給她一整套。

蘇佳葉被教了一大堆從未聽過的關於護膚與化妝的知識，一整天都待在蘇曈的房間和她討論這些，直到天色漸深，丫鬟催促該回去了才依依不捨地捧著一堆瓶瓶罐罐離開。

第二日午後，蘇佳葉又來了。

蘇佳葉一來便道：「曈曈，我昨晚回去以後，就聽說芝香閣被封了，掌櫃和夥計們也被抓了起來。那掌櫃是秦家旁系一個頗受秦老夫人寵信的小輩，被寵壞了性子，蠢得很，仗著秦家的背景，鬧出好大的動靜，搞得整個盛京都知道了。如今秦家其他的產業都受到了影響，我過來的時候路過他們家的幾個分店，全都清冷得很，連小貓、小狗都不從他們家鋪子

門前經過。」
她說完，擔憂地道：「聽說他們家如今正在四處打聽究竟是誰報官說芝香閣產品有問題，蘇阮那些人肯定不會幫妳保守秘密，到時候他們若是盯上了妳，該怎麼辦？」
還能怎麼辦，當然是和他們硬幹到底。
從蘇藍氏開的一品香和秦家的鴻鼎樓對抗開始，再加上後來蘇昊遠查出秦家與晉王聯合養私兵冒充山匪作惡，一樁樁、一件件，早已注定了蘇家和秦家之間的對立局面。
相比蘇佳葉和蘇阮等人，蘇曈更相信蘇家不會因此而放棄她。
因此，蘇曈一點都不擔心。
過了兩天，芝香閣一案的調查結果就出來了，官府並不認為芝香閣的產品對人體皮膚有害，但是意外發現了芝香閣內部的蹊蹺之處——芝香閣鋪子內部的隔層密室，竟然囤積了大量武器。
作為豪富世家，秦家擁有巨大的財富，這已經足以引起皇帝的忌憚了，偏偏這豪富世家擁有極大的聲望後，還在背地裡囤積武器，這下子就捅了馬蜂窩了。
皇帝大怒，命人重重地查，整個秦家如今是人心惶惶，人人自危。而那些平日裡與秦家關係密切的皇子也都被看守起來，連皇子都如此，尋常家族就更不必說了，全都戰戰兢兢，整個盛京城的氣氛緊張得讓人透不過氣。
「沒想到只是一樁小小的案子，竟然牽扯出這麼大的事情，這幾日我娘都不敢讓我出

門，今兒實在是悶得慌，求了她好久，她才同意讓我從側門偷溜出來。」蘇佳葉吐了吐舌頭。

兩人正在一塊兒研製護膚品，蘇佳葉對這些東西感興趣，蘇曈還聽說她自己瞞著父母、長輩悄悄開了一家鋪子，專賣女兒家用的各種東西。

「沒事，過幾日秦家的人就會被放出來的，皇帝這一次只是警告，秦家不但不會有事，很有可能還會從中得到一點好處。」蘇曈說道。

蘇佳葉詫異。「為什麼？秦家大量囤積武器，這可是真真切切的，一個商賈之家，囤積那些東西，會用於什麼地方可想而知，聖上怎麼會放過他們呢？」

蘇曈將自己從蘇昊遠和蘇閣老那裡知道的消息透漏了一些讓她知道。「秦家的銀錢往來都查過了，暫時沒查出可疑之處，大筆的支出和那一批囤積的武器正好對得上，這說明他們沒有花錢招兵買馬，沒有兵馬，單有武器是造不了反的，秦家肯定能對這批武器做出合理的解釋，甚至還會主動向聖上投誠。」

蘇佳葉似懂非懂地點了點頭。

果然，過了兩日，就聽說秦家解除了危機，是秦家少主秦喻解決的，也不知他對皇帝說了什麼，皇帝不僅沒治秦家的罪，反而還收了秦家嫡系的一名女子入後宮，封為秦妃，一時寵冠後宮，秦家聲望更甚從前。

夜裡，蘇曈吹熄蠟燭，剛睡下，便聽見外面傳來的動靜。

似乎是有人企圖闖入她的院子，正巧被陳漁和白十七撞見，兩人和對方打了起來。

雙方沒打多久就停了下來。

不一會兒，陳漁的聲音從外面傳來。「小姐，是瑾少爺來了。」

哥哥怎麼這時候過來？

蘇曈連忙讓陳漁將祁修瑾請進外間。

蘇曈出來時就看見祁修瑾背對自己站在門口，夜風微涼，吹得他的衣角翻飛，發出輕微的聲響。

祁修瑾一身玄色的長袍，腰間束著玉帶，頎長的身形在淡淡的月光映照下在地面投出又細又長的影子。

聽見她的腳步聲，祁修瑾轉過身來，俊逸的眉眼透出幾分疲憊。

祁修瑾剛幫皇帝處理完政事，又繞了好幾條街甩開那些皇子們在他身邊安插的眼線，才翻牆進來的。

上回見面，才聊了幾句便被蘇曈打發，後來好幾日沒見面，曈曈又不愛出門，他壓根兒就找不到機會見她，只好自己想方法來找她了。

「哥哥，你怎麼這麼晚過來？宮門不是已經下鑰了嗎？你到時候怎麼回去？若是被人發現……」蘇曈想起祁修瑾前幾日說過的話，他身邊那麼多眼線和探子，一個不慎就會落下把

柄在對方的手裡，他怎麼還敢這麼大膽行事。

「沒事，不用擔心，我有方法回去。」祁修瑾笑著道，他掏出一塊瑩白的玉珮。「這是我新得的小玩意兒，覺得很適合妳，就想送來給妳，不知道妳喜不喜歡。」

玉珮色澤瑩白，入手溫熱，雕成了小白兔的樣子，很是可愛。

蘇瞳一眼就喜歡上了這塊玉珮，拿在手裡把玩，愛不釋手。

這塊玉珮實際上是祁修瑾自己雕成的，當初在景溪鎮，蘇瞳用麵團給他捏了一個小白兔，前些時候他得到這塊玉時，便立即想到了那隻小白兔，於是就自個兒親自動手雕了這個。

祁修瑾面上看似淡然，實際上緊張得不行，一直緊緊地盯著蘇瞳，生怕在她臉上看到不喜歡的表情，所幸蘇瞳很喜歡，讓他暗暗鬆了口氣。

第六十二章

蘇曈最擅長察言觀色，更何況她太瞭解祁修瑾了，對他的神情變化十分熟悉，早在方才就看出來這玉珮不簡單，應該是他親手做的，不由暗暗笑了起來。

她將玉珮又塞回祁修瑾手裡。

祁修瑾以為她不喜歡，欣喜的表情立即垮了下來。

正想說什麼，就見面前的少女低著頭道：「哥哥，你給我戴上吧！」

「妳、妳說什麼？」祁修瑾的心情在這短短幾分鐘的時間內起起伏伏，這一刻他簡直要懷疑自己是不是聽錯了。

蘇曈內心偷笑，故作不高興地睨了他一眼。「哥哥，這玉珮不是送給我了嗎，那我便是它的主人，自然是我想怎麼處置就怎麼處置，難道你又捨不得了想收回去？」

「不是！」祁修瑾急忙否認，送給她的東西，他怎麼可能會要回來？別說是一塊玉珮，只要她想，他整個人都是她的。

蘇曈看著他緊張的模樣，不忍心逗他了，忍俊不禁道：「好了，我是逗你的，我知道你不是這樣的人，來幫我把它戴上吧！」

說著，她傾身垂首，靠近祁修瑾。

細嫩潔白的頸項線條優美，如天鵝頸一般，美得讓人呼吸一滯。因為靠得近，少女身上的淡雅清香，無孔不入地鑽入他鼻中。

祁修瑾僵在原地，只覺得渾身一陣躁熱，忍不住吞了口口水。靜謐的房間內，只要有一丁點的輕微聲響都會被放大。

蘇瞳等了半天沒等到祁修瑾的動作，聽見這一道詭異的輕響，怔了一下，她下意識地抬頭看了祁修瑾一眼，恰巧與祁修瑾的目光相對。

嬌嫩美麗的容顏，在月光映照下，如出水芙蓉，祁修瑾忍不住又吞了口口水。

蘇瞳再一次聽到了方才那道輕微的聲響，還清楚地看見了祁修瑾的喉結難以克制地滾動了一下。

她瞬間明白了什麼，面色一熱。

祁修瑾的雙眼漸漸變得幽深而陌生，他的目光彷彿會點火，落在蘇瞳的身上，每一處都瞬間滾燙起來。

四周的空氣彷彿變得灼熱，躁熱得讓人受不了，蘇瞳受不了這種難言的曖昧氣氛，硬著頭皮道：「哥哥，天色不早了，你還是早些回去吧！」

祁修瑾仍是緊盯著她，不吭聲。

蘇瞳羞惱，索性轉身不想理他了。

結果剛走一步就被握住了手腕，祁修瑾的手掌燙得驚人，嗓音微啞低沈，帶著某種克制

的意味。「玉珮，不是要我幫妳戴上？」

蘇曈只感覺自己的手都快被他的手掌燙熟了，她掙扎了一下，沒掙開，咬了咬唇，只好硬著頭皮轉身。

祁修瑾握著她細白的手腕，由於長期習武，掌心和虎口有一層厚繭，摩擦得她嬌嫩的肌膚有些紅，蘇曈不敢出聲提醒他放手，他現在的狀態明顯不對，她生怕一開口又刺激得他更加……心裡慌得不行。

等了許久，祁修瑾都沒有任何動作，直到蘇曈覺得自己的腳都站得發麻了，才聽見他發出一聲幾不可聞的嘆息，緩緩地鬆開她的手腕，將白兔玉珮戴在她的脖子上。

之後，他神情恢復了自然，不再做出什麼讓她緊張的動作。

蘇曈暗暗鬆了口氣。

說實話，她雖然已經正視和他的感情了，但她只想循序漸進地發展，不想進展得那麼快。

雖說祁修瑾今晚的反應，是正常男人都會有的，但他在自己的面前向來都是溫潤如玉，乖乖巧巧的，從來沒讓她感覺到慌張，今晚突然這樣，著實嚇了她一跳。這也讓她意識到，他已經不再是那個總愛跟在她身後的男孩，而是成長為一個男人——有著正常慾望與生理需求、會在喜歡的女子面前失控的男人。

蘇曈心情複雜。

白兔玉珮掛在白嫩的頸項上，在朦朧月光下說不清哪一個更白嫩，美得讓人挪不開目光。

祁修瑾輕聲道：「很美。」

蘇曈想起方才他的異常反應，還有些不自在，面頰燙熱，沒吭聲。

祁修瑾知道自己嚇壞她了，不敢多留，現在只想盡快回宮，把身上那股該死的躁熱壓下去。「曈曈，妳早些歇息，我回宮了，改日再來看妳。」

蘇曈點了點頭。

祁修瑾的腳還沒邁出門，就聽見外面傳來一道聲音。

「曈曈，妳睡了嗎？」

是蘇藍氏的聲音。

她的腳步聲正往這邊過來，眼看就要到門前了。

夜深人靜的，若是讓娘知道她和祁修瑾孤男寡女共處一室。

蘇曈心中一跳，也不知怎麼想地，反應快得驚人，她抓住祁修瑾的手，將他拽進裡間，飛快地關上門。

祁修瑾僵了下。

其實他可以跳窗出去的，他輕功好，若是不想讓人發現，沒人會知道他今晚來過。

將祁修瑾拽進房裡以後，蘇曈就後悔了。

當初在景溪鎮的時候，兩人以兄妹關係共處一室也是常事，照理說，應該早就習慣了，就算是蘇藍氏也不會多說什麼，可是現在她一聽見蘇藍氏過來，竟然想都不想就把人拽進屋裡藏起來，簡直就像是偷情被抓住一樣心虛。

然而現在再出去已經來不及了，只能見機行事。

蘇曈無語片刻，睨了祁修瑾一眼，都怪他方才的表現太露骨，害她心神慌亂，失去了理智。

祁修瑾看著她羞惱得小臉微紅的模樣，忍不住低笑一聲。

「噓，別出聲！」蘇曈在他腰間掐了一把，悄聲道：「我娘還在外面。」

祁修瑾配合地壓低嗓音，嗓音低沈，帶著笑意。「好，我不出聲。」

祁修瑾向來都很聽她的話，見他這麼配合，蘇曈放心下來。

外間蘇藍氏的腳步越來越近，敲門問道：「曈曈？」

此刻蘇曈的房內燈燭明亮，假裝睡著了不實際，她只能應了一聲。「娘，您等等，我馬上就來。」

說完，她讓祁修瑾別出聲，鬆開他的手，指著房內緊閉的窗，示意他跳窗離開。

哪知，祁修瑾看著她驚慌失措的模樣，存心使壞不肯走，站在原地不動。

「曈曈，我許久沒向藍姨請安問好，今晚正巧遇上，我還是出去跟藍姨敘一下舊吧！」

他笑著低聲道。

蘇瞳怒瞪了他一眼。「少廢話，快走！」

祁修瑾嘆了口氣，罷了，小姑娘臉皮薄，方才就已經嚇壞了她，若是再來一次，怕是會真的惱了，到時候只怕又要一個月不理自己。

不過，從重逢到現在，兩人單獨說話的次數少得可憐，今晚難得出來一趟，又被打斷，慘遭瞳瞳驅趕，他心裡十分不舒服。

蘇瞳哪裡不知道他在想什麼，眼睛轉了轉，她飛快地在祁修瑾的臉上親了一下，像是哄小孩一般低聲道：「行了，快走吧，回去的路上小心些。」

小臉紅紅的，她有些不自在地摸了摸微燙的臉頰，把祁修瑾推向窗邊。

祁修瑾已經愣住了，半晌沒吭聲，也沒動作，任由她推著自己。

蘇藍氏明顯感覺到屋裡似乎不太對勁，蘇瞳磨蹭了太久沒出來，她又催促了一聲。「瞳瞳？」

蘇瞳用力掐了祁修瑾一把，沒好氣地道：「喂，你別得寸進尺，再不走，這一個月內你都別想看見我！」

祁修瑾這才回過神來，一雙眼睛閃耀著讓人不敢直視的光芒，望著她，薄唇咧出一個傻乎乎的弧度，忽而將她拉近了幾分，大掌按住她的後腦勺，低頭在她的唇上印下一吻。

如蜻蜓點水，一觸即分。

溫軟而克制。

然後他摸了摸蘇曈的頭。「晚安。」

他轉身跳窗，敏捷地飛躍向對面的高牆，身形越來越小，漸漸消失在夜色中。

蘇曈收回目光，站在原地整理了一下紛亂的心緒，才去給蘇藍氏開門。

蘇藍氏一進來便掃了一眼房內。「曈曈，方才我聽見妳院子裡有打鬥聲，怕有賊人半夜來鬧事，便過來瞧瞧，妳沒看見什麼奇怪的人吧？」

蘇曈故作驚訝。「咱們蘇家戒備森嚴，誰會如此膽大包天來這裡找死？娘，您該不會聽錯了吧，我方才一直在房裡看書，沒聽見有什麼動靜，況且，就算真有人敢來，有小漁和十七這兩個小傢伙在呢，沒人傷得了我，您不用擔心。」

蘇藍氏向來睡得早，本來只是在半夢半醒之間聽見的聲音，並不怎麼確定，聞言便放下了心。

蘇曈又哄了幾句，才將她送走。

回房看著大開的窗戶，想起那蜻蜓點水般的一吻，臉上的熱度在微涼的清風吹拂下硬是半晌都沒褪去。

翌日一早，蘇曈醒來就發現自己院子裡的護衛又多了十幾個，將整個院子護得鐵桶一般。

還沒等她問是怎麼回事，陳漁就用一臉做錯事的表情跑過來。「小姐，都怪我昨晚和瑾少爺打的動靜太大了，損壞了院子裡的東西，今早夫人發現以後，就把我叫去問了幾句。」

「妳全都說了？」蘇曈心中一緊，險些坐不住了。

陳漁連忙搖頭。「沒有，小姐不讓我說的事情，就算是老爺、夫人問我也不說。我只說昨晚跑來一個不知天高地厚的小賊，被我打跑了，不小心碰壞了院子裡的東西。」

蘇曈捣臉嘆氣。「小漁啊小漁，妳還不如說是妳和十七鬧著玩碰壞的呢！」

陳漁不明所以，茫然地望著她，不明白自己哪裡說錯了。

蘇曈又嘆了口氣，擺手讓她下去。

自己爹娘精明得很，小漁的說法漏洞太多，以小漁和十七的身手，尋常小賊不出兩招就會被他們拿下，不可能讓他有機會損壞院子裡的東西，也不可能瞞著爹娘不報。

很明顯，那「小賊」的身分非同尋常。

只怕現在爹娘已經知道昨晚來的「小賊」是誰了。

外面那十幾個護衛，肯定是爹安排的。

自從蘇曈回來，蘇家的一日三餐都被她包下了。

鹹香撲鼻的豬肉鮮筍糯米燒賣和熱氣騰騰的雞絲青菜粥一端上餐桌，蘇曈還沒坐下來，就聽見蘇閣老笑咪咪地問道：「曈曈，昨兒個晚上睡得可好？」

蘇閣老對外精明穩重，在家裡卻是個十分慈祥親和的老人，對蘇瞳這個失而復得的乖孫女寵得不行，這段時間讓蘇家其他的晚輩們嫉妒得眼睛發紅，也不敢得罪她，只敢偶爾陰陽怪氣地刺她幾句。

這句話幾乎每天早上他都會問一遍，沒什麼特別的，蘇瞳便照往常一樣的答案回他。

平常蘇閣老與她聊幾句便會止住話題，然後開始用早膳的，可是今兒蘇閣老卻東拉西扯地說了一大堆，似乎欲言又止。

蘇昊遠沒好氣地道：「老爺子，您想說什麼就直說吧，扯來扯去的，沒看瞳瞳做的早餐都涼了？大夥都等著吃呢！」

這下可把蘇閣老給氣壞了。「吃吃吃！你這渾小子，就知道吃！閨女都要被人拐跑了，你還吃得下去！」

這話一出口，整個飯廳都安靜了下來。

蘇昊遠和蘇藍氏整齊地看向蘇瞳。

蘇瞳額頭滴下幾滴冷汗，突然覺得坐立難安。

「咳咳。」蘇閣老意識到自己似乎說漏了什麼，掩飾地咳了幾聲，但事關自己的寶貝孫女，他實在憋不住話，索性也不藏著、掖著了。「瞳瞳啊，昨晚爺爺都瞧見了，妳這丫頭，連窗都不知道關一下，妳和……」

「爺爺！」

蘇曈猜到他後面要說的話，聽不下去了，臉色脹紅，猛地站起身。

「爺爺，先用早膳吧，我好餓。」她挾了燒賣放進蘇閣老碗裡。

蘇昊遠看著爺孫倆，想起今兒一早發現的事情，目光危險。「先別吃了，曈曈，妳坐下來，不用忙活。老爺子，您說說，昨晚您瞧見什麼了？」

祁修瑾——大盛朝堂堂太子殿下，從這一天起，在不知情的情況下，被蘇家拉入黑名單，列為拒絕往來戶。

在蘇曈的堅決阻撓下，蘇閣老雖然沒說出自己昨晚看見了什麼，但蘇昊遠已經憑藉驚人的直覺猜到了一星半點兒，他連早餐都不吃了，黑著臉離開飯廳，在蘇曈的院子裡，又增加了四十名護衛，命令他們日夜輪守，連一隻公蚊子都不准放進來。

之後，他又吩咐府裡的下人，往後若是太子殿下來訪，絕對不能讓他進門。

管家聽完他無理取鬧般的吩咐後，愁容滿面。「可是，老爺，太子殿下身分尊貴，若是他非要進來，我們也不敢攔啊！」

「怕個屁！他一來你便吩咐門房把大門給關上，就說家裡沒人！哪怕是皇帝都不會無緣無故擅闖民宅，他若敢硬闖，老子就去找皇帝告御狀！」

管家苦著臉。老爺您醒醒，人家可是堂堂太子殿下，皇帝的親兒子，咱們惹不起啊！

整個早膳時間，蘇曈都沒辦法清靜，因為蘇閣老對她和祁修瑾之間的關係很是好奇，不停地追問他們當初是如何相識的。

蘇曈頭都大了，應付了幾句，草草吃了些東西，就開溜了。

剛一出飯廳，又被蘇藍氏叫住。

「曈曈，妳和太子雖然曾經以兄妹相稱，但到底不是親兄妹，更何況如今你們兩人身分不同往日，更應該注意些。」蘇藍氏頓了一下。「娘不是反對你們，只是，若是傳出去，畢竟有損妳的名聲。」

「娘，您說什麼呢，昨晚什麼都沒發生，也沒人來咱們府裡。您別聽爺爺胡說，他老了，眼花，肯定是看錯了。」蘇曈臉不紅、氣不喘地道。

蘇藍氏沒那麼容易糊弄，她憂心忡忡地道：「娘知道妳是個有分寸的孩子，可是娘不放心太子殿下，年輕人血氣方剛的，若是一個忍不住……」

「娘！」蘇曈想起昨晚發生的事情，感覺自己的臉都要被她說得冒煙了，連忙阻止她繼續說下去。

蘇藍氏見她面色脹紅，也意識到自己說的話太過露骨了，忙止住話題，卻仍是不放心地囑咐。「盛京城不比景溪鎮，哪怕是在咱們自家府裡，也有無數雙眼睛盯著妳，就連妳都這樣了，更不用說太子，他所處的位置有那麼多人盯著，一舉一動都須謹言慎行，否則，後果不堪設想。安全起見，以後妳和他還是儘量減少單獨相處吧！」

蘇曈點頭。「娘放心吧，我會小心的。」

好不容易應付完蘇藍氏，蘇瞳總算可以清淨時，外面的管家就跑進來通報有客到。算了一下日子，蘇瞳大致知道來的人是誰了。

等她去到前廳，果然看見陳齊燁端坐在那裡喝著下人端來的茶。見她來了，陳齊燁放下茶盞，寒暄了幾句便拿出一本帳簿。「近幾個月來，景溪鎮分鋪的生意越發紅火，已經穩定下來，想必今後不會有什麼大問題，我已安排了一個能幹的管事接手；不僅如此，各地也安排了管事前去忙活開分鋪的事宜，想來再過一些時日便有消息了。」

陳齊燁連日趕路，從景溪鎮來到盛京城，剛剛才進城，便馬不停蹄地趕來蘇家見蘇瞳，此刻臉色發白，眼下青黑，滿臉舟車勞頓後的疲憊。蘇瞳見狀有心想讓他回去休息一下，不用急著談分鋪的事情，但是他雙眼有神，彷彿打了興奮劑一樣，只好聽他繼續講下去。

這傢伙若是放在現代，就是個徹頭徹尾的工作狂，若是不讓他說完，就算勉強把他打發走，他也不會老老實實休息的。

這一說，就沒完沒了，直聊到當天夜幕降臨，敲定了在盛京城開分鋪的所有細節，陳齊燁才意猶未盡地離開。

陳齊燁的辦事能力毋庸置疑，新找的鋪子蘇瞳非常滿意，和他商量著把鋪子內部的裝潢按照景溪鎮分鋪那邊的風格裝修了一番，便開始張羅開業的事宜了。

開業的日期定在下月初三，今兒是二十號，雖說還有十幾天，但要準備的事情多，時間

並不寬裕，因此，蘇曈便開始了忙碌的日子。

每日早出晚歸，和陳齊燁一起招募店員、培訓店員和糕點師，回到府裡還要研究新品，忙得不可開交。

雖然她研究新品的時候府裡的人都有口福，可她這般辛苦，眾人也看在眼裡，心裡都不是滋味。

第六十三章

這一日，蘇曈從外面回來，準備直奔廚房，被蘇藍氏在門口攔住了。

「曈曈，妳這段時間忙得顧不上休息，瞧瞧妳，都瘦了這麼多。」蘇藍氏心疼地道：「今兒別忙了，歇一天，待會兒跟妳佳葉堂姊一塊兒出去放鬆一下。」

蘇藍氏已經提前派人去跟蘇佳葉打好招呼了，話說完就見下人帶著蘇佳葉走了過來。

蘇佳葉今日穿著一套粉嫩的長裙，臉上化了淡妝，嬌俏可人，她朝蘇藍氏叫了一聲「大伯娘」，之後才看向蘇曈。

不看不知道，這一看，立即被她的臉色嚇了一跳。

「曈曈，妳的臉色怎麼這麼差？都有黑眼圈了，這陣子妳究竟在忙些什麼？」

蘇藍氏一臉無奈。「佳葉，今兒大伯娘把她交給妳了，快把她帶出去玩一會兒，不然我看著心堵。」

瞧瞧她好好的一個閨女都成什麼樣了，就為了一個糕點鋪，把自己折騰成這樣，蘇家什麼都不缺，她想要什麼都有，壓根兒用不著這麼累。

可惜，閨女性子倔，做什麼都要做到最好，聽不進她的話，她也沒辦法。

在蘇藍氏和蘇佳葉的聯合圍攻下，蘇曈敗下陣來，到底還是依兩人的意思，由著蘇佳葉

幫她梳妝打扮，乘著馬車出府。

「妳看看，這麼打扮起來，比妳方才那模樣不是好很多嗎？妳呀！有這麼好的條件不好好珍惜，竟然這般浪費，真是讓我不知說什麼好。」

馬車上，蘇佳葉坐在蘇曈的身旁，盯著她的臉蛋和身材瞧了半晌，越看越滿意。

蘇曈的五官本就精緻，雖然這陣子休息不足，臉色有些蒼白，但好在她底子好，上了妝以後就看不出疲態，反而明豔動人，蘇佳葉有信心，今兒的聚會，蘇曈定會是全場最引人注目的那一個。

蘇佳葉和自己的小姊妹們約好了在城南郊外的一處院子相聚，這一處院子是蘇佳葉的閨中密友程芸家的，門外停了十幾輛不同的馬車，程家下人領著蘇曈和蘇佳葉進了院子。

院子裡已經坐滿了各家小姐，歡聲笑語不斷，看見蘇佳葉和蘇曈進來，一個笑容燦爛的少女立即高聲道：「好啊，佳葉，妳又遲到了，每次都是妳最遲！」

說完她看向蘇佳葉身旁的蘇曈，笑道：「不過，看在妳今兒帶來這麼好看的姑娘來給我們認識，便饒了妳。想必這位便是曈曈吧？佳葉可跟我們念叨了好幾回，說她有個又漂亮、又能幹的堂妹，我們早就想認識一下了，想不到今兒竟有這樣的榮幸。」

這少女正是程芸，她是程國公的嫡孫女，從小嬌寵著長大，因為性子活潑，為人熱情，對誰都是一片赤誠，也因此，京中有許多貴女都與她交好，只看這滿院子的少女便知道了。

在這群人中，又數蘇佳葉和她的關係最好，對於她的堂妹蘇曈，程芸自然是不會冷落。

在程芸的熱情招待下，蘇曈將在場的少女們都認全了。這些少女們雖然各有各的尊貴身分，性子也是天生帶有倨傲，但比起蘇阮等人充滿戒備又有所不同，看向蘇曈的目光沒有敵意，只有好奇和和善的打量。

這都多虧了蘇佳葉，自從得到蘇曈送的那些親手製作的化妝品和護膚品，蘇佳葉每天出門和小姊妹們相聚的時候都帶著那些瓶瓶罐罐，四處炫耀，姑娘們聽說芝香閣的事情以後，本來就好奇得很，再一看她的皮膚果然變好許多，自然都上心了，因此，也對蘇曈更加好奇，早就想認識一下了。

這會兒，眾多少女將蘇曈圍在中央，妳一言、我一語地與她攀談，女孩子之間的友情來得很容易，不一會兒的工夫，蘇曈已經能自然地和她們以姊妹相稱了。

雖然很喜歡這群熱情的少女，蘇曈心裡卻始終惦記著糕點鋪開業後的新品研究，正巧程芸向眾人提起她廚藝一絕的事情，蘇曈心神一動，立即接道：「方才我來的時候在院門外看見有下人搬進來幾籠小兔子，還有不少新鮮的食材，好幾日沒下廚了，我正手癢，既然姊妹們都想品嚐我的手藝，不如待會兒的午飯讓我來安排？」

在座的雖然都是世家貴女，但說到底，其中大部分人的身分並不比蘇曈高，更何況蘇曈還是客人，就算她們想品嚐她的手藝，程芸又怎麼能真的讓她下廚呢？

程芸連忙阻止她。

然而蘇曈好不容易找到機會進廚房，怎麼可能那麼簡單就放棄。既然家裡不讓她進廚

房，那她在外面研究新品總可以吧？程芸的這個小院子就是最好的地方，不會有長輩阻止她們，又有這麼多免費的試吃員，這些少女以後都會是她糕點鋪的目標客戶，此時不抓緊機會，豈不是白白浪費了老天給她的這個好機會？

蘇曈故作惋惜地道：「我做糕點最是拿手，尤其是戚風蛋糕、鮮果奶凍、冰淇淋等等，這些糕點在景溪鎮賣得最是好，每日不到晌午便賣光了，許多人搶都搶不到；可惜了，我本來想免費讓妳們嚐嚐鮮，等妳們吃上癮，過幾日我的糕點鋪開張就可以騙妳們去給我捧場了，沒想到妳們竟然不上當。」

一連串聽都沒聽過的甜點報出來，姑娘們都瞪圓了雙眼，恨不得立即嚐嚐看，哪裡還捨得拒絕蘇曈。在場的姑娘們都是好甜食的，立即求著蘇曈給她們露一手，讓她們飽飽口福。

也不管是不是比蘇曈大，全都一口一個曈姊姊地叫。

蘇曈如願以償，笑咪咪地進了廚房。

蘇佳葉扶額，在心裡默默地道：大伯娘，對不住了，不是我不幫您，也不是我不心疼曈曈，實在是甜品的誘惑太大了，我抵擋不了啊！

程家的這處別院，環境優美，位置又好，因此程家的主子們隔三差五都會過來玩幾天散散心，尤其是程芸，每次與小姊妹們相聚，都是在此處，因此廚房裡時刻都備著大量的新鮮食材。

蘇瞳先是做了好幾樣盛京城沒見過的點心，讓姑娘們嚐嚐鮮，然後才專心地研究起她的新品。

經過這段時間的研究，新品她差不多心裡有數了，只不過總感覺還少了些什麼，看著姑娘們圍著精緻的點心興奮得小臉通紅，小聲議論的樣子，蘇瞳靈機一動，突然有了主意。

等姑娘們享用完點心，對蘇瞳的手藝讚不絕口的時候，蘇瞳又端出來一份散發著濃郁甜香與奶香的蛋糕。

「瞳瞳，這是什麼點心，也是妳在景溪鎮賣的嗎？」

「好漂亮，聞起來也很香甜，我從沒見過這麼精緻的糕點，瞳瞳，妳究竟是怎麼做到的？」

「要我說，妳若是開糕點鋪，不如在盛京城開，有我們給妳捧場。」

品嚐過蘇瞳的手藝以後，在場的小姑娘們儼然都成了蘇瞳的粉絲，望著她的眼神狂熱而崇拜，若非還顧忌形象，估計她們恨不得獨自把蘇瞳霸占了，好讓她只為自己做那些好吃又好看的糕點。

蘇瞳這次做的是一種她新琢磨出來的蛋糕口味，她突發奇想，將鮮奶凍和珍珠奶茶等元素做成蛋糕夾心，填充進戚風蛋糕中，從外表上看，這只是尋常的蛋糕，但若是切開，蛋糕夾心的鮮奶凍與做成流沙醬狀態的珍珠奶茶就會從中流溢出來，視覺效果上彷彿雪崩一般，吃起來更是美味無窮，相信一定會有很多人喜歡。

之前她已經派人去蘇府拿來了特製的蛋糕蠟燭，一一插在蛋糕上，把蠟燭點燃，笑著看向程芸。「在大盛朝以外的某個西方國家，過生辰時有吃蛋糕的風俗，由壽星吹滅蠟燭，切蛋糕分給親朋好友享用。今兒沒人過生辰，但妳是主人家，就由妳來吹蠟燭，切第一刀吧！」

「這個我聽說過。」一個小姑娘笑著道：「我大哥說，吹蠟燭前還可以許願。對了，大哥前陣子去的好像就是景溪鎮，回來的時候他還跟我炫耀在當地吃到了許多盛京城買不到的美味糕點，我原本還當他是騙我的，沒想到竟然是真的。他定然是吃過曈曈店裡的糕點，大哥也太過分了，回來竟不給我帶，害我錯過了這麼多美食。」

眾人哈哈大笑。

程芸小心從蛋糕中間切開，眾人驚呼一聲，果然看見從蛋糕中央流溢出甜香味十足的夾心，忍不住齊齊吞了口唾沫。

「好香啊！」

「一定很好吃！」

切成若干份的蛋糕，被分裝到小盤子中，送到了每一個人的手裡，上面還配著一支小銀叉。

蛋糕鬆軟香甜，有一股淡淡的奶香味和蛋香味，夾心層的珍珠奶茶醬奶香與茶香交融，甜中帶著微苦，層次感分明的口感與口味在味蕾中交錯，妙不可言。

珍珠一粒粒晶瑩剔透，混在奶茶醬中，嚼一口，彈牙有嚼勁。

姑娘們沈浸在美味的糕點中，半晌都沒人開口說話。

直到吃完了小盤子中的糕點，她們才回過神來。

「曈姊姊，妳簡直太神了，我從沒吃過這麼好吃的糕點。」

「曈曈，我方才聽佳葉說妳要在盛京開糕點鋪了，真的嗎？這款蛋糕會不會販售？以後我每日都要去光顧。」

蘇曈笑道：「是的，下月初三便開張了，妳們若是感興趣，到時候我親自在二樓招待妳們，想吃什麼都不用客氣，我請客。」

「好啊、好啊，到時候我一定要吃個夠。」

這群貴女們幾乎可以代表盛京城圈子裡的風向，看到雪崩蛋糕這麼受歡迎，蘇曈已經開始期待開張當日的盛況了。

從程家別院回來後，蘇曈立即把雪崩蛋糕的方子寫了下來，每一個步驟都寫得極其詳細，然後讓人送去了陳齊燁那裡。

陳齊燁從景溪鎮回來時帶了好幾個她親手培養的糕點師，技術和人品都很好，把雪崩蛋糕的製作交給他們，蘇曈很放心。

時間一晃而過。

這一日，甜心美食糕點鋪盛京城分鋪，正式開張了。

門前喜氣洋洋，人群熙熙攘攘，只是與別人家店鋪開張的情形截然不同的是，進入糕點鋪的不是什麼普通人，全都是各世家府裡的貴女。

豪華的馬車一輛接一輛地停在店門口，每一輛馬車上都掛著象徵尊貴身分的各家族徽，讓圍觀的百姓們嘖嘖稱奇。

方才還吵吵嚷嚷的繁華街道，瞬間安靜下來，百姓們看著一個又一個尋常沒機會看見的貴女們頭戴紗巾、斗笠，身披華貴披風，將容貌和身形遮擋著密不透風，嫋嫋娜娜地進了這家新開的糕點鋪，香風一陣接一陣地飄來，嬌柔的聲音一個比一個好聽。

「這家糕點鋪背後究竟有什麼來歷，怎麼各家的姑娘都來了？瞧，那不是寧和郡主府裡的車駕嗎？」

「這算什麼，你再瞧瞧這個，這是三皇子府的。」有人小聲道。

不得了，這些貴女們隨便一個，他們都招惹不起，更何況全都來了。這家糕點鋪的東家哪裡來的這麼大面子，竟能吸引這麼多貴人光臨？

該不會，是皇室的人開的吧？

「別說，這家糕點鋪背後也是大有來頭，東家是蘇閣老前段時間剛認回來的孫女，聽說做得一手好菜，她親手做的糕點更是千金難求，想必這些貴女就是衝著她的手藝來的。」

「反正啊，咱們老百姓定是吃不起的。」

人群中已經有不少普通百姓散開了。

若是他們買得起倒罷了，進去瞧瞧熱鬧也行，可既然買不起，又怕萬一衝撞了裡面的那些貴女，到時候丟命，還是趕緊哪兒涼快待哪兒去吧！

只是，沒等他們走遠，從糕點鋪裡面就走出兩個小廝，搬出一塊一人高的牌子擺在店門旁邊，牌子上面寫著今日販售的糕點及價格。

這一幕立即引起了他們的好奇心，連忙看去。

除了前三行的糕點貴得離譜，而且限量銷售以外，底下幾行列出來的糕點竟然一點也不貴，有些甚至便宜得令人難以置信。

瞬間的工夫，方才要走的人也不急著走了，看到有不少糕點自己也能消費得起，甚至有人打算進去看看。

貴女們進了糕點鋪，立即被店裡的夥計領著上了二樓。

樓梯處擺著一塊顯眼的木牌，寫著幾個大字。「請男客止步，二樓只招待女賓。」

貴女們瞧見這一行字，頓時心生滿意，對今日一行更加期待了。

上了二樓包廂內，貴女們都卸下斗笠和披風，露出面容，被夥計們客氣地領到各自的座位。

這些夥計都是蘇曈特意招募來的，雖然穿著男裝，實際上卻都是年輕女子，模樣嬌俏可人，又經過嚴格培訓，舉手投足間客氣而有禮，在一眾貴女們的面前並不像她們常見的丫

鬟、小廝一般戰戰兢兢，反而不卑不亢，讓人心生好感。

程芸和蘇佳葉手牽手，悄聲笑道：「妳瞧，曈曈真是好手段啊，竟然能教出這麼好的夥計來，改天我要問問她是怎麼做到的，回去把我身邊的那幾個丫鬟也調教調教，免得她們出去總是冒冒失失的，丟盡我的臉。」

二樓與一樓的佈置不同，更加清雅，寬敞的大廳周圍是吧檯，還單獨闢了一處半開放式的烘焙房。

此刻的烘焙房內，蘇曈正在調配著各種果汁和奶茶，精美的餐盤上，各自擺放著一份精緻小巧的點心與一杯果汁或奶茶，被夥計們陸續端出來送到眾人面前。

今日來捧場的貴女中，除了當日在程家別院認識的姑娘們以外，還有一些面生的。

這些人看向蘇曈的目光幾乎都是好奇與打量，沒什麼惡意，等吃過面前的點心與飲品以後，更是雙眼發亮，所有的注意力都放在甜品上了。

唯有坐在吧檯旁邊的幾名面容倨傲的貴女，從看見蘇曈開始，就用一種十分挑剔的眼神將她從頭打量到腳，目光隱隱含著不屑與敵意。

蘇佳葉湊過來，低聲在蘇曈耳邊道：「曈曈，那是寧和郡主，長公主殿下的獨女，向來刁鑽跋扈，一旦招惹到她，就連皇子們都要吃虧。我瞧她看妳的眼神不太對，妳何時得罪過她嗎？怎麼感覺她今兒是來者不善？」

蘇曈搖頭，她回盛京到現在，幾乎沒怎麼出門，盛京貴女圈裡面的人，她就只認識程芸

等人，與寧和郡主壓根兒沒有往來，她怎麼知道自己什麼時候得罪這麼一個人物？

兩人正說著話，寧和郡主那邊就出了事。

「啪！」

一聲脆響打破了二樓大廳的安靜，將眾多貴女的目光吸引了過去。

寧和郡主揉捏著發疼的掌心，抬頭睨了一眼面前摀著臉的夥計，冷冷道：「妳好大的膽子，竟敢在糕點裡下毒謀害本郡主！」

「郡主饒命，小的沒有下毒。」

夥計是個面容清秀的小姑娘，此刻臉頰被打得又紅又腫，儘管強忍著不哭，但顫抖的身子與發紅的眼眶已經洩漏了她的驚恐。

但眾人的關注點卻在寧和郡主話裡透露的信息。

「什麼，這糕點有毒？」

不少貴女慌忙放下叉子，視面前的糕點如猛獸。

寧和郡主將插在蛋糕裡的銀簪拿了出來，用帕子擦去上面沾染的糕點，將變黑的末端展示給眾人看。

「妳們瞧瞧，都黑成這樣了，若說無毒，妳們信嗎？」

「天啊，竟然真的有毒！」

眾人慌亂起來，沒人留意到她手裡拿著的銀簪材質低劣，款式老舊，也沒人會質疑堂堂

寧和郡主、長公主寵得跟眼珠子似的掌上明珠，頭上金釵樣樣貴重連城，為何手裡會有一支府裡下人才會用的劣質銀簪。

蘇曈聽見出事了，心裡咯噔一聲，連忙與蘇佳葉結束談話，匆匆忙忙地走出來。

原以為是什麼了不得的大事，結果看見寧和郡主手裡的銀簪，以及她眼中濃濃的敵視與挑釁，她心下了然，方才的緊張去了一大半。

第六十四章

寧和郡主見她神色淡定，不由皺緊眉頭。「蘇瞳，本郡主發現妳店裡的糕點有毒，這事妳必須給我一個交代，否則，本郡主絕不善罷甘休！」

說完，不等蘇瞳出聲，她朝身邊兩個丫鬟示意，隨後兩個丫鬟一人一邊抓住地上跪著的夥計，便要將她拖出去。

寧和郡主的跋扈，蘇瞳早有耳聞，只是沒想到她比自己想像中的還要霸道；若是真讓她們把人拖走，只怕那小姑娘的小命就沒了，不論如何，在事情調查清楚前，她不能讓寧和郡主把自己的人帶走。

「等一下，郡主，下毒的事情還沒查清，您不能將她帶走。」蘇瞳說道。

寧和郡主面容冷了下來。「妳想包庇她？還是說，妳認為這毒不是她下的，而是另有其人？」

她掃了一眼四周的貴女們，目光陰鷙。

貴女們嚇得後退一步，連連搖頭。

滿盛京城的人都見識過寧和郡主究竟有多跋扈，不說前些年無數樁她鬧出來卻無疾而終的殘忍命案，就說上個月，寧和郡主出府遊玩，在一家首飾店裡看上了一套頭面，硬是要將

那頭面買到手，誰知那套頭面是別人早就預定的，對方已經給了訂金，正巧上門取貨。

那取貨的小姐是大理寺少卿的嫡女，平日裡也是千嬌萬寵的，因從小病弱，鮮少出門交際，京中貴女認識得不多，因此沒認出寧和郡主的身分來，更何況這首飾是她自己設計好了款式、給了銀子讓店家訂做的，喜愛得很，怎麼可能會甘心讓給別人？

寧和郡主見對方不肯相讓，一怒之下動了手，幾鞭子下去，當眾將那姑娘抽得鮮血淋漓，當場喪命。

此事影響甚廣，當時目睹此事的除了盛京城的百姓們，還有不少上京趕考的讀書人，這些讀書人中有不少清正耿直的，通過各種關係告到了上面。

然而，因為寧和郡主背後勢力強大，這樁案子最終還是被壓了下來，不了了之。

可憐那大理寺少卿，掌刑獄案件審理，斷案無數，卻不能給自己慘死的閨女討個公道，甚至因此案告到御前，遭寧和郡主記恨，幾日後下值回府的路上就被人襲擊命喪街頭。

這事之後，盛京城再無人敢招惹寧和郡主，對其避之如蛇蠍，就連宮中皇子、公主都避其鋒芒。

此刻被寧和郡主這麼一眼看過來，眾人連氣都不敢喘。

「郡主明察，我們壓根兒沒機會碰您的糕點，又怎麼給您下毒呢？」

眾人都畏懼寧和郡主的權勢與手段，短短幾句話的工夫，在寧和郡主警告般的眼神威脅下，方才還滿座的二樓，瞬間少了一大半的人。

寧和郡主對自己一眼就造成這樣的效果很是滿意，勾了勾唇。

她掃向蘇曈，目光變得狠戾。「這有毒的蛋糕是在妳店裡發現的，不管她有沒有下毒，妳們都得死！」

寧和郡主剛說完，便要招手讓人將蘇曈拿下，突然她袖子動了動，從裡面鑽出一顆毛茸茸的小腦袋。

那顆小腦袋四下張望了兩下，然後瞅準目標，飛快跳向寧和郡主手邊的糕點。

這一幕發生得極快，令人反應不及，就連寧和郡主都沒想到。

她大驚失色。「小乖乖！」

小乖乖是一隻小白鼠，是寧和郡主養的寵物，平日裡總是隨身攜帶，寶貝得不得了，看見牠跑去舔那有毒的糕點，眾人臉色都白了。

若是這小白鼠死了，以寧和郡主的脾氣，鐵定會大發雷霆，到時候在場的人都會被遷怒，一個都別想逃。

就在眾人提心弔膽，面白腿軟的時候，寧和郡主將小乖乖從糕點旁拽了回來。

她小心翼翼地察看小乖乖的情況，發現小乖乖竟然什麼事都沒有。

眾人鬆了口氣，以為寧和郡主反應快，小乖乖沒吃到糕點就被救了回來。然而，只有蘇曈看得清楚，小乖乖分明已經舔了好幾口那糕點，若是糕點真有毒，這隻小白鼠只怕現在已經涼了，怎麼還能好端端地躺在寧和郡主的手掌心？

蘇曈本就不相信自己店裡的糕點有毒，這下證實了自己的猜測，頓時瞇起眼睛，視線從小白鼠和寧和郡主的身上挪開，看向之前被寧和郡主摔在地上的銀簪，若有所思。

最寵的小玩意兒險些在眼皮子底下喪命，寧和郡主驚了這麼一下，心情大起大落，這會兒懶得再收拾蘇曈和店裡的夥計了，她冷冷地掃了蘇曈一眼，拍拍手掌，立即從外面闖進幾個面色不善的侍衛。

「這店裡膽敢有人謀害本郡主，把店給我封了，至於這兩人。」她掃了蘇曈和夥計一眼。「殺了。」

說完，她看也不看蘇曈一眼，便要甩袖離開。

她才不管蘇曈的背後有多大背景，就算她爺爺是手眼通天的蘇閣老又如何？自己的母親還是當朝長公主呢！她的背後靠山是當今皇帝，是整個皇室，難不成還會怕小小一個蘇家？

蘇曈面色一冷，不分青紅皂白便要封店殺人，好個跋扈任性的郡主！

蘇曈不是坐以待斃的人，更何況，此番過錯不在自己，明明是對方故意找碴，她就更不能讓對方得逞了。

不等侍衛們動手，蘇曈叫住了寧和郡主。

「寧和郡主，請等一下。」蘇曈的聲音不疾不徐，帶著一股冷意。

寧和郡主不耐煩地停下腳步，回頭看了她一眼。

「怎麼，妳可是還有遺言要說？」寧和郡主擺手，讓侍衛們先別動手，勾唇似笑非笑地

看著蘇曈。

她一點都不擔心蘇曈能逃得出她的手掌心，蘇閣老在朝中的地位就算再高，皇帝再寵信他，他到底只是一個臣子；而自己，卻是皇室中人，她母親是皇帝的姊姊，皇帝是她的舅舅，從小就疼她，絕不會為了一個臣子而降罪於她。

更何況，蘇曈算哪門子的蘇家人？從小在鄉野長大，才回來沒幾天，與蘇家人的感情恐怕還比不上蘇阮姊姊深呢！她就不信蘇閣老會為了護這麼一個村姑而得罪自己和皇帝。

蘇曈彎腰撿起地上的銀簪，唇角勾起一抹沒有溫度的笑意。「郡主，我覺得咱們之間可能有些誤會。店裡的夥計都是我一手調教的，糕點也是嚴格按照要求做的，沒人有機會往裡面下毒，更何況，我們與郡主無冤無仇，怎麼敢對您不敬呢？」

寧和郡主撫摸著掌心裡的小白鼠，面容冷淡。「誰知道呢？興許是本郡主什麼時候得罪了妳，讓妳懷恨在心，想殺了我。如今人證、物證俱在，妳莫非還想抵賴？」

「什麼人證、物證？」蘇曈輕笑一聲，她捏了捏銀簪。「人證先且不說，我相信在場沒人親眼目睹我或者夥計朝糕點裡面下毒；至於物證，郡主說的物證，難道是這支銀簪嗎？」

寧和郡主懶懶地抬了抬眼皮，滿眼不耐煩。「妳還想說什麼，便一併說了吧！本郡主看在蘇閣老的面上，才容妳留下遺言，若是再廢話，便別怪我不留情。」

「既然郡主都這麼說了，那我也爽快一點。」蘇曈從袖子裡拿出一塊帕子，輕輕刮了一下銀簪上的黑色部分，說道：「郡主身分尊貴，所用之物無不是價值連城的寶貝，想必從來

沒用過這麼廉價的銀簪吧？」

寧和郡主輕嗤一聲。

旁邊圍觀的貴女中，有人嫌棄地道：「這種簪子連我府裡的下人都不會用，寧和郡主是什麼身分，怎麼可能用這種東西？」

蘇曈笑了笑。「這就對了，郡主不用這種銀簪，想必不知道，銀飾除了驗出毒物時會變黑，還有別的情況下也會變黑；若是在場有人仔細觀察，就會發現，銀飾若是保管不當，隨著時間久了，也會慢慢變黑的。」

銀飾變黑，這是一種氧化現象，但是富貴人家極少使用銀飾，就算用，也會有專人每日精心保養擦拭，因此，她們所看到的銀飾，都是光鮮亮麗的，極少有變黑的。

因此，別說寧和郡主了，在場的其他貴女都沒看過變黑的銀飾。

蘇曈的話剛說完，跪在地上的夥計突然像是想起了什麼，伸手拔下了自己髮髻上的銀簪觀察，驚喜地道：「小姐，您說得對，用久了的銀簪真的會變黑。」

寧和郡主臉上的笑意漸漸淡了，她目光冷冷地看著蘇曈。

蘇曈彷彿沒瞧見她的神情變化，笑道：「所以，銀簪變黑，並不能證明這糕點有毒。方才大家都瞧見了，郡主的小乖乖吃過了糕點，卻什麼事都沒有，這說明了什麼，想必不用我多說了吧？」

貴女們面面相覷，本想點頭，但眼角餘光看見寧和郡主難看的神色，都不敢吭聲。

在一陣詭異的沈默中，寧和郡主握緊掌心，藏在袖中的小乖乖發出「吱吱」的慘叫，瘋狂掙扎著。

最後，方才還被她捧著叫小乖乖的寵物，被她幾下掐得斷了氣。

寧和郡主伸出手，將僵硬的小白鼠屍體扔在地上，冷冷地看著蘇曈。「強詞奪理！下毒謀害本郡主和小乖乖，還敢狡辯，真當本郡主好脾氣不成？」

「啪！」

她抽出繫在腰間的軟鞭，在地上狠狠地抽了一鞭，發出令人心驚的聲響。

隨後，眉目一厲，舉鞭不管不顧地揮向蘇曈。

二樓氣氛凝滯，貴女們臉色發白，氣都不敢喘，眼睜睜看著寧和郡主的軟鞭抽向蘇曈，卻無人敢阻止。

寧和郡主的力道極大，這一鞭是衝著蘇曈的臉去的，十分狠辣，擺明是要毀了她的容貌。

蘇曈內心一凜，向後退了半步，陳漁收到她的示意，在角落裡正要出手，卻見一道身影比她更快。

一道修長的身影瞬間出現在蘇曈的面前，同樣抽出一條軟鞭，發出咻咻的聲響，如靈活的蛇一般舞向寧和郡主的軟鞭，與之交纏在一起。

隨後，他用力一拽，寧和郡主吃痛一聲，整個人摔向地面，與此同時，手中的軟鞭脫手而出，被對方收了去。

「好大的膽子，竟敢傷了寧和郡主！」寧和郡主身邊的丫鬟愣神兒片刻，很快反應過來。

然而等她看清擋在蘇曈面前的人是誰後，臉色瞬間變了。

「晉王世子！奴婢見過晉王世子！」

寧和郡主忍著疼起身，驚怒猙獰的面孔在聽見這話之後，立即變成了驚喜，繼而又變成了委屈與不滿。

「世子表哥，你怎麼幫著外人欺負我！」

「我若不出手，妳這丫頭就要鬧出人命來了。」

晉王世子將軟鞭收起，並不打算還給寧和郡主，語氣略帶責備地道：「這軟鞭我收著了，免得妳又四處傷人。」

寧和郡主白了蘇曈一眼，把晉王世子拉到自己身邊，委屈地噘嘴。「世子表哥，有人下毒謀害我，我若是不殺她，難不成等著她來殺我嗎？」

「胡說，方才我在下面都聽見了，這糕點內根本就無毒。」晉王世子哄道：「行了，不要再鬧了，待會兒表哥給妳買好吃的。」

晉王世子好不容易把寧和郡主哄好了，才轉身朝蘇曈致歉。

「蘇小姐見諒，寧和的性子被寵壞了，若是有什麼得罪之處，還請妳不要放在心上，本世子代她向妳道歉。」

晉王世子的嗓音溫和好聽，然而他一轉身，蘇曈卻望著他的臉愣住了。

原因是晉王世子的容貌竟和祁修瑾幾乎一模一樣，若不是知道他今兒不可能會來這裡，她險些以為面前這人是他了。

不過，很快地，她就發現了晉王世子與祁修瑾的不同之處。

祁修瑾雖然在她面前千依百順，但實際上，他的氣質偏冷漠，對除了她以外的任何人都不假辭色，甚至連搭理都欠奉，更不用說對人露出笑臉了；可是眼前的男人卻是溫文爾雅，眉眼溫和，笑容令人如沐春風。

蘇曈盯著晉王世子看的時間太長，導致寧和郡主剛消下去的怒火立即又冒了出來。

「喂，妳……」

不等寧和郡主發作，蘇曈已經回過神來，她低頭道：「多謝世子救命之恩，寧和郡主與我之前或許有些誤會，若是寧和郡主非要追究，不如將此案報官，讓衙門的人來調查此事，這樣既能證明我的清白，也可以給寧和郡主一個交代。」

寧和郡主冷哼一聲。「行，那此案就交給大理寺來調查吧！」

寧和郡主身為皇家人，與她有關的案子，自然是要交給大理寺來管。

她想著，眼下當著世子表哥的面，她無法對蘇曈下手，但等她進了大理寺的刑獄，就由

不得她了，大理寺那些人想必不敢不給她面子，自己想要怎麼搓揉她，也無人敢攔。

然而晉王世子卻不同意。

「算了，原本就只是一個誤會。」晉王世子睨了寧和郡主一眼，說道：「好了，妳也別委屈了，走吧，今兒我還有事情要拜託妳幫忙。」

寧和郡主原本還有些不樂意，但被晉王世子哄了幾句，很快又露出笑容，跟在他的身後一起走了。

這兩人一走，沈悶的氣氛才重新活絡過來，只可惜貴女們已經沒了享用美食的心情，相熟的和沈曈打了一聲招呼，便陸陸續續地打道回府了。

「小姐，晉王世子和太子殿下也太像了吧！方才我險些就認錯了。」

等人都走了，陳漁才跑到蘇曈身邊低聲說話。

「確實像，若非兩人的氣質不同，我還以為是同一個人。」蘇曈說道。

怪不得當初還在景溪鎮的時候，就聽說晉王世子在皇帝的面前十分得寵，原來是這個原因。

太子失蹤好幾年毫無音信，而晉王世子與他長得一模一樣，又多次捨命救了皇帝的性命，換成任何人，都很難不喜歡他。

一般來說，外甥似舅是常見現象，但就算再像，也有個程度，可是皇帝的這個外甥卻和親兒子長得一模一樣，也太詭異了吧？不知道當初沈修瑾沒回宮時，皇帝和皇后每天看著這

樣的一張臉，會是什麼感想。

過了幾日，當祁修瑾與沈落神不知、鬼不覺地打暈蘇家幾個護衛，再次翻牆溜進蘇曈院子的時候，蘇曈將這個疑問說了出來。

有了上回蘇曈主動做出的親暱舉動，祁修瑾這回膽子大了許多，一反平常連碰都不敢碰她的態度，一進來便伸出尾指勾她的小指頭，悄悄試探她的反應。

蘇曈下意識躲了一下，但很快又停住了動作，修長鬈翹的睫毛顫了顫，任由他動作。

結果沈修瑾見她默許，手指勾著勾著，越來越放肆，最後直接捏住她柔軟滑膩的小手不放了。

或許也意識到自己的動作越來越不安分，祁修瑾紅著耳根，輕咳了一聲，才想起方才還沒回答蘇曈的話，他正經說道：「晉王叔與父皇是雙生子，聽說在他的臉被大火燒毀之前，與父皇的容貌也是極其相似的，所以，晉王世子容貌與我相似，並不奇怪。」

蘇曈仍是蹙著眉頭。「可就算如此，也不至於長得一模一樣，你和晉王世子……」

哪怕是親生父子，再相似也有個限度，更何況，晉王世子和祁修瑾只是堂兄弟。

祁修瑾見她仍在糾結晉王世子的事情，不由得酸溜溜地道：「曈曈，雖然他容貌與我相似，但我才是妳的正牌未婚夫，妳不能只看他那張臉和我相似，便將他當作了我，我可不依。」

蘇曈睨了他一眼。「你在胡思亂想些什麼？」

蘇曈回蘇家沒幾天後，蘇閣老就將那道賜婚聖旨的事情告訴了她，如今外面還不知道她和祁修瑾有婚約，蘇家也沒有將此事對外宣告。

蘇曈有些好笑地想，若是這消息傳出去，盛京城那些有意要嫁入皇家的女子鐵定要恨死自己了。

還沒徹底融入盛京貴女圈中，若是就這麼成為公敵，那她以後就不好混了。

兩人又聊了些日常發生的事情，眼見天色不早，祁修瑾被蘇曈催促著離開。

回宮後，沈落覷了覷祁修瑾唇邊帶著淡淡的笑意，斟酌了一下，開口說道：「殿下，屬下問過小漁，今日在糕點鋪中，寧和郡主欲對蘇小姐動手，最後被晉王世子攔下了。」

聞言，沈修瑾唇邊的笑意瞬間消失。

第六十五章

盛京城百姓的消費能力比景溪鎮好得多，隨著時間的流逝，糕點鋪的生意一日比一日紅火，貴女們對這些新鮮又美味的糕點簡直視若珍寶，連帶著對蘇曈也多了幾分好感與好奇心，各種名目的邀約帖子如雪花一般送到蘇家。

關係一般的蘇曈都推了，但身分較高貴或者關係近的，不好推卻，蘇曈便順勢應下。只是，今兒來的這個帖子，卻是有些讓人意想不到。

蘇藍氏拿著帖子看了好幾遍，皺著眉頭。「寧和郡主與妳素來沒什麼交情，她邀請妳做什麼？」

寧和郡主在盛京城的名聲素來不好，蘇藍氏對她沒什麼好感，直覺對方這時候下帖子定然沒什麼好事，她便不想讓蘇曈赴約。

「蘇阮這段時間老是往長公主府跑，我總覺得她不安好心，與寧和郡主又琢磨什麼法子來對付妳，曈曈，妳還是別去了吧！」蘇藍氏道。

說起蘇阮，蘇藍氏一開始對她印象還挺不錯的，但景溪鎮那一次的暗殺，讓她對蘇阮一點好感都沒有了；若非顧忌著蘇家旁支的臉面，她早就讓蘇昊遠將抓到的那幾個侍衛扔到她面前去，跟她好好算這一筆帳了。

如今蘇阮身邊的那幾個侍衛，還被蘇昊遠關在蘇家地牢中，若是蘇阮安分些倒罷了，一旦她再搞什麼么蛾子，這幾個人立即就會被蘇藍氏送去官府，指證蘇阮謀害蘇瞳。

因為蘇瞳嚴令眾人閉緊嘴巴，蘇藍氏這時候還不知道，前幾日寧和郡主在糕點鋪鬧的那事正和蘇阮有關，否則，她現在哪裡還能這麼淡定，只怕早就找蘇阮算帳去了。

蘇瞳輕嘆口氣。「娘，這次的百花宴，是長公主舉辦的，受邀的應當不只我一個人，您若是不信，去問問佳葉堂姊，她定然也收到帖子了。」

說曹操，曹操到。

蘇佳葉穿著一身活潑的寶藍色，跳著跑進來了。

朝蘇藍氏請安後，蘇佳葉看向蘇瞳。「瞳瞳，妳收到長公主府的帖子沒？三日後百花宴，盛京城內有名有姓的未婚女子都收到帖子了，妳要不要去？妳若是去，到時候咱們一塊兒去。」

蘇瞳抓住了她話中的重點。「妳說受邀的都是未婚的適齡女子？」

如此說來，這百花宴極有可能是一個大型的相親會。

蘇佳葉原本沒多想，聞言也反應過來了。

想到寧和郡主如今年齡也不小了，她壓低嗓音。「這百花宴，應該是給寧和郡主辦的吧？」

蘇瞳搖頭。「只怕未必。」

蘇藍氏像是想到了什麼，目光動了動，但到底還是沒開口，由著兩個丫頭自在地說話，自己則出去了。

長公主府的百花宴，舉辦得相當熱鬧，正如蘇佳葉所說，幾乎整個盛京城有名有姓的未婚適齡女子都來了。

大花園內，各家小姐，環肥燕瘦，爭妍鬥豔。

在大花園的另一頭，則是另一番景象，全都是男客，且也是未婚適齡的。

「妳說，隔得那麼遠，誰看得清對面的人是圓是扁啊，咱們又沒有千里眼。」程芸和蘇佳葉一左一右地牽著蘇曈，搗嘴低笑。

三人坐在角落裡，欣賞著爭妍鬥豔的「百花」，蘇曈時不時拈起一塊糕點餵進旁邊兩個姑娘的嘴裡。

聽見程芸的調侃，她抬頭看了一眼對面，笑道：「想看的人，自然多的是法子看，再說，長公主總不可能真的一整天都將男女分作兩席，如此一來，今兒的百花宴就白費心機了。」

話音一落，便有丫鬟過來傳話，請眾人移步長公主府新建的後花園，那邊的景色更美。

於是，兩邊的人聚集在一起，先後進了花香滿園的後花園，年輕的男女們用不著隔著那麼遠的距離對望了。

在場的公子、小姐們，除了蘇瞳以外，都是在盛京城長大的，各府都有一些或深或淺的交情，彼此之間從小都互相認識，只是年齡漸漸大了以後，就要注意男女大防，極少單獨相處了，因此，只有這樣的大型聚會才能光明正大地見上一面。

一開始眾人還有些矜持，但很快地便都自然而然地開始了交談。

一個時辰後，該熟悉的都熟悉了，於是，就有談得來的漸漸離開了人群，就連程芸也被她的小竹馬給帶走了，只有蘇瞳和蘇佳葉坐在角落裡懶得動彈，相當低調。

因為她倆藏的位置極好，是在一處隱秘的花叢中，既能清楚地將整個後花園的風景盡收眼中，又能遮掩住她們的身形，使外面的人看不見她們，因此，有一批人找了蘇瞳許久，都無功而返。

「郡主，沒找到蘇小姐。」

「廢物，後花園就這麼點大，連一個人都找不到，本郡主養你們有何用！」

寧和郡主神色陰冷，發了一通怒火。

下人們跪在地上，一動都不敢動。

蘇阮坐在她身旁，輕聲道：「郡主，咱們找不到，可以讓別人幫我們找啊！」

寧和郡主看向她。「妳有什麼好主意？」

「方才她不是還和程芸、蘇佳葉這兩個人在一起嗎?她們肯定知道蘇瞳在哪兒，去問一下不就知道了。」

片刻後，寧和郡主身邊的丫鬟從程芸那裡打探到了蘇曈和蘇佳葉所在之處，回來稟報。

寧和郡主笑得止不住。「這個蠢貨，到了本郡主的地盤，竟然還敢待在這般隱秘的地方，真是不知死活！來人，告訴他們，可以行動了。」

一刻鍾後。

蘇曈看著眼前兩名油頭粉面的男人，忍不住皺眉。

旁邊的蘇佳葉更是一臉嫌棄。「你們是何人？為何我從沒見過你們？」

今兒的百花宴，邀請來的公子哥兒都是各府有身分的，無論是氣質還是相貌都不差，蘇佳葉之前留意過，絕對沒見過像眼前兩個男人這般氣質猥瑣、相貌普通的。

剛才這兩個男人不知怎麼地就尋到了此處，撞見了蘇曈和蘇佳葉，於是不肯走了，言語間盡是糾纏，並且越來越過分。

眼看這兩個男人越走越近，蘇曈和蘇佳葉意識到了不對勁，猛地從石凳上站起身，推開兩人便要離開。

哪知對方相視一眼，竟是不管不顧地抓住她們的手，不懷好意地道：「兩位蘇小姐，何必這麼急著走呢？我們真的沒有惡意，只不過有些事情想請兩位幫幫忙罷了。」

糾纏間，蘇曈和蘇佳葉沒留意到他們竟然還有同夥，突然感覺腦後一疼，眼前一黑，昏迷過去。

意識模糊間，蘇瞳聽見兩道聲音在說話。

「大哥，咱們真的要這麼做嗎？這可是蘇閣老的親孫女啊，若是真被抓住，咱們就是死路一條。」

「怕什麼，有郡主在，蘇閣老不敢動咱們。再說，今兒只要咱們碰了她，就是蘇閣老的孫女婿了，這樣的好事上哪兒找去？」

「可是……」

「別囉嗦，一會兒郡主就該帶人過來『捉姦』了，咱們動作快點，把她倆叫醒，然後再……」

其中一人發出猥瑣的笑聲。「只有雙方都清醒的情況下做這種事，才夠刺激，被人發現的事情，才能算是兩廂情願的捉姦在床。」

若只有他們是清醒著的，到時候誰都看得出來是他們算計了蘇家大小姐，這可不成。

蘇瞳睫毛顫了顫，沒有睜開雙眼，她能感覺到對方的腳步聲越來越近，一隻手伸向她的衣襟處。

那隻鹹豬手還沒碰到衣襟，蘇瞳突然睜開雙眼。對方被嚇了一跳，就這麼片刻愣神兒的工夫，蘇瞳猛地抬腿踢出，正中對方的臉，痛得他摀著臉退後了幾步，臉上瞬間多了一個腳印，因蘇瞳這一腳踢得十分用力，他的鼻血瘋狂地流淌，狼狽不已。

趁著對方摀臉喊痛，在另一人反應過來前，蘇瞳迅速起身，踹翻房內用於熏香的香爐，

同時大喊。「來人，走水了！」

這裡是長公主府，寧和郡主的地盤，蘇曈已經從兩個男人話語中猜測到這一切是寧和郡主的算計，這附近的下人要麼已經被支開，要麼都是寧和郡主的人，她若是直接喊救命，叫來的絕不會是幫手。

唯一逃跑的辦法，就是讓這裡燒起來。

她就不信，長公主府的人會眼睜睜看著這裡燒起來而不救火。

只要人一多，混亂起來，她就有機會乘亂逃出這裡。

香爐內的炭火燃得正熾，被蘇曈踹翻後，立即點燃了房內的易燃物，熊熊燃燒的火焰舔舐著周圍的一切，頃刻整個房間就陷入了一片火海之中。

兩個男人沒想到蘇曈竟然如此果決，膽敢火燒長公主府，頓時慌張起來。

「該死，著火了，快，救火！」

「不行啊，大哥，火已經燒起來了，外面的人肯定都在趕來的路上了，咱們還是趕緊逃吧！火燒長公主府，若是被捉到，可是死路一條！」

相比兩個男人的倉皇失措，這時候的蘇曈卻相當冷靜，她四下掃了一眼，看見蘇佳葉昏迷著躺在貴妃榻上，她當即用桌上的茶水把她潑醒，然後在蘇佳葉還迷茫的工夫，扶起她就要往外走。

蘇曈扶著蘇佳葉從熊熊烈火中走出來，就聽見一道慌張的聲音在叫她的名字。

是祁修瑾的聲音。

「哥哥，我在這兒。」蘇曈眼睛一亮，大聲喊道。

聽到聲音，祁修瑾立馬趕了過來。

得知蘇曈會來參加長公主府的百花宴，他特地要了一張帖子，只是因為太忙碌了，遲遲才趕來，沒想到一來便聽說長公主府走水了。

他慌忙之下，四處尋找蘇曈的身影，好在，總算讓他看見她平安無事。

此時蘇佳葉已經清醒了，蘇曈剛放開她，還沒來得及說話，就被祁修瑾緊緊抱在懷裡。

雖然沒說話，但蘇曈能從他緊繃的身軀以及微微顫抖的雙臂中感受到他驚慌的情緒。

「哥哥，我沒事，別擔心。」蘇曈心中一軟，輕聲說道。

蘇佳葉在一旁看著抱在一起的兩人，瞪大了雙眼。

曈曈怎麼會和晉王世子。

「曈曈，晉王世子，不要抱了，咱們還是先離開這裡再說吧！一會兒救火的人都來了，咱們要怎麼跟人解釋。」

遠處有腳步聲漸漸靠近，蘇佳葉連忙阻止兩人繼續這樣摟抱，若是讓別人看見了那還得了，到時候不知道流言會傳成什麼樣。

更何況，這裡是寧和郡主的地盤，聽說寧和郡主對晉王世子傾慕已久，若是讓她看見曈曈和晉王世子這般親密，不發瘋才怪。

蘇曈臉色一紅，連忙推開祁修瑾。

「佳葉堂姊，他不是晉王世子。」

蘇佳葉一愣。「啊？」

「這是太子殿下。」蘇曈說道。

太子回宮不過才月餘時間，且一直待在宮裡，除了一些朝中大臣以及後宮妃嬪有機會見過他以外，其他人還未曾見過，因此，蘇佳葉腦海中對於太子的印象就只有幼年太子的形象，如今得知面前這位與晉王世子長得一模一樣的男子竟是太子殿下，瞬間傻眼了。

紛雜的腳步聲越來越近。

「快，起火的地方在那兒，快救火！」

聽說走水之後，長公主第一時間就疏散了今兒參與百花宴的客人，而寧和郡主則被安排帶人前來救火。

此時，她走在下人們的後面，一點都不慌張，反而慢悠悠的，恨不得等火將整個院子都燒毀了才出現。

方才寧和郡主得知走水的地點是這裡時，就已經刻意延緩了過來的速度，如今看見面前已成一片廢墟，她的唇角不由翹了翹。

蘇曈，本郡主本來只想毀了妳的身子和名聲，沒奈何妳運氣不好，就這麼丟了小命，這

是天要亡妳，怨不得我。

「來人，清理一下廢墟，看看有沒有傷亡。」寧和郡主說道。

她已經迫不及待看到蘇曈被燒成一具焦屍的模樣了。她心想，若是抬出來時與兩具男屍糾纏在一起，那就更有趣了。

人命關天，又是這樣離奇的大事，蘇閣老就算權勢滔天，也掩蓋不了悠悠眾口。到時候，整個蘇家都會因為蘇曈成為盛京城茶餘飯後的笑話，名譽掃地。

然而，寧和郡主在腦內想像了無數的情形，卻注定要失望了。

「稟郡主，走水的原因似乎是香爐不慎被打翻了，才燒著了房間，屬下們都找過了，裡面沒有人員傷亡。」

「什麼？這不可能，怎麼會沒有人員傷亡呢？你們再仔細找找，或許漏了什麼還沒仔細察看。」寧和郡主臉上的笑意僵住，連忙讓下人們繼續找。

下人們不明白郡主為何這般失常，聽見沒有人員傷亡後竟然一副失落的模樣，看似恨不得在火中死幾個人似的，但不論如何，主子都開口了，他們自然要遵令。

然而，他們足足折騰了一個多時辰，只差掘地三尺了，卻都沒什麼發現。

寧和郡主不甘心地握緊拳頭，可惡，竟真的讓蘇曈逃過了一劫。

那兩個男人真是廢物，虧她費盡心思將他們弄進府裡，還給他們安排了幫忙的人手，結果仍是失敗了，真是成事不足、敗事有餘。

在失火院子不遠處的假山後，蘇佳葉氣憤咬牙。「這個女人真是惡毒！」

蘇曈淡淡地道：「害了這麼多人，她遲早要得報應，不是不報，時候未到，且等著瞧吧！」

她與寧和郡主素不相識，可對方卻先後兩次找自己的麻煩，任是泥塑的菩薩，也有三分脾性，更何況她自認不是什麼良善之輩。

蘇曈眼神銳利，不管是在背後攛掇的蘇阮，還是寧和郡主，她們先找事，就別怪自己不客氣。

感受到身邊人的情緒，祁修瑾握住她微涼的小手，輕聲道：「曈曈，別髒了妳的手，這些小事，就交給我，好嗎？」

蘇曈從不是一個依賴別人的人，但是祁修瑾這麼期待地望著她，漆黑的眼中閃爍的情緒讓她不忍拒絕，她遲疑片刻，才點了點頭。

「不過，你打算如何對付她們？」

望著她，祁修瑾眼中的溫柔不減半分，嗓音卻帶了幾分狠意。「自然是以其人之道還治其人之身，那兩個男人我已經讓沈落拿下了，她既是喜歡，我可以再送回去給她。」

蘇曈瞬間明白了他的意思，她皺眉問道：「能否換個方式？雖然她們著實可惡，但我還是不喜歡用女子的名聲來做這樣的事，不想讓自己成為她們那樣的人。」

最重要的是，祁修瑾畢竟是太子，做這樣的事情有損他的名聲，萬一日後被人查出一絲

端倪，他該如何向世人交代？

「好，都聽妳的。」祁修瑾知道她是為自己好，眉宇間的冷意瞬間消散，溫柔又順從地道。

一旁的蘇佳葉抖了抖身上的雞皮疙瘩，雖然這兩人什麼都沒做，也沒說什麼曖昧的話，但不知為何，她就是感覺有一股曖昧旖旎的氣氛圍繞在他們的四周。

大盛朝丰神俊美的太子殿下，有關他的傳聞，她可是聽說過不少。才回來短短月餘時間，殺伐決斷、殘忍無情等等詞語都被用在他的身上，滿朝文武無人敢小覷他，可是這樣的一個人，在蘇曈的面前卻如同一隻順從的小寵物一般，目光柔和得讓人沈溺其中，簡直讓人懷疑那些傳聞是不是都瞎編的——當然，這也是她沒聽明白兩人的對話才這麼想。

蘇佳葉忍不住感慨。

能讓太子殿下這般對待，可見曈曈在他內心的分量有多重。

一個時辰後，長公主府又起了一場大火，這一回失火的不是偏僻無人的小院，而是寧和郡主居住的院子。

這場大火火勢之大，濃煙滾滾，直上雲霄，驚動了大半個盛京城。

第六十六章

據說起火時，寧和郡主正躺在床上睡得香甜，若非長公主豢養的死士捨命相救，只怕如今已成一具焦屍了。

不過儘管如此，寧和郡主卻沒能幸免。

她被燒傷了臉，向來引以為傲的容貌就這麼毀在這一場大火。

當天夜裡，整個長公主府的人徹夜無眠，無數馬車從四面八方奔馳而來，停在長公主府大門前，從馬車上下來的皆是大盛朝有名的神醫。

宮中擅長治燒傷的御醫也都被請進了長公主府，通宵達旦救治，不敢有一絲一毫的懈怠。

然而，寧和郡主雖然保住了一條命，她的臉卻無論如何都保不住了。

第二天清早，蘇佳葉天剛亮就來了，跟蘇曈說完寧和郡主的八卦，她幸災樂禍了一陣，之後又有些心有餘悸地道：「聽說臉上皮膚都燒焦了，御醫治了許久才穩定下來，往後恐怕就算痊癒了也沒辦法恢復從前的容貌了。所以說，人啊，就是不能幹壞事，誰知道報應什麼時候就來了呢！她害死了那麼多人，今兒老天只毀了她一張臉，已經算是仁慈的了，要真說起來，被她害死的那些人才真的是無辜呢！這一場火燒得好，老天也算是有眼了。」

其實蘇曈已經猜到那場大火不是意外，而是人為了。

昨晚沈修瑾離開前的神情，她記得很清楚，寧和郡主這次的行為，是真的惹惱了他。

蘇曈看了蘇佳葉一眼。這天真的小丫頭恐怕還以為這場大火是意外呢，算了，還是別說出真相吧，免得嚇壞她。

等送走了蘇佳葉，蘇曈回到房間，沈落悄悄送來了一個錦盒，裡面放著一支精巧的簪子，簪子下面還壓著一張紙條。

蘇曈展開一看，紙條上寫著——

「她兩次設毒計害妳，我只毀她一張臉，應該不算狠毒吧？曈曈不要心軟，妳對她心軟，她可曾對妳心軟過？」

敢情他是擔心自己會覺得他的手段殘忍，特地寫張小紙條來哄她呢！

蘇曈哭笑不得。

她自認不是聖母，寧和郡主第一次見面時就想要她的命，第二次又想毀她聲譽，若非蘇曈運氣好，換作旁人，如今已成了她手下亡魂了，這樣蛇蠍心腸的女人，蘇曈就算再心軟，也不會對其手下留情。

祁修瑾這樣做，說不上對錯，但很解氣卻是真的。

更何況，他是為了她才這麼做的，她又怎麼會隨便評判他的行為。

蘇家旁支府裡，蘇阮剛聽說寧和郡主出事的消息，還沒來得及感嘆一句，就見門外氣勢洶洶地衝進來一群人。

「站住！好大的膽子，你們究竟是什麼人，竟敢擅闖蘇家，可知這是什麼罪名！」下人連忙攔住對方。

「衙門辦案，閒雜人等讓開！」

隨著話音落下，眾人才看清楚，這群人身上穿著衙門的服裝，並非存心來鬧事的。

可是，還不如是來鬧事的小混混呢！

盛京城誰人不知他們家是蘇家旁支，背後的靠山是當朝蘇閣老？就算是皇帝想動他們也得掂量一下，更何況今日來的這群衙差。

可這些衙差卻神情不善，氣勢洶洶，一看便知大事不好。

一時間，下人們噤若寒蟬，無人再敢上前阻攔。

「蘇小姐，有人狀告妳謀害蘇閣老的嫡長孫女蘇瞳，請妳跟我們走一趟。」

隨著為首的官差一句話出口，蘇阮的臉色突地白了。

蘇阮神色變幻，片刻後回過神來，她鎮定心神，看著為首的官差，冷靜道：「大人，我與蘇瞳無冤無仇，怎麼會謀害她？您說這話可有憑證？我是蘇家的小姐，你們不能隨便抓我。」

對方可不管她是哪家的小姐，天子犯法，與庶民同罪，更何況她只是蘇家一個庶出的姑娘而已，敢背地裡謀害蘇家大小姐，如今攤上了事還敢搬出蘇家這座大山來壓他們，可說是打錯了主意。

「蘇小姐，妳若是有什麼疑問，還是等到了公堂上再說吧！」

於是，蘇阮被帶走了。

一路上，蘇阮百思不得其解，這段時間對蘇曈出手的都是寧和郡主，自己始終沒有出現在明面上，按理說，就算事敗，也不會牽扯到她頭上才對。

怎麼就到了這一步呢！

一開始，蘇阮還十分淡定，她是蘇家的人，只要對方沒有證據，就定不了她的罪。

可是一到公堂上，看見站在面前神色冰冷的蘇昊遠和蘇藍氏夫婦，她臉色遽變，這才慌張起來。

「大伯、大伯娘，你們怎麼……」

蘇昊遠撇開頭不理她，蘇藍氏冷哼一聲。「別叫我們，妳這樣心如蛇蠍的晚輩，我們當不起妳的長輩。」

原本看在蘇家旁支的分上，他們夫婦倆對蘇阮一忍再忍，誰能料到這姑娘卻是個心如蛇蠍的，一而再地對他們的閨女下毒手。

回到盛京以後，曈曈一直都沒遇到什麼么蛾子，他們還以為蘇阮總算收手了，誰知道，

昨兒個長公主府出事以後，他們好奇之下，找蘇佳葉問了幾句，再根據自己調查到的一些信息，猜測到了事情始末。

之後，又從陳漁和祁修瑾那裡得知，原來在他們不知情的情況下，曈曈已經先後兩次險些沒命了，而這兩次的事件雖只有寧和郡主在明面上出現，但背地裡都有蘇阮的手筆，這如何不令他們感到震怒？

是可忍，孰不可忍，原本被關進蘇家地牢，遲遲沒拿到檯面上的舊帳，一下子被蘇昊遠和蘇藍氏翻了出來，半點情面都不給蘇阮留，直接告到了官府。

蘇阮還不知道蘇昊遠夫婦倆早就已經掌握了她派人暗殺蘇曈的證據，以為對方只是猜測，並未證實，因此，她還想再為自己辯解。

「大伯，大伯娘，你們是不是對我有什麼誤會？曈曈好歹是我的堂妹，我怎麼會做傷害她的事情？你們是不是受了什麼人的挑撥？」

蘇藍氏沒想到她到這時候竟然還有恃無恐，不由得氣不打一處來。「蘇阮，妳自幼無父無母，跟在妳五爺爺身邊長大，我也是看著妳一點一點長大的，蘇家這一輩的孩子中，就數妳最優秀，我素來也最喜歡妳，平日裡便對妳多照顧了些，或許就是因為這樣，才讓妳對我們有了什麼誤會，心也漸漸養大了，一心妄想成為我們的女兒，成為蘇家的嫡小姐。

「可是，妳應該清楚，我們這麼多年從沒放棄尋找曈曈，也從沒考慮過你們這些人的過繼提議。在我們把曈曈找回來之後，蘇家上下最著急的人恐怕就是妳了吧？為了心裡那一點

妄想，妳可以不顧我們夫婦倆對妳這麼多年的照顧，恩將仇報，企圖謀害我們的女兒，好讓妳取而代之。

「我告訴妳，妳從一開始就打錯算盤了，就算沒有曈曈，就算妳再優秀，我們也不會將妳過繼過來，更不會將妳當成我們的親生女兒。假的永遠真不了，我們還不至於那麼糊塗！」

蘇藍氏的一番話說得蘇阮面色難看，她咬了咬唇，內心極度不甘心，但面上卻仍是強裝鎮定地道：「大伯娘，我從來沒有那樣的想法，您、您肯定是誤會了什麼。」

「或許吧！」蘇藍氏嗤笑一聲，眼中盡是嘲諷，顯然她是不相信的。

蘇阮還想狡辯，這時外面官差帶進來幾個人，正是她從前的貼身護衛。

此時幾個護衛被銬上枷鎖，腳下戴著鎖鏈，身上還帶著傷，顯然已經經過了一番刑訊。

蘇藍氏嘲諷地道：「或許妳該問問他們，這其中有什麼誤會。」

蘇阮面無人色，瞪大雙眼，張了張嘴，卻啞口無言。

怎麼會！當初在景溪鎮派去暗殺蘇曈的那幾個護衛，竟然早就被蘇昊遠抓住了？可是，若蘇昊遠早就抓住了她的把柄，為何他一直都沒有找她算帳？反而等到了現才……

蘇阮雙腿一軟，癱軟在地上。

這幾個護衛是她的貼身護衛，雖然有幾分忠心，但他們的忠心也有限，畢竟不是她一手培養的，只要拷問的人多用一些手段，便能逼問出許多東西。

想來，如今該說的、不該說的，他們都已經招供了。

蘇阮面上一片絕望，她算計了那麼多，從沒想過，有朝一日，竟把自己也算計了進去。

蘇昊遠和蘇藍氏這兩人絕對不會放過她的。

鐵證如山，她完了。

昔日的盛京城第一美人，就這麼被關進了大牢，令無數人震驚、扼腕。

其中有不少甚至是對她傾慕已久的追求者。

盛京城從不會因為多了一個人或者少了一個人而改變，昔日盛京第一美人被關入大牢並定罪以後，沒過幾天，從前與她交好或者傾慕過她的人，很快就遺忘了與她有關的一切，過著一如既往的生活。

而蘇曈以及那一日受邀參加長公主府百花宴的客人們，也迎來了大理寺官員的追查審問。

當日長公主府接連起了兩場大火，不僅損失慘重，更是造成了寧和郡主容貌損毀，甚至險些喪生。

事情發生後，長公主第一時間就下令徹查起火原因，皇帝也派人關注此案，經過大理寺多次調查的結果顯示，這兩場大火都是意外引起的，他們壓根兒就找不到任何人為因素。

兩場大火集中在同一天發生，又都是意外引起的，這也太巧合了些，長公主並不信，因

此，大理寺官員只好繼續硬著頭皮調查了。

大理寺少卿親自登門時，蘇瞳正在廚房蒸南瓜山藥糕。南瓜和山藥都是養胃的好食材，用它們做糕點，吃起來甜滋滋的，軟軟糯糯，蘇瞳很喜歡那種口感，平日隔三差五便會做一些。

聽說大理寺少卿親自前來，蘇瞳正打算去花廳，就見陳漁在一旁欲言又止。

「小姐。」

蘇瞳看向她。「怎麼了，有話就說。」

「晉王世子也來了，聽說他們是來調查長公主府失火原因的。」

「同一天內接連兩場大火，寧和郡主又被毀容了，長公主要求徹查也是正常的。」蘇瞳沈吟片刻，說道：「想來官府的人應該是先來咱們這裡，還沒來得及去佳葉堂姊那邊，妳跑一趟，讓她與我同一說辭。」

這案子到最後若是查不出什麼問題，長公主和寧和郡主的怒氣無處撒，一定不會就這麼算了，到時候大理寺的官員察言觀色，極有可能會從當日參與宴會的客人中挑一個倒楣鬼出來當替罪羔羊。

而蘇瞳一點都不懷疑，寧和郡主會選擇的那個倒楣鬼是誰。

自己的背後雖然有整個蘇家作為靠山，但寧和郡主背後卻是長公主，還有整個皇室，兩相對立，到時候麻煩的還是蘇家。如今蘇家人都是她的逆鱗，她不想因為自己的緣故給他們

帶來什麼麻煩。

因此，提前做些預防準備也是好的。

蘇家長輩都不在府裡，花廳中，晉王世子與大理寺少卿在蘇曈的招待中坐下。

大理寺少卿名叫余繼林，面容清瘦，問話由他進行，晉王世子只是協同查案，並未越過大理寺的職權，因此他只坐在一旁圍觀，俊顏神情溫和，並沒有插嘴的打算。

「蘇小姐，本官想知道當日第一場失火事件發生時，妳在何處，做些什麼事，還請蘇小姐據實告知。」大理寺少卿聲音溫和，說話十分客氣。

雖然寧和郡主再三指認當日失火是人為，並且肯定是蘇曈意圖謀害她才放的火，但在還沒找到確鑿證據前，大理寺少卿絕不會如此輕易就給蘇曈定罪，一來他本身就是個認真辦案的人，二來他也得罪不起蘇閣老和蘇昊遠。

「百花宴當日，我和佳葉堂姊一直都坐在長公主府後花園的假山後，並未離開半步，大人若是不信，可以向佳葉堂姊求證。」蘇曈輕聲說著，將當日在長公主府見過的人，發生的事情都一一說了，只隱瞞了後來那兩個男人出現後的情節。

說到一半，她似是突然想起了什麼似的。「對了，程芸姊姊原本也是和我們一起的，只是後來她被人叫走了；再後來，起火後，為了防止火災傷人，長公主便讓我們提早離開了。之後再發生什麼，我就不清楚了，若大人不信，也可以去向程芸姊姊查證。」

總而言之，我是無辜的，我什麼都不知道。

蘇曈言辭誠懇，神色自然，大理寺少卿詳細觀察她的神情，看似不像作偽。

於是，他看向晉王世子，想知道他還有什麼問題需要補充的。

晉王世子倒是沒問蘇曈什麼，只是朝左右兩名護衛招手，吩咐了幾句，那兩人便離開了花廳。

很快地，花廳安靜了下來。

蘇曈心知，那兩名護衛定是去了蘇佳葉和程芸那裡，見大理寺少卿和晉王世子沒有問題詢問她了，便讓丫鬟端來蒸好的南瓜山藥糕。

「晉王世子和少卿大人這麼早出門，定然還沒用過早膳吧？這是剛蒸好的南瓜山藥糕，軟糯香甜，對腸胃也好，兩位不妨用一些。」

和南瓜山藥糕一同端上來的，還有兩碗素菜粥，熬得晶瑩稠滑，散發著淡淡的清香，與南瓜山藥糕的甜香混合，令人食指大動。

大理寺少卿確實餓壞了，他盯著散發誘人香甜的南瓜山藥糕片刻，很快意識到自己有些失態了，連忙收回目光，輕咳一聲。

「蘇小姐有心了，但本官是來查案的，不是來用膳的，還是撤了吧！」

晉王世子突然道：「早就聽聞蘇小姐的廚藝不錯，看來本世子今日有口福了。」

蘇曈愣了愣。其實她只是隨口問問，並不指望這兩人真的會在這裡用膳，然而沒想到，這位晉王世子還真的同意了，並且他一說完就讓丫鬟把南瓜山藥糕和素菜粥端到了他右手邊

的小几子上，旁若無人地開始吃起來。

蘇曈沒想到他堂堂一個世子竟然會這麼不講究，雖然吃東西的動作優雅無比，看起來賞心悅目，但並不能讓人忽略他不分地點直接在花廳就用起早膳的事實，她猶豫著道：「世子殿下，在花廳用膳好像不太合適，要不，請您移駕後面的膳廳？」

而且，堂堂世子只吃這麼樸素的南瓜山藥糕和素菜粥怎麼行？以她對皇室子弟的瞭解，他們一頓飯至少得擺滿了整張桌子，每樣只動兩、三次筷子，最後撤下的時候飯菜看起來就跟沒吃過一樣才對。

「不必了，本世子覺得這樣挺好的。」說話的時間，他已經吃完了南瓜山藥糕，素菜粥只喝了兩、三口，便放下了，顯然後者不太合他的胃口，後來沒再動過，讓丫鬟撤了下去。

這晉王世子不按牌理出牌，讓蘇曈懷疑自己以前聽說的那些關於皇室子弟的傳聞都是假的。她記得當初在景溪鎮的時候，就聽說過不少關於這位晉王世子的傳言，都說他奢靡成性、殘忍嗜殺、心機深沈、城府極深，可從她兩次與晉王世子接觸的所見所聞，這位晉王世子與傳聞判若兩人。

「咕嚕。」

一道詭異而尷尬的聲響將蘇曈從沈思中喚回，她看了看有些坐立難安的大理寺少卿。

「少卿大人，抱歉，府裡暫時只有這兩樣，若是您不喜歡……」

「不必，這兩樣都很不錯。」大理寺少卿回過神來，聞著那香甜的香味，只覺得更餓

了，這時候他也顧不得什麼形象了，反正世子殿下都吃了，如今又沒什麼要緊事，他吃一些填一下空盪盪的五臟廟應該沒關係。

若是有人揪著這個彈劾，擋在前面的還有晉王世子，他怕什麼。

如此想著，他坦然地用起了早膳，雖然他已經極力注意吃相了，但不知是不是因為太餓了，吃起來頗有點狼吞虎嚥的架勢。

片刻的工夫，南瓜山藥糕便吃完了，素菜粥也一滴不剩。

第六十七章

大理寺少卿抹了抹嘴，心滿意足地打了一個飽嗝，神態、動作都比之前要輕鬆許多，甚至還有心情和蘇曈開玩笑。「蘇小姐不愧是被譽為大盛朝廚藝與美貌集於一身的傳奇女子，這南瓜山藥糕是妳的手藝吧？比起食香樓做的好吃多了。」

蘇曈無奈。這大盛朝不僅世子殿下不講究，就連底下的官員也不怎麼講究的樣子。想起自己的老爹，跟她爺爺搶食物的時候也是一副不要臉的模樣，蘇曈就更是深以為然了。

然而她不知道，晉王世子卻清楚大理寺少卿為何如此。

這位大理寺少卿平日裡沒別的愛好，就是愛吃，府裡請了好幾個廚藝絕佳的廚子。可惨的是，他府裡的夫人廚藝不好，最近偏又不知聽了誰的攛掇，時不時心血來潮嚷著要下廚，鼓搗出一些奇奇怪怪的食物逼著他吃，害得他舌頭遭殃、腸胃也倒楣，一天拉上個七、八回都還算是少的。

原本被廚子們的好手藝養得白白胖胖的身材，硬是在短短半個月的時間裡被折騰得瘦到沒人樣了，以前合身的官服都撐不起來了。

晉王世子瞧著他此刻吃飽萬事足的模樣，想起他這段時間的悲慘經歷，忍不住以拳頭抵唇，掩住了微微翹起的唇角。

若是讓他知道自家夫人之所以會對廚藝突然如此感興趣，乃是聽說了盛京城中關於蘇大小姐廚藝的傳聞後，才起的心思，只怕他現在便笑不出來了。

說笑間，派出去的兩名護衛回來了。

他們詢問的結果，蘇佳葉和蘇曈所說毫無二致，而程芸的前半部分說詞也一樣，但到了後半部分，卻說出了一句對蘇曈不利的話。

「程國公府的二小姐說，當日她與兩位蘇小姐分別後曾經回到假山後，卻看見蘇小姐與兩個男人在親密交談。據她所說，那兩個男人容貌陌生，似乎不在當日長公主的邀請名單內。」

蘇曈的笑意微斂。

大理寺少卿神態上的輕鬆瞬間消失了，他看向蘇曈，嚴肅認真地道：「蘇小姐，妳方才並沒有跟我們提過關於這兩個男人的一言半語。」

蘇曈一頓，似乎是愣了一下，神色驚訝地道：「少卿大人請少安勿躁，當日我和佳葉堂姊確實見過兩個陌生男人，但他們的穿著打扮並不似當日赴宴的客人，又自稱是長公主府的護衛，我便沒有將他們放在心上，才會漏了這個沒說。至於程芸說我們與他們親密交談，這應該只是個誤會，長公主府後花園風景優美，當日我與佳葉堂姊興之所至，心血來潮想爬上假山盡覽下方景色，結果不小心摔了一跤，正巧被那兩個護衛救了一命，一時感激，當時我們就與護衛多聊了幾句，沒想到會被程芸誤會成這樣。」

她說完後，似是怕大理寺少卿和晉王世子不信，拉起衣袖。「當時摔的那一跤，我的手臂都被劃傷了，傷口還沒癒合呢！」

蘇曈作為一個未出閣的少女，又是蘇閣老的嫡孫女，身分貴重，她為了澄清自己的清白，一時間忘了男女大防，但是大理寺少卿和晉王世子卻是時刻都記著分寸，在她拉起衣袖的瞬間，兩人立即閉上眼背過身去，生怕看到了什麼不該看的。

大理寺少卿慶幸自己閉眼夠快，聲音都是顫抖的。「蘇小姐，不必如此，只要妳是無辜的，我與晉王世子必不會冤枉妳，妳還是將衣袖拉下來吧！」

晉王世子輕咳一聲，點頭溫和地道：「少卿大人向來公正嚴明，蘇小姐請放心。」

兩人並不知道，此刻若是他們轉過身來，就會發現蘇曈白嫩嫩的手臂上壓根兒沒有什麼摔傷的傷口，而是一小片燒傷的痕跡。那是當日火場中她為了救蘇佳葉，不小心被火燒到的傷口。

一旦他們看見這傷口，不論蘇曈如何解釋，她都定然會被當成縱火犯帶走。

可惜，礙於禮節，他們並未有機會看到這個傷口。

蘇曈低下頭，慢條斯理地將衣袖拉下來，嘴上卻仍是猶豫著道：「抱歉，我方才一時情急，忘了規矩。要不，少卿大人和世子殿下可以找一個信得過的女子來檢查我身上的傷口。」

「不必了，蘇小姐，我們信妳沒有說謊。」晉王世子打斷她的話。

蘇曈行禮。「多謝世子殿下。」

因為方才那尷尬的場面，晉王世子和大理寺少卿不敢在蘇府待下去了，生怕蘇昊遠和蘇閣老回來若是聽說蘇曈當著他們的面把衣袖拉起來，只怕會找他們算帳，因此，兩人匆匆告辭。

不過，臨走前，晉王世子深深地看了蘇曈一眼，留下了一句令蘇曈莫名其妙的話。

他說：「都說羊脂白玉以水產白子玉最為珍貴，白如截脂，今日一見，果真名不虛傳，也不枉程國公費盡心思，不惜花費巨大代價才得來這麼一小塊。」

說完這話，不等蘇曈反應過來，他便走了。

蘇曈愣在原地好一會兒，回憶他方才說話時的神情和動作，最後低下頭，看向自己頸項上佩戴著的白兔玉墜。

晉王世子的話語中，似乎在暗示她什麼。

午膳過後，蘇曈正想派人去調查一下程國公府，蘇佳葉便來了。

她坐在蘇曈身邊，挨著她的手臂，低聲道：「下午我全都照妳吩咐的說了，沒有多添一句，也沒少說一個字，也不知道他們信了沒有。」

頓了一下，她問道：「我聽說晉王世子和大理寺少卿都親自到妳府裡了，這陣仗有些不對啊，莫非他們懷疑妳了？」

「應該沒有，妳別擔心。」蘇曈拍了拍她的手臂，為了防止她說漏嘴，又道：「關於那兩個陌生男人，我只說他們是長公主府的護衛，別的什麼都不知道，若是有人問妳，不管是誰，妳都這樣說。」

頓了頓，她眼中閃過一絲什麼，補充道：「就算是對程芸，也要這樣說。」

蘇佳葉愣了一下，看著她。「怎麼連程芸也瞞著？妳是覺得她有什麼不對勁的嗎？還是她跟大理寺少卿和晉王世子說了什麼對妳不利的事情？」

想起當日在長公主府假山後，若是沒人告訴那兩個男人，他們是絕對不會發現她們所在之處的，而知道她們位置的，除了她們兩人，就只有程芸。

蘇佳葉的表情瞬間變得微妙起來，有些憤憤。「認識這麼多年，我們將她當成姊妹，沒想到她竟然……」

「妳冷靜點，如今還不能確定什麼。」蘇曈按住她，清冷平靜的嗓音帶著令人心安的力量。「說不定是我想多了呢！妳別這麼衝動，到時候若是冤枉了她，豈不是傷了這麼多年的姊妹情分。」

等蘇佳葉冷靜了之後，蘇曈才問：「妳和程芸的關係最好，平日裡也經常出入程國公府，可曾聽說過他們家這段時間得了什麼寶貝？或者是和什麼人來往密切？」

蘇佳葉仔細想了想，神情變得有些微妙。「我記得，上個月下旬的時候，程芸跟我說過一件事，程國公似乎得到一塊上好的和闐白玉，而且還是品質極好的，當時，她似乎很高

興，覺得她祖父最疼她，這塊玉最後鐵定會落在她手裡。不過沒幾日，她就跟我說那塊玉被程國公送人了，但她當時卻不覺得可惜，反而十分開心，說那人身分貴重，以後會是他們程國公府的倚仗，也會是她的未來夫君。」

蘇佳葉說著說著，突然覺得有些不對勁，她看向蘇瞳。「瞳瞳，我記得，妳是不是也有一塊？」

她的目光落在蘇瞳脖子上戴著的白兔玉墜，晶瑩潔白，細膩滋潤，色如截脂。

蘇瞳低下頭，只覺得脖子上的白兔玉墜突然變得沈甸甸，壓得她有些不痛快。

她將玉墜拿下來，讓丫鬟收了起來。

她語氣淡淡地說：「若我所料不錯，這塊玉正是程國公得的那塊，後來被送給了太子殿下。」

之後，祁修瑾用它雕了一隻小白兔玉墜，送給了蘇瞳。

只怕他還不知道，程國公費盡心思得到的這塊玉，呈獻給他的時候心裡是抱著什麼樣的心思；否則，以他的性子，哪怕這塊玉再名貴，他都不會收，更不用說還轉送給了她，要不，這不是存心膈應她嗎？

「我說呢，怎麼從那日看見妳脖子上的玉墜開始，她的表情就有些古怪，咱們三人聊天的時候，她總是心不在焉的，原來是因為這個。」

蘇佳葉沒察覺到蘇瞳的情緒有什麼不對，小手用力拍了拍桌子，掌心都拍紅了猶不自

知。「原來她是想當太子妃，怪不得這麼多年的姊妹情分，她可以說不要就不要，看來百花宴那日，那兩個男人還真是她故意引來的。她不是有舒家大少爺了嗎？想必在她心裡，青梅竹馬比不上皇室太子，為了這個她、她竟然……真沒想到她是這樣的人，真是氣死我了！」

「算了，別再氣了。」蘇瞳拉住她的手，看了看蘇佳葉不知什麼時候已經紅腫起來的掌心，輕聲哄道：「如今知道她是這樣的人，往後離她遠些就是，不值得為她生氣，還傷了自己。」

說著，她讓丫鬟拿來治跌打損傷的藥水，細心地給蘇佳葉塗抹。

蘇佳葉頓時不氣了，笑嘻嘻地坐下來看著她，滴溜溜的眼睛亮晶晶的。「還是瞳瞳好，又美又善良，程芸哪一點比得上妳，還想跟妳搶夫君，作夢呢！」

當晚，祁修瑾聽說了此事之後，氣得飯都不吃了，沈著臉就要出宮。

「殿下，殿下，您現在不能出宮，皇上那裡還等著您過去呢！」內侍急得滿頭大汗，跟在他的身後追都追不上。

只能眼睜睜看著他的背影越來越遠，直到消失在視線中。

內侍無奈地嘆氣，抹了一把汗，苦惱著一會兒該怎麼去跟皇上解釋殿下的去向。

此時剛入夜，天才擦黑，祁修瑾出了宮門，騎著快馬徑直朝蘇家的方向奔去。

不過一刻鍾的時間，便見蘇家大門近在眼前。

還沒等他下馬，就見一輛馬車從對面的方向駛來，恰好停在蘇家大門前。

蘇昊遠剛從衙門回來，為自己閨女被牽扯進長公主府失火案中正煩得頭疼呢，眼角餘光瞧見祁修瑾一身明黃太子服都沒來得及換就策馬而來，氣得額角青筋直跳，朝門口的下人大聲道：「快，關門，今晚誰也不許放進來，尤其是那小子！」

頓了頓，他又補充一句。「來人啊，今晚給我把家裡各處的院牆都守嚴實了，別讓那些個愛翻牆的小賊鑽了空子，一隻蒼蠅都不許放進來，否則，老爺我扒了你們的皮！」

說著，他氣呼呼地甩袖進府。

蘇家下人還嘀咕自家老爺怎麼突然發這麼大的火氣，結果一看門口那人穿著一身明黃，嚇得腿都軟了，這可是位惹不起的貴人啊！他們家老爺怎麼敢當著貴人的面發脾氣，這若是怪罪下來，或者傳出去，只怕……

下人還在遲疑，門裡又傳來蘇昊遠氣急敗壞的聲音。「還不關門，杵著做什麼，要老子親自動手嗎?!」

「砰！」

蘇家大門在祁修瑾的面前被人用力關上，讓他吃了一個實打實的閉門羹。

祁修瑾站在門外，沈默了半晌，忽地發出一聲輕笑。

「殿下？」沈落不知何時追了上來。

祁修瑾轉身。「回宮。」

他穿著這一身衣服從宮裡跑出來，若是讓別人知道了，倒楣的不只是他，還有他身邊的人，甚至還會連累瞳瞳。

怪不得他未來岳父會這麼氣，這次是他衝動了。

回到宮裡，他分別把兩個錦盒遞給沈落。「你將這個送去給瞳瞳，另外一個，送還程國公。」

是的，還。

程國公獻上來的那一塊羊脂白玉，完好無缺，一直好好地放在他的庫房中。

原本他打算將這塊玉送給父皇，再幫程國公說幾句好話，如今看來不必了，這塊玉還是物歸原主得好。

說起來，程國公送的那塊羊脂白玉，還比不上自己得的那塊品相好，他要送給瞳瞳的東西，自然該用最好的，更不可能會拿別人的東西來借花獻佛。

他想起陳漁讓人傳消息時說的話。「小姐當時就將那塊玉墜拿下來裝進盒子裡了，再沒碰過。」不由低笑一聲。

瞳瞳應是氣壞了。

只可惜他此刻不能陪在她身邊。

他另外得的那塊羊脂白玉並不小，足夠他打造一整套完整的首飾，原先只送了白兔玉墜給瞳瞳，是因為其他的還沒做好，正巧今兒全都完成了，還是快些送到瞳瞳手上得好，希望

她心情能好一些，也免得某些人自作多情，破壞他與曈曈之間的感情。

吩咐沈落做的事情都說完了，祁修瑾才在內侍的催促下，起身去皇帝的御書房。

皇帝已經年近五十，鬢邊微白，眉宇間威嚴盡顯，只是因為前些時日大病一場，導致面色有些不好，雙眼下方略顯青黑。

他已經等了許久，見祁修瑾進來，把手裡的摺子放下，抬頭將他上下打量了一遍，想起方才影衛傳來的消息，非但不覺得生氣，反而還有心情笑道：「朕聽說，你方才在蘇家吃了閉門羹？」

祁修瑾沒吭聲，在他對面自顧自地坐了下來。

一旁的內侍看了，暗暗搗著嘴笑。

這樣類似的情形自從殿下回宮之後，變得十分常見，皇帝的心情一日比一日好，尤其是在得知殿下心儀蘇家大小姐後，他更是時不時拿蘇家大小姐開殿下的玩笑，若非情況不允許，他甚至還想宣蘇家大小姐進宮來瞧瞧，順便也見識一下殿下在心儀女子面前會是什麼樣的表現。

可惜，不管陛下如何取笑，殿下都十分淡定，壓根兒不給他看笑話的機會。

如此想著，內侍淡定地撤掉他們面前的摺子和小几子，讓人備膳。

滿桌精緻的菜餚端上來，色香味俱全，但父子兩人彷彿都沒什麼胃口。

皇帝是吃慣了山珍海味，覺得膩，而祁修瑾則是想念蘇曈做的飯菜，兩人都食不知味，

只動了兩、三次筷子，便擱下了。

內侍有心勸皇帝多吃兩口，卻又不敢開口，求助般看向祁修瑾。

祁修瑾淡淡地道：「這些飯菜若是不合父皇的胃口，明兒換菜式便是。」

皇帝想起祁修瑾剛回宮的那幾日，他當時正在病中，吃什麼都沒胃口，瘦了一大圈，皇后和滿朝文武急得不行，絞盡腦汁搜羅各種食譜，讓御膳房變著法子琢磨各種佳餚，可惜他仍是不愛吃。

只有祁修瑾與旁人不同，他非但沒勸自己，反而讓御膳房三天內不要做任何複雜精緻的菜式，只做民間常見的白粥、鹹菜；甚至，還不是每頓都有，一天只有一頓，一頓只有一碗，那幾日把皇帝和皇后餓得臉都青了，簡直是慘不忍睹。

三天過後，皇帝再也不說飯菜不合胃口了，不管端上什麼，他都吃得那叫一個香。

如今聽見祁修瑾語氣淡淡地說著明兒改菜式的話，皇帝嘴角一抽，那記憶又浮上腦海，他小心地問道：「皇兒，你該不會又要叫御膳房做白粥、鹹菜吧？」

做皇帝做到他這分上，好像有點慘。

然而，他自己的兒子，又對他有愧疚，他能怎麼辦？還不是要寵著。

祁修瑾挾了一塊扣肉放進皇帝的碗中，緩緩地道：「兒臣當初流落民間，在遇到曈曈之前，有得吃就不錯了，白粥、鹹菜對那時的我來說，是這世上最美味的東西。」

祁修瑾回宮之後，從沒提起自己在那過去五、六年間的經歷，皇帝雖然知道他過得肯定

不容易，但卻從沒想過，會這般艱苦。

儘管他語氣淡淡，說起來彷彿事不關己的語氣，然而，皇帝心裡卻是一揪，沈默片刻，低頭挾起碗中的扣肉，再不說飯菜不合胃口的事了。

第六十八章

這一頓飯，皇帝比平常多吃了兩碗。

結果，因為連月來生病的身子禁不住這般突然地暴飲暴食，他腸胃不適，整晚輾轉反側，皇后不得安寧地守在龍榻前，內侍來回喚了好幾次御醫，折騰到天亮。

為了防止祁修瑾翻牆進府裡，蘇昊遠下令讓下人守住各院院牆之後，仍是不放心，想來想去，親自跑去蘇曈的院牆下守著。

結果守了一夜，什麼動靜都沒有。

第二天一早，他眼下青黑，沈著臉回去補眠。

他離開後，院子裡的護衛們也都散開，回到平日的崗位上。

就在此刻，沈落來了，他將一個錦盒神不知、鬼不覺地交到了陳漁的手上。

蘇曈剛醒來，便看見自己妝奩旁邊擺著一個錦盒，打開一看，裡面放著一整套精美的首飾，全都裝飾著溫潤無瑕的羊脂白玉，典雅大方，美不勝收。

夾層還有一張紙，她打開掃了一眼，唇角忍不住翹了翹，鬱悶了一夜的心情豁然輕鬆許多。

程國公府。

程國公看著又回到自己手中、完好無缺的羊脂白玉，沈默良久。

「祖父，太子殿下這是什麼意思？」程芸不解地問道。

程國公看了她一眼，嘆了口氣，什麼都沒說。

不過，他心裡還是有些不悅的。

隨著他這一眼，程芸突然明白過來，臉上的笑意也漸漸淡了。

她想起曾經聽說過的流言。「祖父，我聽說，皇帝早就給太子賜婚了，太子妃的人選就是蘇曈，看來極有可能是真的。」

太子既然沒有用他們程家送的羊脂白玉，那麼蘇曈脖子上戴的那一塊又是哪裡來的？這般品質的羊脂白玉，只有那個地方才有，看來太子對他們程家，好像也沒有表面上那麼信任。

程芸目光一閃。「祖父，要我說，太子離宮五年，如今才回宮沒多久，羽翼未豐，反倒比不上晉王蟄伏多年經營的勢力大，更何況，我聽說晉王世子文韜武略，禮賢下士，比起太子有過之而無不及，咱們不如……」

「芸兒，妳一個姑娘家懂什麼，這番話在祖父面前說說也就算了，在外面可別胡說，免得招來禍患！」程國公輕斥一聲，面上卻不見怒意。

程芸不服。「祖父，太子如今還沒坐上那個位置呢，就這樣對咱們家，將來咱們家還能

入得了他的眼嗎？況且，有蘇閣老在，咱們家只怕也爭不過。」

程芸的野心很大，她想母儀天下，想做這天下最尊貴的女人，對她而言，只要能讓她坐上后位，她才不管將來是誰做皇帝。

因此，得知祁修瑾的態度後，她便想說服程國公放棄祁修瑾，改而支持晉王。

反正她聽說，晉王世子溫文爾雅，又還未娶妻納妾，除了與寧和郡主關係尚算不錯以外，沒傳出過什麼風流韻事，比起那個不解風情的太子殿下好多了。

然而，程國公考慮的卻與她不同。

在他看來，晉王是個老狐狸，比起祁修瑾來，太難掌控，就算將來成事，程國公府未必能在他的手底下得到多少好處，更何況他名不正、言不順，有太多變數。

他嘆了口氣。「罷了，再等等吧，讓我好好想想。」

皇帝因暴飲暴食引發的胃痛持續了兩日才好轉，才剛好起來，看見膳桌上擺著的飯菜，全都是好消化的，而且沒有什麼油水，立即沒胃口了。

他把筷子擱下，嘆了口氣，忍不住暗罵前段時間嫌棄山珍海味膩味的自己。

果然還是失去了才懂得珍惜。

皇后陪著他連續吃了好幾日的齋，本來就沒什麼胃口，如今見他這一副生無可戀的模樣，嘴裡的菜更是味同嚼蠟，也下不去筷子了。

皇帝看了她一眼。「皇后，朕記得妳廚藝還不錯，正好皇兒不在，不如妳露一手，讓朕嚐嚐肉味吧，就在妳宮裡的小廚房做，別去御膳房。」

御膳房那些個狗奴才，眼裡只有皇兒這個太子殿下，太子說讓他們做什麼就做什麼，連他這個皇帝都不放在眼裡了，瞧瞧這幾日做的都是些什麼東西，簡直難以入口。

皇帝苦著臉。

皇后看了看難得情緒外露的皇帝，隨著皇兒回宮，幫忙處理政事，皇帝漸漸懶散，更加注重口腹之慾這等事，越發向著「昏君」的勢頭發展了，她不由得苦口婆心勸著。「陛下，皇兒也是為了您的身子著想，御醫說過，您最好還是再吃幾日好消化、不油膩的東西，等腸胃養好了再說吧！」

皇后絕口不說她已經許多年沒親自下廚了，只怕連調味料什麼時候放，該放多少都拿捏不準，哪裡還有什麼好廚藝可言？

況且，她怕皇帝吃了自己做的飯菜，腸胃病得更嚴重，到時候她就是罪人一個了。

皇帝皺眉，肚子餓得咕嚕響，但桌上的東西實在是難以入口，他頓時煩躁得要命。

一旁的內侍好幾次欲言又止。

皇后抬頭看了他一眼。「黃公公，你有什麼話想說就說吧！」

黃公公躬身，笑著道：「陛下，娘娘，聽說蘇大小姐的廚藝天下一絕，她懂的菜式既多又新奇，許多菜式就連咱們御膳房的御廚們也未必聽說過，說不定她知道既好吃、又養胃的

菜式，要不奴婢跑一趟蘇府，向她討教討教，怎麼著也要給陛下和娘娘要回來幾張食譜，讓御廚們也學著點。」

黃公公是皇帝身邊的老人了，伺候了他幾十年，對皇帝的脾氣十分瞭解，他這一番話可以說撓到了皇帝的癢處。

皇帝早就聽說蘇曈的廚藝好，又從自己兒子那兒知道了許多聽都沒聽說過的菜式，一直想嚐嚐她的手藝，但再怎麼說，畢竟他是皇帝，蘇曈是臣女，不好宣召入宮，不合規矩，便只能作罷。

如今聽了黃公公的話，目光掃過對面的皇后，他腦中靈光一閃，朝皇后認真說道：「皇后，如今皇兒也不小，是時候該成婚了。朕記得昨兒個欽天監說過，下個月十二日，是個黃道吉日，宜嫁娶，且今年就只有這麼一個好日子，讓皇兒準備準備，下個月成親吧！妳作為皇兒的生母，也該多關心關心未來的兒媳，時常將她召進宮來商量婚嫁之事才對。」

黃公公功成身退，笑而不語。

陛下為了能夠吃上一口蘇大小姐做的美食，也是豁出去了。

皇后望著滿臉寫著期待和興奮的皇帝，突然覺得自己是不是錯過了什麼重要的信息。她想了想，猶豫著道：「陛下，您昨兒個什麼時候見過欽天監？臣妾一直伺候在您的榻前，一步都沒離開過。」

皇帝頓了頓，不甚在意地擺擺手。「這不重要，重要的是，咱們的皇兒就要成親了，蘇

家大小姐與皇兒郎才女貌，天作之合，讓他們早些成親，也免得蘇培紀那個老傢伙背地裡罵朕耽誤他乖孫女的親事。」

這下，皇后是真的慌了。

她坐直了身子。「陛下，您在說什麼，蘇家大小姐和皇兒？」

她怎麼不知道？陛下和皇兒都瞞了她什麼？

皇后感覺自己被這父子倆孤立了。

皇帝嘴角一抽，這時也察覺到自己說漏了什麼，他視線飄了飄。「皇兒回宮前，朕確實是瞞著妳下過一道賜婚密旨。」

皇后瞪大了眼。

所以她在不知情的情況下，自己的未來兒媳就被定下來了？

等等。

皇后腦中掠過一絲什麼，她瞇了瞇眼，看向皇帝。「陛下，皇兒回宮前，您似乎正寵信著晉王父子倆，並不知道皇兒還活著，您是不是還有什麼沒告訴臣妾？」

「皇后，咱們來聊聊皇兒的婚事。」

「不行，您把話給我說清楚，您還有什麼瞞著臣妾。」

祁修瑾進來時，看見的就是這一幕場面。

皇帝滿頭大汗，皇后面色不善，不依不饒地逼問。
宮人、內侍早就躲得遠遠的。
祁修瑾見狀，腳步一頓，轉身就往門外走。
那邊正僵持著的帝后兩人猛地轉頭，齊聲道：「皇兒，不許走，你過來！」
「皇兒，你來說，你和你父皇究竟瞞了我多少事？」
「皇兒，你母后簡直不可理喻，如今最重要的是你的終身大事，她竟然一點都不關心，只揪著其他事情不放！」
「皇兒，你和蘇家大小姐不是以兄妹相稱嗎？究竟是怎麼回事，裴銳這渾小子，什麼都不跟我說，回頭本宮定要好好教訓他！」
「皇兒，下個月十二是個好日子，朕問過欽天監了，到時候……」
「皇兒……」
「好了。」祁修瑾捏了捏眉心，終於開口。「父皇，母后，成親的事情，你們不要插手，兒臣自有分寸。」
皇帝和皇后對視一眼，沈默了片刻。
皇帝有些失望。「可是欽天監說了，下個月十二號，是今年唯一一個適宜嫁娶的好日子，錯過就要等明年了。」
吃不到未來兒媳做的美味，朕心裡苦。

皇后一臉欣慰。「對，就該慢慢來，皇兒不用心急，時間太趕的話，大婚的許多細節照顧不到，這不是委屈了你和蘇小姐嗎？」

皇兒身為堂堂太子，大婚絕不能太倉促。

她腦海中閃過近日聽說過的有關蘇家大小姐的事情，只記得都說她廚藝好，也不知道相貌、人品如何，不過當初她在景溪鎮照顧落魄的皇兒，想來是個善良的好孩子，是該找個時間召進宮來見一見。

只是，找個什麼名頭好呢？

這一日，蘇家來了一位從宮中出來的內侍。

這內侍似乎是偷偷出宮的，並不想驚動任何人，於是穿著一身尋常的便服，還在光禿禿的下巴貼了假鬍子。

蘇閣老和蘇昊遠不在府裡，只有蘇藍氏和蘇瞳在，原本以為是宮中有了什麼旨意，蘇藍氏在一旁小心招待，結果這內侍一來就說找蘇瞳要一樣東西。

這下蘇藍氏的表情都變了，她猛地坐直身子，目光直直地看著對方。「公公，您是太子殿下身邊的人？太子若是想要什麼東西，為何不親自前來，卻派您鬼鬼祟祟地來拿？」

「不是，蘇夫人莫著急，是咱家沒說清楚。」內侍連忙解釋。「咱家是陛下身邊的人，近日陛下腸胃不適，食不下咽，咱家聽說貴府大小姐擁有一手好廚藝，於是瞞著陛下前來討

教，若是能得幾個適合養胃、養生的食譜，就更好了。」

內侍帶著笑，說起謊話來臉不紅、心不跳，顯然功力深厚。

蘇藍氏臉色一僵。

皇帝的近身內侍敢瞞著皇帝出宮向臣子的閨女要食譜，若是真的，這內侍的膽子還真夠肥的，分明是得了皇帝的旨意吧！

算了，皇帝想要食譜，就給他，又不是什麼大不了的事。

蘇藍氏讓丫鬟將此事告知蘇曈。

沒多久，蘇曈寫了不少適合養胃、養生的藥膳粥或者湯羹的食譜，送了過來。

「腸胃不適，吃這些最適合不過，美味健康還養胃。」蘇曈輕聲說道。

「多謝蘇小姐，蘇小姐真是蕙質蘭心，聰慧過人。」內侍笑咪咪地接過食譜，看起來寫了厚厚的一疊，足夠陛下每日變換吃上一段時間了，他真心實意地誇讚了蘇曈幾句。

蘇曈客套一句。「公公過獎了。」

寒暄完畢，內侍還賴著不走，又誇了她幾句，直到蘇藍氏的臉色都變了，他也憋不出什麼誇人的好詞了，才彆彆扭扭地道：「方才咱家進來的時候，就聞到貴府後院飄過來的香味，料想蘇小姐定然是又做出了什麼絕世美味，若是、若是……」

蘇藍氏立刻領悟，看向蘇曈。「曈曈，妳方才不是做了皮蛋瘦肉粥嗎？正好這個養胃又好吃，裝一盒給公公帶回去品嚐。」

內侍的笑意深了深。「多謝蘇夫人體恤，咱家大清早的就過來，肚子裡粒米未進，能有機會品嚐到蘇小姐的廚藝，是咱家的福氣。」

陛下喲！為了您的口福，奴婢這張老臉都不要了。

蘇曈這時候也看明白了，帶著丫鬟下去，用保溫的食盒裝了好幾碗粥，送到內侍的手上。

內侍拿在手裡，感覺分量沈甸甸的，更是笑得見牙不見眼，對蘇家大小姐的上道十分滿意。

然後，他匆匆忙忙地回宮了。

此時，剛下朝的皇帝，正端坐在殿內，手裡捧著摺子，眼睛卻不在摺子上，而是不斷地看向殿門外。

黃公公笑著道：「陛下，蘇家不遠，想來人應當在回程的路上了，小山子機靈，肯定能帶回您想要的東西。」

皇帝瞟了他一眼，淡淡地道：「黃公公，朕在看摺子，不要打擾朕。」

「是，奴婢多嘴，該打。」黃公公作勢輕輕拍了一下自己的臉頰。

殿門外，傳來一聲動靜，有內侍在外面稟報說出宮的小山子回來了。

不等黃公公開口，皇帝立即扔下摺子，搶先道：「讓他進來。」

小山子一進來，皇帝的目光就落在他手裡提著的食盒上，目光亮了一亮。

「陛下，奴婢……」

「好了，小山子，你做得很好，有賞。你把食盒放下，食譜送去御膳房，便退下吧！」皇帝說道。

「是，陛下。」

小山子正要退下，又被皇帝叫住。

「小山子，這是什麼粥？」

小山子回頭時，皇帝已經迫不及待地打開了食盒，端出一碗還熱騰騰地冒著熱氣的粥，粥香味撲鼻，只是裡面的黑色和棕色東西看起來怪怪的，讓人不敢輕易下筷。

小山子回憶了一下。「好像是什麼皮蛋瘦肉粥，蘇夫人說，這皮蛋是蘇小姐自製的，風味獨特，用來熬粥最是美味。」

聞言，皇帝用調羹輕輕舀了一勺送進嘴裡。

「不錯，果然美味。」

皇帝讚不絕口，一口氣將一碗粥喝下肚還意猶未盡。

「這蘇大小姐的廚藝確實不錯，看起來簡簡單單的一碗粥，味道卻如此讓人欲罷不能，御廚們都比不上她這般手藝。」

他說完，緊接著還想去拿食盒內剩下的三碗，嚇得黃公公連忙阻止。「陛下，御醫說您要少食多餐，不能暴飲暴食。」

皇帝想起胃疼的滋味，只好作罷。

「把這剩下的，送去皇后和太子那裡吧，讓他們也嚐嚐。」皇帝說著，突然想起了什麼，又改變了主意。「算了，太子那裡就不必送了，他不是吃慣蘇小姐的手藝了嗎？想來這個對他來說算不得什麼，讓他繼續吃御膳房做的那些素菜吧！送兩碗去皇后宮裡，剩下一碗，留著，中午讓御膳房弄溫了給朕吃。」

祁修瑾正好走到殿門外，聽見裡面傳來的話語，神色一言難盡，而他身旁的皇后，摸了摸鼻子，朝四周張望幾眼，假裝沒聽見。

為了不讓皇帝感到尷尬，皇后讓殿門外守著的宮人不要告訴皇帝他們來過了，拉著祁修瑾的手，死活將他拖走了。

片刻後，等皇帝身邊的內侍將皮蛋瘦肉粥送過來，皇后還假裝什麼都不知道，神情自然地謝恩，等內侍走了，才派人把其中一碗粥送去太子宮中。

到了中午，該用午膳的時間，御膳房的御廚發現，皇帝早膳剩下的那一碗皮蛋瘦肉粥，原本溫在蒸鍋裡，卻不翼而飛了。

整個御膳房亂了起來，內侍臉色凝重，一副出了大事的模樣，在皇帝的跟前跪下。「陛下，您的皮蛋瘦肉粥，不見了。」

不等皇帝發怒，御膳房的人也來了。

「陛下，蘇小姐送的食譜，被偷了。」

皇帝這下沈默了。

不用猜了，定然是某個渾小子幹的好事。

哪有小賊到了皇宮大內，不偷金銀財寶，只盜一碗粥和幾張食譜的？

第六十九章

第二日，皇帝宣召蘇閣老進宮，商談兩家兒女婚事。

然而，蘇閣老卻不卑不亢地道：「陛下，小輩的事情，就讓小輩們自己決定吧，你我若是插手，反倒不美。」

皇帝頭疼，這老傢伙越發狡猾了，油鹽不進。

等蘇閣老走了，皇帝氣呼呼地去皇后宮裡。

皇后看了他一眼。「陛下怎麼了？是遇上棘手的政事了，還是……」

還是又在愁今兒吃什麼，後面那句話，皇后不敢說出口。

不得不說，皇后與皇帝夫妻多年，是最瞭解他的人。

她想了想，說道：「陛下，三日後，臣妾想出宮一趟。」

「嗯？妳出宮做什麼，回裴府省親？」皇帝隨意問了一句，然後突然想起了什麼。「朕險些忘了，三日後，好像是裴國丈的大壽之日。」

皇后點頭。「父親今年七十大壽，勢必要大辦，臣妾這回不想匆匆走個過場，所以想多留幾日，也好陪陪雙親。」

皇后想著，裴銳那渾小子和蘇曈熟識，當日的壽宴，說不定他會邀請蘇曈來露一手，到

時候她也算是有口福了。

「嗯，那朕也陪妳在裴家多待幾日，國事就讓皇兒操勞吧，反正遲早都要交到他手上，如今他越發熟練，朕也是時候好好歇著了。」皇帝懶懶散散地道。

他年輕時便是懶散的性子，後來先帝將擔子交到他手上，他才漸漸變得穩重。這些日子因病歇了一段時間，國事又有祁修瑾操勞，沒什麼不放心的，便又恢復了本性。

皇后睨了他一眼。「皇兒還年輕，您就算是想退下來好好歇著，也該幫他掃清障礙，讓他無後顧之憂。」

她指的是晉王。

其實，晉王與皇帝並非外界認知的一母同胞，晉王在先帝還在位的時候就不得寵，若非有先太后護著，還放出了雙生子的消息，恐怕先帝連個王爺的身分都不會給他。

先帝與先皇后夫妻恩愛，感情甚篤，眼裡容不下外人，可惜無意間遭了算計，寵幸了一個宮女，生下晉王。

先帝第一時間想處死宮女，誰知先太后得知宮女有孕後，便將宮女護在了自己宮裡，直到宮女生下晉王。

之後，先帝被逼著承認晉王的身分，卻在冊封晉王的當日，處死了他的生母。

後來，晉王便由先太后撫養，直到及冠之後才出宮建府。

因為不受先帝待見，先太后仙逝之後，晉王便徹底被整個皇室遺忘；也正因為如此，晉

王對皇帝雖然表面上兄友弟恭，但實際上，誰也不知道他心底到底是什麼想法。

因為先帝和先皇后提防晉王，並不讓當今皇帝有機會與晉王接觸，因此，兄弟倆在童年時並無任何交流，直到先帝與先皇后去世，皇帝繼位後，只剩下晉王一個親人，皇帝對晉王釋出善意，兄弟倆的關係才漸漸緩和。

若是晉王如他表面上那般純良無害，以當今皇帝的性子，絕不會為難他；只是，這段時間的調查顯示，晉王野心勃勃，瞞著皇帝做的事情實在是太多了。

甚至，當年祁修瑾失蹤也有他的手筆。

這樣一個不懷好意的人，誰知道他什麼時候會突然咬你一口，所以皇后一點都不放心。

皇帝不甚在意地道：「皇后放心吧，皇兒比妳想像得要聰明，晉王未必鬥得過他。」

皇后輕哼一聲，並不相信。

「好了，朕難得清閒，就不要聊這些煩心的了。」皇帝伸手，將皇后攬在懷中，哄道：「國丈大壽，可想好如何操辦了？要不要朕……」

帝后的聲音越來越低，動作越來越親暱，黃公公不敢再看，悄悄離開。

他先後侍奉過祁家的兩任皇帝，都是情種，對皇后是一個比一個好，相處起來與尋常百姓家的夫妻也沒什麼兩樣，自然恩愛。

想來以後太子殿下與蘇小姐也會如此。

蘇府。

蘇曈從糕點鋪回來，前腳剛踏入自己的閨房，後一秒就感覺腰上一緊，落入了一個溫暖的懷抱。

「皮蛋瘦肉粥很美味，可惜不是專門給我做的。」對方嗓音帶笑，從頭頂傳來。「不知未來太子妃何時專程為我做一份。」

沈曈聽見這道熟悉的嗓音，唇角彎了彎。

「你怎麼這時候來了？」她把放在腰間不安分的手掌拍開，轉身看向某人。

祁修瑾順從地收回手，目光落在她頭上的髮飾，目光溫柔，笑道：「這套首飾果然適合妳。」

也不枉他從頭到尾都親自動手打造出來。

說起這個，蘇曈才想起之前的事情，她皺眉道：「你和程芸……」

「我不認識什麼程芸。」祁修瑾生怕她誤會，解釋道：「先前收了程國公的一塊羊脂白玉，不過我沒用他的，後來又從父皇那裡得到一塊更好的，便用來給妳打造首飾了；至於程芸，應該是程國公跟她說了什麼，讓她誤會了吧！」

見蘇曈沒說話，他又補充道：「曈曈，別人如何，我都不在意，那程芸我更是見都沒見過，怎麼可能與她有什麼，妳可不能冤枉我。」

他一副冤死了的模樣，讓蘇曈忍不住失笑。

「你急什麼，我不過是問問罷了。」她彎了彎唇。

祁修瑾才反應過來她是在逗他，頓時又好氣、又好笑。「瞳瞳，妳如今變壞了。」——

門外傳來蘇昊遠的聲音。

「瞳瞳，妳房裡有人嗎？在和誰說話？」

蘇瞳連忙摀住祁修瑾的嘴，示意他噤口。

蘇昊遠這幾日盯得緊緊的，只要蘇瞳的院子有一點動靜，他都會過來瞧一眼，就怕某個傢伙翻牆進來壞他閨女名聲。

這不，現在又來了。

蘇瞳覺得好笑，她爹這樣一鬧，搞得她跟祁修瑾在一起時總感覺自己在做什麼見不得人的壞事一樣，但蘇昊遠畢竟是為了她的名聲著想，她又不能說什麼。

蘇昊遠在門外等了許久，蘇瞳都沒吭聲，他以為自己聽錯了，納悶地離開。

他離開之後，蘇瞳的手突然被祁修瑾輕咬了一下，她吃痛一聲。

「你做什……」

「噓。」祁修瑾咬著她的小手，伸出修長的食指點在她的唇瓣上，刻意壓低的嗓音帶著某種勾人的意味，聽得蘇瞳耳朵發麻。「瞳瞳，別出聲，驚動了岳父就不好了。」

此時，蘇瞳整個身體都窩在他的懷裡，被一雙結實的手臂圈著，寬闊的胸膛彷彿烙鐵一般滾燙，隔著衣物，他的心跳沈穩有力，聽得她心裡一陣發慌。

「哥哥。」蘇瞳有些不安地低喚了一聲，想伸手去推他，但不知為何，總覺得使不上力。「你、你先放開我。」

祁修瑾沒說話，繼續輕咬著她的小手。

蘇瞳臉都紅了，她羞惱道：「哥哥！」

祁修瑾不敢再逗她，終於放過了她的小手，在蘇瞳開口跟他算帳之前，嚴肅地道：「瞳瞳，我今日來，是想向妳借一個人。」

蘇瞳一愣，一下子就忘了要跟他算帳。「你要借誰？」

「白十七。」成功轉移了話題，祁修瑾眼底浮現一絲笑意，面上卻仍是一本正經。「我要調查一些事，但是身邊無人可用，白十七身手好，又機靈，因為年紀小也不容易引起目標的懷疑和戒心，讓他去正好。」

蘇瞳點頭。「既然如此，那你跟十七說吧，十七雖說是我的人，但我不能凡事都做他的主，他若是不肯幫你，我也無能為力。」

祁修瑾笑道：「那是自然。」

白十七就在院子裡負責蘇瞳的安全，聽說祁修瑾找他，從院牆上跳下來，手裡還拿著一隻烤雞腿，吃得滿嘴油光。「小爺只聽小姐的話，除了小姐，誰來都不好使，任你是皇帝還是太子，我也不去。」

自從來了蘇府，他每日好吃好喝，被養得白白胖胖的，那些護衛們見他年紀小，又有一

身好本領，個性也讓人喜歡，個個都寵著他。

蘇曈在一旁看著祁修瑾吃癟，笑得不能自已。

祁修瑾身為堂堂太子殿下，身分尊貴，想來是第一次被人這般直接地拒絕吧！她的笑容明媚動人，讓祁修瑾看得失了神。

等回過神，祁修瑾朝白十七說道：「既然你都這麼說，我也不好勉強，你唐爺爺和陳叔為何會變成如今這樣，你應該也不想知道了。」

白十七把雞腿一扔，身形一閃，瞬間攔在了祁修瑾的面前。

「把話說清楚。」他的小臉嚴肅，看著祁修瑾。「你知道我唐爺爺和陳叔當年的事情？」

當年，白十七和陳漁還小，他因為被父母送去了外地，沒經歷那一場慘絕人寰的屠殺，還是後來陳叔和唐爺爺等人逃亡的時候，根據他父母的遺言，去外地帶上了他。

而陳漁雖然經歷了，但是因為那段經歷太痛苦，她又傷得太重，後來失憶了，壓根兒就想不起來究竟發生過什麼。

白十七曾經不止一次問過陳叔和唐爺爺他們，可是沒有一個人願意告訴他實情，只說仇人太強大，他們招惹不起，讓他別想著報仇。

可是，他全家一夜之間被屠殺，交好的陳叔和唐爺爺等人也是親眼看著親人、好友死在面前，如何能甘心！

想到這裡，白十七眼眶發紅，緊緊握著拳頭。

祁修瑾淡淡地道：「當年發生了什麼，我不清楚，但我知道你們的仇人是誰，你若想知道，便自己來調查。」

白十七就這麼跟著祁修瑾離開了蘇府。

臨走前他看了眼眶紅紅的陳漁一眼，朝蘇曈點了點頭。「小姐，您是個好人，漁姊姊跟在您身邊，我很放心。」

這之後，蘇曈和陳漁都再沒見過白十七，誰也不知道他跟著祁修瑾究竟去做了什麼，蘇曈問過祁修瑾幾次，他都沒說，只說白十七如今很安全，等事情完結，他很快就能回來了。

雖然盛京城依然如平常一般無波無瀾，但蘇曈隱隱感覺到藏在平靜底下的不安分因素，莫名覺得不久之後，將會發生什麼大事。

於是，她刻意減少了出門的次數，能不出門，就儘量不出門，連糕點鋪的生意，她都交給了陳齊燁全權管理，自己樂得當甩手掌櫃，在家多陪陪父母、親人。

對此，蘇閣老和蘇昊遠感到十分欣慰，每頓都多吃了好幾碗，短短幾天的工夫，就胖了好幾公斤，紅光滿面，上朝的時候被同僚們圍著一陣羨慕。

這一日，裴銳心急火燎地衝進了蘇府的大門。

「曈曈，妳可一定要幫幫我！

「明兒個，我祖父就要過大壽了，可我剛才一句話把我家老爺子請來負責做壽宴的廚子得罪了，人家甩手不幹了。老爺子發話，若是不把人請回來，明兒個就當著賓客的面扒了我的褲子吊起來打，妳說說，這說的是人話嗎？小爺我若真的當著這麼多人的面，丟這麼大的臉，以後在這盛京城裡，我還能混得下去嗎?!」

裴銳氣得不行，他一路跑過來，氣喘吁吁，接過丫鬟遞過來的茶水，猛地灌進去，一抹嘴角，坐下來就跟蘇曈噼哩啪啦說了一堆。

蘇曈好奇。「你究竟說了什麼，把人家氣成這樣？」

要知道，裴家老太爺可是國丈，他的女婿是當今皇帝，親生女兒是母儀天下的皇后，兒子是侯爺，裴家如此烜赫，大盛朝沒有不上趕著巴結的。

裴老太爺過壽，能讓裴家請來負責壽宴，是多大的體面，那大廚若不是受了天大的委屈，再怎麼也不可能會反悔不幹，平白得罪了裴家，不是給自個兒找事嗎？

所以，她覺得肯定是裴銳做了什麼過分的事情，把人給氣狠了。

畢竟這貨向來風評就不好。

當初在景溪鎮的時候，聽說他在盛京城是個人人聞之色變的小霸王，原來還不怎麼相信，後來回來盛京城，她才從蘇佳葉等人口中得知他從前做的那些混帳事，難怪人人都怕他。

裴銳撇了撇嘴，他覺得自己如今可是比從前穩重多了。「那個大廚是我家老爺子從食香

樓高價請回來的，號稱什麼大盛第一神廚，滿大盛找不出一個對手，吹得跟什麼似的。結果我讓他做蛋糕，他說不會；讓他做珍珠奶茶，也不會；讓他做奶油泡芙，還是不會，什麼都不會，這叫什麼第一神廚，是第一神吹吧！

蘇曈無語了。

「然後，那神吹就氣得面色鐵青，讓我另請神廚，他不伺候了。」

蛋糕、奶茶和泡芙這些東西，都是蘇曈從現代帶來的，這大盛朝土生土長的大廚沒接觸過，不會做是很正常的事，這位爺你是不是故意雞蛋裡挑骨頭，存心和人家過不去？

蘇曈忍住笑意，說道：「所以，你是想來我這裡借幾名糕點師做蛋糕、奶茶和泡芙，還是讓我去負責壽宴？」

裴銳嘿嘿一笑。「還是曈曈懂我。我家老爺子總是說我吊兒郎當、不幹正事，這回我跟他說，讓他放心把祖父的壽宴交給我來負責，保證辦得妥妥帖帖，那什麼勞什子的第一神廚就不用他請了，我請回來的保證比他厲害。這大話都吹出去了，曈曈妳若是不幫我，就太不夠意思了。」

糕點鋪的那些糕點師，哪裡及得上面前這位大廚的手藝，裴銳精得很，知道該如何選擇。

要請蘇曈去做壽宴，倒也不是不行，但裴府太烜赫了，她只做過尋常人家的壽宴，不知道大戶人家有什麼講究；更何況，請她做壽宴，是裴銳的主意，還不知道人家裴老爺子會不

會同意。

蘇曈沒急著答應，沈吟片刻，讓裴銳回去問問裴侯爺。

裴銳擺擺手，剛想說不用問，就這麼定了。

結果門外跑進來一個下人，說是裴家的人來找裴小侯爺，讓他趕緊回府。

裴銳坐著不動，讓下人把人帶進來。

來人是他身邊的小廝。

小廝一進來，看了看蘇曈，沒說話。

裴銳蹙眉。「什麼事，說吧！」

小廝這才開口。「少爺，姑奶奶回府了，她親自發了請帖，把賈大廚請回來了，如今正在商量壽宴的菜單呢！」

原本這次的壽宴，已經準備了好幾個月，流程和菜單都是定好的，可是這回姑奶奶回來，下令要大辦，她看了府裡定好的安排以後覺得不甚滿意，因此，硬是要將東西全改了。

「姑姑回來了？」裴銳一聽，立馬站起來，但是聽到後面的話，嘴角一撇。「那賈大廚算什麼玩意兒，竟還勞動姑姑她老人家把人請回來，要我說，這壽宴若是想辦得好，就得把賈大廚換掉，讓曈曈來。」

蘇曈笑道：「食香樓是盛京城最好的酒樓，賈大廚既被稱為第一神廚，廚藝自然不差，更何況，他經驗豐富，讓他全權負責壽宴會更穩妥；若是換了我，恐怕會有不周到之處。你

若想要蛋糕，也不用把人給換掉，我可以為你祖父親自設計一款壽宴蛋糕，其他的糕點也可以免費提供，就算是我的賀壽禮了。」

裴銳想了想，還是覺得賈大廚不行。

他說道：「這樣吧，妳現在跟我回去一趟，具體如何安排，等見了我家老爺子和姑姑再說，行不行？」

蘇曈索性無事，便答應了。

裴府十分重視裴老太爺的七十大壽，因此，早在幾天前，裴府就已經裝修一新，原本就富麗堂皇的府邸，顯得更加大氣。

從正門到院子，都鋪上了紅毯，掛滿了紅幔，看起來喜氣洋洋。

下人們忙碌地搬著壽宴上要用到的裝飾擺件和花樣吉祥的碗碟瓷盤。

蘇曈跟著裴銳進花廳的時候，正好聽見賈大廚說到壽宴上的點心。「老侯爺，您看看這個菜單。」

裴銳走過去一把搶過那菜單，掃了一眼，輕嗤一聲。「又是湯圓和蟠桃壽包，我當是什麼新鮮點心呢！年年都是如此，沒新意。」

他把菜單一扔，看向裴侯爺身旁的貴婦人，笑道：「姑姑，您要回來怎麼不早說一聲，我肯定提早等在府門前，親自迎接您。」

貴婦人容貌姣好，眉宇間帶著不容忽視的威嚴，這是久居上位者才會有的氣質。

蘇曈想起方才裴銳口口聲聲叫她姑姑，又從她眉宇間看出了一些似曾相識的感覺，瞬間就猜出了她的身分。

第七十章

「臭小子，你給我滾一邊去，別在這搗亂！」裴侯爺一看見裴銳就氣不打一處來。好不容易把賈大廚給請回來，若是再讓他氣跑，這壽宴上哪兒請人做？

裴銳才不理他，老爺子朝他發火也不是頭一回，他都習慣了。他諷刺了賈大廚幾句，見賈大廚雖然面色有些不好，但沒膽子再跟他攏譜兒，便知道對方只不過是假清高罷了。也是，在他皇后姑姑的面前，這賈大廚不誠惶誠恐地討好就不錯了，怎麼敢再像先前那樣說走就走？

貴婦人正是當今皇后，年近四十的年紀，卻保養得極好，皮膚如凝脂一般，沒有一絲歲月的痕跡。

她笑望著裴銳。「你這渾小子，還是這副德行，一日不和你爹對著幹，你就不舒坦。你祖父壽宴是何等大事，你就不要瞎攪和了，省得出差錯，讓人笑話咱們裴府。」

裴侯爺在一旁點頭。

裴銳不服氣地道：「姑姑，老爺子這麼說就算了，他老糊塗了，好壞不分，整日看我不順眼，怎麼您也這麼說？難道我在您眼裡，就這麼不靠譜？」

裴皇后被他的語氣和神情逗笑。「不是姑姑不信你，若是別的事，你怎麼折騰都沒關

係，但是你祖父壽宴若想辦得好，除了賈大廚，整個盛京城暫時還找不出其他更合適的人。」

賈大廚站在後面，聞言不動聲色地挺了挺胸，面上一片驕傲。

「姑姑，我才不信您也會信外面瞎傳的什麼第一神廚，賈大廚再厲害，能比宮裡的御廚還好嗎？我聽說姑父前兒個特地去蘇府要食譜了，這說明姑父覺得瞳瞳的廚藝比宮裡的御廚好，您若是請賈大廚來辦壽宴，倒不如請瞳瞳呢！不說她廚藝本就是頂好的，單說她還是您未來的兒媳婦，咱們以後都是一家人，自家人若是能辦得到的事，哪裡用得著請外人。」裴銳說道。

「蘇小姐？」裴皇后愣了一下，隨後失笑搖頭。「不行，蘇小姐未出閨閣，不好拋頭露面，怎能讓她來幫咱們家辦壽宴呢？更何況，蘇閣老也不會同意的。」

「蘇閣老同不同意不要緊，最重要的是瞳瞳，她同意那就可以了。」裴銳嘿嘿一笑，他朝身後的人使了一個眼色。

裴皇后這才注意到站在一旁一直沒開口的蘇瞳，瞬間眼睛一亮。

面前的少女面容姣好，身形婀娜，眉眼間帶著一股冷淡疏遠的氣質，卻並不讓人覺得難以接近。

裴皇后與蘇藍氏年輕時關係還不錯，如今看見一張與蘇藍氏有七、八分相似的小臉，瞬間就猜到了眼前少女的身分，她細細地打量著蘇瞳，越看越喜歡。

「妳便是曈曈？」裴皇后朝蘇曈招手。「好孩子，妳過來。」

「民女蘇曈見過皇后娘娘。」

「不必行禮，以後都是一家人，用不著如此，沒外人的時候，我們家沒那麼多規矩。」

被忽略的賈大廚，默默往後退了幾步，努力減少自己的存在感。

蘇曈一走近，裴皇后就拉著她的小手，熱情得讓她有些難以招架。

「失散了十幾年才找回來，在外面吃盡苦頭，真是苦了妳了。

「說起來，妳與皇兒還真是有緣分。」

裴皇后感慨了一通，蘇曈都沒機會開口，一旁裴銳迫不及待地道：「姑姑，曈曈的廚藝是出了名得好，祖父的壽宴若是有她來負責，比那沽名釣譽的假大廚好多了，保證能讓祖父滿意。」

裴侯爺怒斥。「胡鬧，蘇小姐怎麼能做這樣的事。」

相比於裴侯爺的竭力反對，裴皇后卻是不同的態度，她想起那碗皮蛋瘦肉粥的美味，以及這幾日御膳房用了蘇曈提供的食譜後做出來的養胃粥，沈吟片刻，問蘇曈。「曈曈，這小子既然請得動妳來，必定是妳也有些想法了，不妨說一說，若是讓妳來負責壽宴，妳會如何安排？」

賈大廚沒想到皇后竟然真的聽了裴銳幾句話就改變了主意，他的臉色都變了。

不過很快地，他看了蘇曈一眼，眼中閃過一絲不屑與嘲諷。

不過是個小丫頭，能有多好的廚藝？自己可是有幾十年經驗的老廚子了，不論在食香樓，還是被邀請去各府承辦各種壽宴、喜宴，從來沒讓人失望過，不信會輸給這麼一個小丫頭。

然而，出乎他意料的是，蘇瞳交出來的菜單，比他想像得更好，圍繞著一個「壽」字做文章，所有菜品名稱幾乎都是以「壽」為主，寓意好，菜品豐富，有好幾樣他聽都沒聽過的菜式。

她甚至還詢問了裴老太爺的喜好，特意在菜品上增添了對方喜歡的菜品，加以改動。

皇后和裴侯爺看完蘇瞳和賈大廚的菜單後，沈默了。雖然賈大廚的菜單更符合當今壽宴常見的菜式，但蘇瞳的菜單在賈大廚的基礎上還添了許多新鮮的元素，比起賈大廚的似乎更好一些。

不過，裴侯爺雖然對這份菜單沒什麼意見，可他對蘇瞳的廚藝卻是沒有信心，他只知道蘇瞳的糕點確實做得不錯，卻不知道其他菜做得如何。

「不如，你們兩位比一下廚藝吧！」他說道。

蘇瞳卻道：「裴侯爺，皇后娘娘，其實不必非得分出個高低來，畢竟承辦一場壽宴，工作量很大，不可能只憑一個人便完成所有的項目，不妨分工合作，由賈大廚負責壽宴主菜，配菜和甜品由我來負責，你們覺得如何？」

「好啊，蘇小姐這個提議不錯。」

裴侯爺猛地一拍掌，皇后也點頭贊同，裴銳瞥了賈大廚一眼，勉強同意了。

於是接下來的時間，蘇瞳每日早起出府，帶著幾個親手培養的糕點師一起去裴府準備壽宴當日的點心，忙碌到天黑才回府。

也因此，她不能像往常一樣負責家裡的膳食，蘇家從前養的廚子終於有機會讓主子們又吃上他做的飯菜，蘇家上下過上了苦哈哈、沒有美食的生活。

蘇閣老和蘇昊遠才剛胖起來的身材，經過兩日的食不下咽，又迅速地瘦了下來，每日都在慨嘆著沒有瞳瞳做的美食的日子，看見裴侯爺就怨念滿滿。

而裴府，甜香滿園，吸引得裴家上下猛吞口水。

蘇瞳在做糕點的閒暇空餘，其他人也品嚐到了蘇瞳的廚藝。

裴家上下，包括在裴家做客的帝后，就連賈大廚，都對蘇瞳的廚藝相當嘆服。

如今賈大廚在準備菜品的時候，時不時會找蘇瞳討教一些菜品的處理技巧，經常有所得，原先的傲氣，早已消失無蹤，只剩下對蘇瞳的欣賞和佩服。

很快地，到了裴老太爺大壽這日。

一大清早，蘇瞳就特意換上喜慶的衣服去了裴府。

賈大廚早就嚴陣以待，兩人打了聲招呼，便各自忙開了。

賓客漸漸多了起來，整個裴府熱鬧喧囂，菜品一樣接著一樣地端出去，展現在賓客們面

前的宴席上。

「松鶴延年。」

「彭祖獻壽。」

「福壽綿長。」

「……」

菜名不斷地從上菜的下人們口中喊出，接著，色香味形俱全的菜餚便放在賓客們的面前。

「侯府今次的壽宴辦得確實不錯，聽說是請了食香樓的賈大廚來做的？」一名賓客感嘆。「不愧是第一神廚，看來賈大廚近日又有新菜式了，你瞧瞧，這些菜與他往日的風格有些不一樣，不知道今日過後，食香樓會不會推出新菜式，真是令人期待啊！」

一旁有人卻輕嗤一聲。「什麼賈大廚？說得彷彿他真有多厲害似的，你們都看到這些菜式和他往日風格不同了，怎麼就沒想過，這些菜說不定不是他做的呢！我可聽說了，人家蘇閣老的嫡孫女也參與籌辦今日壽宴，這些應該都是她的傑作，關賈大廚什麼事。」

「不對、不對，你們都錯了。」一道聲音插入，來人不過十七、八歲，是盛京城人熟悉的某家紈袴子弟，與裴銳關係最好，從方才開始，他筷子就沒停過，吃得滿嘴油光。「我聽小侯爺說了，今日這壽宴，是賈大廚和蘇曈聯手承辦的，桌上的這些菜餚，出自賈大廚的手，但是也與蘇曈討教過，結合了兩人的優點，你們面前那個醬肘子吃不吃？不吃挪過來

點，我手短，搆不著。」

眾人嘴角抽了抽，認真一瞧，方才他們議論的工夫，席上大半的菜餚都進了他的肚子。

再一看，四周其他的賓客都只顧著埋頭吃，顯然，今兒這宴席確實辦得好，菜餚美味誘人。

在座的賓客，大部分都是朝中有頭有臉的人物，平日裡端著架子，如今卻什麼形象都不顧了，滿眼、滿腦子都是面前的宴席。

一時間，眾人也顧不得去探究今日做菜的究竟是哪個神廚了，得趕緊吃，省得一會兒都讓別人吃完了，自己連醬汁都沒吃著。

裴老太爺作為壽星，望著平日裡進了侯府只顧著攀關係的賓客們，難得地都將心思放在了宴席上，笑得只見牙、不見眼。

他朝裴侯爺說道：「今兒這壽宴辦得合我的心意。」

裴侯爺見他喜歡，也笑道：「確實不錯。」

想起飯後還有各種精緻美味的甜點，裴侯爺也不禁有些期待起來。

原本他還擔心賓客們自持身分，氣氛無法活絡，又或者朝中某些官員不分場合互相攀關係，如今看來，眾人只顧著吃，並且討論哪個好吃，哪個美味，還有人幫旁邊的人挾菜，這般熱鬧和諧的情形，才真正算是圓滿的壽宴。

在裴府單獨安排的一間清靜的廂房內，皇帝和皇后正享用著與外面賓客們截然不同的美

食。

因為皇帝腸胃還沒調理好，因此外面的許多菜餚都不適合他吃，在皇帝和皇后的要求下，蘇曈特意給他們做了一桌當初在景溪鎮火紅一時的豆腐宴，又添了幾個清淡的羹湯。

皇帝和皇后吃得很滿意，讚不絕口。

「皇兒回宮後，用膳時總是一副食慾不振的模樣，沒吃多少便擱下筷子了，原本我還以為是飯菜不合他胃口，如今才知道，原來他是被曈曈養刁了胃口。」皇后笑著道。

裴銳在一旁陪著，聞言樂了。「姑姑，您別說他了，就連我，吃過曈曈做的飯菜後，吃別的都沒味道了。自從回到盛京城，沒了曈曈的美味飯菜，您看我，瘦了那麼多，身上都沒幾兩肉了。」

皇帝剛喝完一碗湯羹，撐得不行，聽了兩人的對話，顧不得什麼帝王形象和威嚴，摸著肚皮往後靠在椅背上，滿足地喟嘆一聲。他正琢磨著，得想個什麼法子，讓祁修瑾同意下個月就把蘇曈給娶進宮裡，忽然從外面傳來一聲驚呼。

「外面發生什麼事了？怎麼這麼大動靜？」

皇帝和皇后都站了起來，跑到窗邊看向外面。

因為宴席上有許多朝中官員，為了不驚動他們，也為了不把氣氛搞僵，讓眾人拘束，破壞了裴府難得熱鬧的這場壽宴，帝后兩人一直都沒出去，這時聽見動靜，實在是忍不住好奇心了。

這時壽宴已經到了尾聲，按理說，應該到甜點的時間了。

裴銳一想就猜到眾人這麼大動靜的原因了，他咧唇一笑。「姑父、姑姑，我好像知道是怎麼回事了，鐵定是瞳瞳的蛋糕出場了。」

蘇瞳做蛋糕的時候，為了給眾人一個大大的驚喜，她特意把所有人都趕出去了，只剩下幾個糕點師在廚房，為她做的這個蛋糕保持了足夠的神秘感。

如此想著，裴銳迫不及待地想出去瞧瞧熱鬧了。

他朝帝后兩人說道：「姑父、姑姑稍待片刻，我去外面看看，很快就回來。」

帝后心裡也癢癢得想看熱鬧。

裴銳出去以後，帝后兩人對視一眼，也悄悄地出去，混入了激動的賓客中。

賓客們的中央，下人們小心翼翼地用推車推出了一份一人高的七層蛋糕。

每一層都是不同的設計，心思相當靈巧，不管是外形設計，還是顏色搭配，都十分精緻養眼，更不用說那陣陣誘人的甜香味飄出，更是讓人忍不住驚嘆。

在場的人從沒見過這般精巧的甜點，一時都看呆了。

「這是什麼糕點？」有人忍不住問道。

「你連這個都不知道？蛋糕你總聽說過吧？近日蘇小姐新開的糕點鋪，便有這種糕點，美味絕倫，就是每日的數量太少，有些口味甚至還需要預定，據說過壽辰的時候吃這個最吉利。」

眾人小聲議論，一邊欣賞著蛋糕的設計。

蛋糕每一層都有不同的主題，第一層展現的是一名仙風道骨的仙翁笑容滿面，手捧蟠桃，腳底下踩著朵朵祥雲，取「彭祖獻壽」之意。

第二層「福壽雙全」，兩顆栩栩如生的蟠桃各代表著「福」與「壽」，水靈靈的，讓人看了想咬一口。

第三層「松鶴延年」，兩隻仙鶴於紅日青松下展翅。

第四層「福壽綿長」。

最令人驚嘆的是第七層「玉侶仙班」，不知底層的架子是用什麼做的，有一縷縷白煙不斷地飄出，將第七層襯托出一種仙境的感覺，被白煙籠罩的第七層蛋糕，祥雲朵朵，清逸脫俗的仙人千姿百態，悠然其中。其中一名駕著仙鶴的仙翁眉目溫和，身上穿的衣服正與平日裡裴老太爺常穿的那套幾乎一模一樣。

眾人無不驚嘆於這個蛋糕的設計靈巧用心，望向今日的壽星公裴老太爺，不停地恭賀。

裴老太爺也看見了蛋糕第七層的內容，笑得合不攏嘴。

因為他的身分、地位，人人都愛巴結他，不管是真心的、還是瞎扯的，好話聽了一籮筐，他都不怎麼放心上，但是今日這蛋糕上顯示出來的心意，他卻是真真實實地感受到了。

他看向站在蛋糕後的少女，這小姑娘將要成為他的外孫媳婦了，真是一樁讓人滿意的親事。

在整個盛京城關注著裴老太爺的壽宴時，無人察覺到，一股神秘的勢力，正在盛京城布

滿了天羅地網，無數陌生的面孔，從四面八方向裴府靠近。

帝后兩人站在賓客中間，聽著他們誇讚著蘇曈，恭賀著裴老太爺，心裡與有榮焉。

這是我未來的兒媳！

直到有人開始打聽起蘇曈今年幾歲，是否婚配，打算找蘇閣老給自己家的兒子作媒、談婚嫁，他倆才黑了臉。

「您當初賜婚時怎麼不宣告天下？如今這些傢伙都不知道皇兒和曈曈有了婚約，全都覬覦咱們家的兒媳婦。」裴皇后白了皇帝一眼。

皇帝也委屈。「當初皇兒和兒媳還沒回京，若是大張旗鼓，走漏了風聲，讓別人知道皇兒還活著待在景溪鎮上，皇兒豈不是危險了？妳別忘了，當初他回宮的時候是什麼情況。」

「算了，當務之急，是趕緊讓兒媳嫁過來，待會兒宴會散了之後，我找曈曈聊聊。」裴皇后說道：「您也和皇兒談談，盡快定下婚期。」

「請壽星吹蠟燭，切蛋糕。願您福如東海長流水，壽比南山不倒松。」蘇曈笑著道。

在眾人的祝福中，裴老太爺吹滅蛋糕上的蠟燭，接過蘇曈遞過來的蛋糕刀，開始切蛋糕。

之後，下人們將切成若干份的蛋糕分發到眾賓客的席位上。

這時，賓客們全都回到了自己的席位上，帝后兩人若還站著，就顯得太突兀了，只是席上沒他們的位置，他們又想吃蛋糕。

裴皇后看著那精緻的蛋糕被切成小份，依然是精巧得不行，目光發亮地望著，和皇帝回到廂房之後，招來下人給他們也送來一份。

裴銳悄悄地溜到蘇曈的身邊，低聲道：「這蛋糕做得太好了，妳看到我祖父的神情沒有，我從沒見他這般開心過；不過，我很好奇，妳這蛋糕第七層是怎麼做到的？還有那些白煙，還有蛋糕上面的壽桃和仙人等，有些看著不像是奶油，吃起來口感也很奇特。」

第七十一章

蘇曈笑了笑，白煙的效果很簡單，是用乾冰的原理製作而成的，在第七層蛋糕的底層下方她放了幾塊乾冰，乾冰的水霧便蒸騰而上，將第七層的蛋糕在視覺效果上襯得如同仙境一般。

至於蛋糕上面的壽桃和仙人，自然是各有各的做法，解釋起來麻煩，裴銳未必真的想聽。

她掃了一眼在場的賓客，沒看見祁修瑾。按理說裴老太爺是祁修瑾的外祖父，今兒這樣的日子，他應該不會缺席才對，怎麼到現在都沒看見人影？

裴銳也覺得奇怪，和她一起四處找了找，卻沒看見人。

「姑父如今將政事大部分都交給他處理了，說不定正忙著，脫不開身呢！」他說道。

蘇曈皺眉搖頭。「不對，今日文武百官中有分量的都坐在這裡了，他就算要處理什麼政事，也不可能忙到現在都沒有空閒。」

不知為何，蘇曈望著面前熱鬧的宴席，突然有種不太妙的感覺。

這個念頭剛升起，蘇曈就發現身邊有人突然倒下了。

緊接著，席上賓客們紛紛倒在桌上，現場一片狼藉和慌亂。

只有少數幾人的狀況還算不錯，並未昏迷。

「不好，宴席上有人動了手腳！」蘇曈面色微變，心頭一緊。她的蛋糕都是自己製作的，全程不經任何人的手，就連手下的糕點師打下手時也是在她的眼皮子底下，根本沒機會下手。因此，問題不太可能出在蛋糕上，那麼，很有可能是出在飯菜上了。

宴席上大半的人都倒下了，好在裴府的人因為要待客，幾乎沒怎麼吃桌上的東西，只吃了幾塊蘇曈給他們留的點心，因此，倒是沒什麼大問題。

裴老太爺臉色沈凝，活了大半輩子，今兒難得這般高興，卻有人敢在他的壽宴上動手腳，這簡直就是在太歲頭上動土。

不知是誰如此膽大妄為。

「裴府護衛聽令，封鎖各處院門，任何人不得進出，否則殺無赦！」

裴老太爺雖然已不管事多年，但他一向積威甚重，沈著臉一聲令下，護衛們整齊動身。之後，他的面色緩和下來，朝賓客中還未昏迷的人說道：「為了諸位的性命安全著想，在查出是何人在府裡作祟前，還請諸位暫時不要離開，在府中安歇稍待，老夫會請來府中的大夫為諸位醫治。」

雖然這一番話說得十分溫和，但話裡的意思卻不容置疑，不等賓客開口，裴老太爺轉身下令。「來人，將客人們安排到後院廂房安歇，並請秦大夫和柳大夫來為他們診治。」

然而，他話音剛落，不等賓客們被安排下去，裴府外面就響起了交戰聲，混亂嘈雜。

「怎麼回事？」

「回老太爺，外面有賊人要硬闖進來，對方身手高強，護衛們恐怕不敵。」

下人們亂成一團，眼看外面的賊人就要突圍闖入，原本還昏迷的賓客中，竟然有幾個突然站起身，撕破身上的賀服，露出與外面賊人一樣的服裝，目光一掃，瞬間挾持了身邊的客人。

被挾持的客人全都是朝中地位不低，深受皇帝寵信的重臣。

「所有人不許動，否則，我就殺了他！」一個男人捏著一個二品大員的脖子，冷冷地朝裴老太爺說道：「皇帝呢？別以為我不知道，今日皇帝也來了裴府，讓他滾出來！」

早在方才混亂時，裴老太爺就派人將帝后帶到了安全的地方，此時聽見刺客要見皇帝，他一點都不意外。

裴老太爺淡定冷笑。「陛下貴為天子，事務繁忙，不是什麼阿貓、阿狗都會見的。你是何人？可知今日這一番動作，會給你的親人招來什麼後果？」

男人冷酷道：「絕殺閣收錢辦事，只考慮利益，從不考慮後果！」

裴老太爺哼了聲。「這就怪了，老夫聽說你們絕殺閣只接江湖恩仇任務，從不管朝堂之事，怎麼這回卻破了規矩，難不成是你們閣主想做皇帝了？」

「裴老太爺不必套我的話，今日我們的目標不是你，希望你可以安分些，不要礙事，否

則，休怪我等無情！」

蘇曈就站在裴老太爺身後不遠處，她蹙著眉頭看了刺客們幾眼，似乎在他們中間看到了一個熟悉的身影，不由目光一動，不動聲色地朝裴老太爺靠近，低聲朝他說了幾句話。

「喂，妳是幹麼的？不許亂動！」刺客中有一道聲音朝蘇曈喝道。

這道聲音帶著稚嫩的童音，十分耳熟。

蘇曈認出那道聲音的主人後，暗暗鬆了口氣，面上卻做出害怕的神情，輕聲說道：「我、我是今日負責廚房的下人，諸位大人不要殺我，我什麼都不知道。」

看著蘇曈難得做出這般畏畏縮縮的神情，白十七差點笑出聲來，好在他反應得快，及時收住了，否則定要被周圍的絕殺閣殺手們察覺，到時候太子殿下的計劃就功虧一簣了。

他捏著一名官員的脖子，將蘇曈從頭看到腳地打量了一遍，突然問道：「妳穿得這麼好，還說妳是下人，唬誰呢！方才我可都瞧見了，那七層蛋糕是妳推出來的，那是妳親手做的？」

蘇曈低下頭。「是、是的。」

「哦，那我知道妳是誰了，妳是蘇閣老的孫女蘇曈吧？我知道妳，聽說妳開的糕點鋪……」

「十七，別和她廢話那麼多，把你手裡的官員交給其他人，你去裴府後院找狗皇帝，把他殺了！」皇帝一死，天下大亂，到時候閣主殺掉太子，順勢登基，整個大盛朝就是絕殺閣

的天下了。

白十七嘿嘿一笑。「放心吧，外面還有咱們的人守著，皇帝若是敢逃，一定會被堵回來，沒那麼容易跑掉的。」

殺手首領皺眉。

白十七摸了摸肚子，拿起旁邊桌子上的糕點往嘴裡塞。「首領，我今兒一早沒吃多少東西，這宴席上的菜可真好吃，我還想多吃點，餓著肚子不好打架。要不然，您去找皇帝吧，皇帝身邊肯定有高手保護，我去不一定敵得過，但您身手好，去了肯定手到擒來。」

殺手首領的臉色更黑了。這白十七是新招進來的傢伙，身手很是不凡，比他還強上不少，聽說一來就被少主重用，只是因為年齡太小，性格古怪，又不服從管教，經常壞事，卻從沒受到少主的責罰。

他懷疑對方的來歷不對，暗中調查過幾次，卻都沒調查出什麼問題來。

這一次也是少主下令讓自己把他帶來一塊兒執行任務，否則，他真是不願意身邊跟著一個實力比自己強，比自己年輕，還不服從管教的混蛋傢伙。

不過他既然不願意去，那就算了，自己親自去更放心。

這次任務事關重大，閣主和少主再三強調只許成功、不許失敗，整個絕殺閣潛伏多年，終於傾巢而出，他絕不允許出現任何差錯。

「十七，你可得把這裡看好了，若是出了什麼差錯，到時候別怪我不念舊情！」

殺手首領冷哼一聲，把手上的官員推開，將現場交給白十七，然後帶著自己手下幾個最信任的親信，徑直往裴府後院走。

裴老太爺和蘇曈等人面色焦急，卻只能眼睜睜地看著，不敢輕舉妄動。

直到殺手首領走了，十七眼睛骨碌一轉，朝四周的殺手們說道：「行了，那傢伙走了，兄弟們聽我說，先把解藥給大人們吃下。」

原來除了殺手首領和他的幾個親信，在場的其他殺手竟全都是自己人。

白十七一聲令下，眾人紛紛照做。

很快地，昏迷的朝中重臣們全都甦醒過來。

「這是怎麼回事？」官員們一臉茫然，但是沒有人搭理他們。

蘇曈問白十七。「十七，這究竟是怎麼回事，你現在可以說了吧？」

白十七蹲在椅子上，一邊吃著糕點，一邊說道：「絕殺閣閣主是晉王，晉王忍不下去了，想當皇帝，打算趁今日裴府壽宴時將皇帝和朝中大臣拿下，殺掉皇帝後，挾持重臣，然後自己做皇帝。不過，太子殿下早就有所提防，提前讓我混入了絕殺閣，今日來裴府的這些人中，除了方才離開的殺手首領和他的幾個親信，其餘人全都是咱們的人。」

他說著，跳下椅子，朝裴老太爺說道：「老爺子，您一把年紀了，眼神不好不怪您，但是您孫子年紀輕輕也瞎了，真是可憐啊！」

裴銳沒想到自己好端端地待在這裡，也要被拿出來嘲諷，他扶著裴老太爺，滿臉問號。

「喂！你這小子怎麼說話的，誰年紀輕輕就瞎了，你找死是不是？」裴銳氣笑了，他堂堂盛京小霸王縱橫盛京這麼多年，同一輩沒有誰敢在他面前這般放肆，這小子是頭一個。

白十七輕嗤一聲。「你不瞎，你知道你面前的這幾個都是些什麼人，還敢拉著你家老太爺躲在他們身後，指望著他們保護你們？別一會兒丟了性命還什麼都不知道。」

裴銳一愣。

裴老太爺臉色沈凝，這才發現了事情的不對勁。

護在裴老太爺和裴銳面前的幾個人，正是今日負責壽宴的賈大廚以及食香樓的幾個幫廚，從方才起，宴席上不管是客人、還是下人，都亂成一團，只有賈大廚和他的幫廚徒弟們始終淡定自若，甚至還主動上前說要保護裴老太爺。

如今想來，這幾個人站的方位表面上看似將他們護得一絲不漏，但實際上卻也可以看成是將裴銳等人圈在了他們的攻擊範圍內，只要場中有任何異變，他們隨時可以對裴銳等人出手。

被白十七說破，賈大廚哈哈一笑。「十七，你小子真是鬼靈精怪，怪不得首領一直不放心你，沒想到你竟是太子殿下的人。」

他掃了一眼白十七身後的殺手們，面色狠戾。「你們當中，有不少人與我共事多年，都是閣主親手培養出來的好手，竟連你們也背叛了閣主。背叛絕殺閣是什麼後果，你們應該清

楚，難不成你們當真什麼都不顧了？」

「賈大廚，你少來這套，你跟在閣主身邊的時間比我們還長，閣主是個什麼樣的人，你比我們還清楚，就算我們對他忠心耿耿，那又如何，還不是一個不對就要屠滅滿門，當年唐風、陳集他們的教訓還不夠嗎？」一站在白十七身邊的一個中年男人說道。

他摸了摸白十七的小腦袋，目光柔和了一瞬，繼而又冷眼看向賈大廚。「你自那以後被閣主安排在食香樓，到如今也有十幾年了吧！這些年在食香樓的日子過得這般逍遙自在，比在絕殺閣的時候舒服多了，這樣的生活你不想要，還想回那暗無天日的地方？」

賈大廚面色微微變了變，只是並不明顯。

中年男人看向賈大廚身後的某個少年幫廚，低聲笑道：「我聽說你收留了一個義子，就是這小子吧？他眉宇間與你有五、六分相似，是個人都看得出來他究竟是收養的還是親生的，你難不成以為你隱瞞得很好，閣主什麼都不知道？

「我奉勸你一句，若是不想讓你兒子步上咱們的後塵，今日最好還是別插手這些事，至於你在今日宴席的菜餚中下藥，我們就當不知道了，今日之後，也不會有人用這個來找你算帳，你依舊是食香樓的首廚，盛京城的第一神廚，今日之事結束後，你還是可以和你的兒子繼續過著悠閒自由的生活。」

賈大廚的臉色變了又變，對方說的條件實在是太誘人了，他很難拒絕，想了許久，賈大廚最後深吸口氣，做出了自己的決斷。他帶著兒子以及自己手下的幫廚，往後退了一步。

見狀，中年男人露出滿意的笑容。

搞定了賈大廚後，在場只剩下自己人，白十七吃得痛快後一抹嘴角，跟眾人說了句。

「行了，一會兒絕殺閣閣主還會帶人親自過來，你們別露餡兒了，該昏迷的昏迷，該倒下的趕緊倒下！」

蘇曈嘴角抽了抽，這說的什麼話？

她問白十七。「皇上那邊，你們是不是也安排了人？殺手首領不會對皇上不利吧？」

這時，眾人才想起來皇帝的安危。

「今日陛下也來了？老夫沒看見啊！」

「對啊，陛下若真是來了裴府，那就麻煩了。」

「裴老太爺，裴侯爺，咱們是不是先派人去保護陛下的安危？」

裴老太爺心想，這還用你們說，早在出事的第一時間，老夫就派人去保護皇上了。

面對鬧烘烘的場面，白十七喝道：「都安靜些，小命不想要了是不是？叛賊馬上就來了，你們別以為有我們在，你們就安全了。我告訴你們，小爺我雖然身手好，一個能打一百個，但我首先要保護的是我們家小姐，到時候若是有什麼照顧不到的，你們就怪不得我了。所以，還是先顧好自己要緊，給我安分些，一會別露餡兒破壞了太子殿下的計劃。」

在場有些官員是朝中重臣，除了皇帝，沒有人敢對他們如此不敬，都紛紛對白十七表示不滿。

白十七才不管他們，以他的身手，這些人還不夠他一招撂翻的，如今他們還需要自己的保護，絕不敢對自己如何。

蘇曈卻冷冷地道：「十七，你方才就不應該把解藥先給他們服下，想要不露餡兒，最好的效果就是讓他們真中毒醒不過來，等晉王的事情解決了再給他們解毒，反正一時半刻也死不了。」

「咦，小姐，您說得有道理，我方才怎麼沒想到這點。」白十七壞笑著點頭，然後朝眾人掃了一眼。「你們若還有誰不服的，儘管開口，我立馬把毒藥給你們服下。」

他這麼一說，誰還敢吭聲？不服也得服。

當下，先前中毒的人全都自動自發地倒下裝昏迷，而那些沒中毒的，也趕緊趴著，做出一副虛弱的樣子來。

不一會兒，晉王果然帶著大隊人馬來了。

一反平常禮賢下士的溫和，他神情冰冷，往在場的眾人掃了一眼，目光落在坐於首座上，面色鐵青的裴老太爺，以及在旁邊挾持著裴老太爺的賈大廚，他挑眉笑道：「賈大廚，你做得很好，今日你當記首功。」

賈大廚垂首。「為閣主辦事，是屬下的榮幸，不敢居功。」

晉王轉向裴老太爺。「裴老太爺今日壽宴，本王替你準備了這麼大的賀壽禮，不知你可

還滿意？」

裴老太爺冷哼一聲。「亂臣賊子。」

「自古成王敗寇，百姓可不在乎誰做這天下的主人，待本王登基以後，只要給他們一點利益，他們只會高興，只會更順服，裴老太爺是聰明人，應該明白這其中的道理。」晉王不甚在意地說著，臉色沈凝，語氣陡地冰冷下來。「本王只問一遍，皇帝在哪兒？」

裴老太爺不說話。

晉王面無表情，看了賈大廚一眼。「卸掉他孫子的一條胳膊。」

他知道裴老太爺性子倔，跟臭石頭一樣硬，但唯有一樣，他最在乎的，那便是他唯一的嫡孫裴銳。

賈大廚猶豫了一下，抓住裴銳的胳膊正要動作，下一秒就聽見一道威嚴的嗓音傳來。

「住手，朕在此！」

皇帝與裴皇后從後院走出來，跟在他身後的，還有之前離開的殺手首領及其下屬。這些人已經被裴府護衛以及皇帝身邊的隨身暗衛聯合拿下，此時正護著皇帝與裴皇后出來。

「晉王，你若是現在回頭，一切還來得及，朕不會追究。」皇帝沈聲說道。

第七十二章

晉王彷彿聽到了什麼可笑的事情，哈哈大笑。

「皇兄，你怎麼不仔細看清楚狀況，如今是你落入下風，你的朝臣們都在我手裡，整個裴府都在我絕殺閣殺手的包圍下，只要我一聲令下，你們一個都逃不掉！你竟還敢說什麼回頭是岸？真是太可笑了！」

他繼續說道：「我給你一次機會，若現在叩首，將皇位讓出來，我就放你一條生路，登基後，我可以讓你去守皇陵。」

裴皇后怒斥。「放肆！」

「皇嫂。」晉王的神情緩和，目光從癲狂變得溫柔，他輕聲道：「當年明明是我先認識了妳，可最終妳卻成了他的皇后，這些年我一直都沒想明白，究竟我哪一點比不上他，是因為我生母身分低賤，所以你們所有人都瞧不起我嗎？既然如此，為何當初還要讓她生下我！」

晉王說著，神色開始變得瘋狂，眼中滿是恨意。

裴皇后沒理他，因為她已經看出，此刻的晉王，已經失去理智了。

他最後一句話問的是先帝，他最恨的是先帝，明明自己也是他的兒子，為何他偏偏對他

視而不見，將他當成了透明人一般，卻將所有的寵愛都給了另一個兒子。

皇帝皺眉，他不會對先帝當年的做法判斷對錯，更不會因此而對晉王留情，因為就算是先帝錯了，這也不是晉王可以謀逆的原因。

「皇弟……」

不等皇帝說完，晉王煩躁地打斷他的話，朝絕殺閣眾人下令。「把朝臣都弄醒。」白十七等人作勢給朝臣們餵了什麼東西，隨後，朝臣們配合著晃晃悠悠地醒了過來。

晉王彷彿沒察覺到異樣，看向朝臣們。「整個裴府內外幾乎都是本王的人，諸位都是朝中重臣，詳知天下事，應該聽說過絕殺閣吧？絕殺閣的殺手，只要出任務，絕無失手。在本王下令動手之前，本王想聽聽你們的選擇，你們是想選他為皇帝，還是本王？」

朝臣們不傻，方才他們都從白十七那裡得知，晉王的絕殺閣已被太子殿下的人臥底進去了，今兒這一切，就是一個針對晉王的局，他們怎麼可能會選擇晉王，這不是找死嗎？

如此一想都沒人理晉王，只是怒罵他是亂臣賊子，然後開始瘋狂地向皇帝表忠心。

晉王看著他們的反應，不怒反笑。

「哈哈哈，你們不怕激怒我，是因為知道絕殺閣內出了叛徒嗎？」他悠悠地道：「你們以為，本王籌謀多年，會這般容易就被祁修瑾那個毛頭小子打敗？」

他掃了一眼眾人，目光落在白十七身上。「本王早就知道今日在場的絕殺閣殺手已經不在我掌控之下了，但我還是來了，你們覺得這是為什麼？」

晉王這般有恃無恐的態度，令眾人一驚，紛紛安靜了下來。
誰也不知道他還有沒有後手，而他的後手又究竟有多強。
晉王朝身邊的親信示意，親信在原地放出一個信號彈。
隨後，一道震耳欲聾的聲響從遠處傳出，整個盛京城都被嚇了一跳。
彷彿地震一般，地面隱隱震動，似乎有千軍萬馬朝此地奔來。
「這、這是……」
在場的朝臣臉色變了。
軍隊，這絕對是軍隊才能造成的動靜！
晉王哈哈一笑。「你們該不會以為，本王今日謀逆，會蠢到只動用絕殺閣的殺手，而不動用軍隊力量吧？那本王還謀什麼反，乾脆玩扮家家酒算了。」
朝臣啞然。
確實沒人會在謀反的時候只帶幾個殺手，不帶軍隊的，但事前誰也沒料到晉王能動用大盛朝的軍隊力量啊！
畢竟晉王無實權，在朝中沒有任何地位可言，世人都是趨利避害的，誰會真心實意地替他辦事賣命？
晉王輕聲道：「在場的朝臣們，你們放心，雖然你們不服本王，但本王不是小心眼的人，不會把你們全都殺了，畢竟這個江山若是沒有你們，我做了皇帝也沒什麼意思，誰來幫

我打理政事呢？」

他頓了一下，接著說：「在你們來參加裴府壽宴的時候，你們的家人就已經被本王控制住了，只要你們願意臣服本王，你全家上下便能安然無恙，但若是不識相，就不要怪本王了，這是你們自找的。」

朝臣們面色如土，一時間六神無主，甚至已經有朝臣招架不住，直接喊了投降。

皇帝的臉色也有些不好看。

蘇曈一直在旁觀著這一切，細心留意在場眾人的神情，在她留意到皇帝和皇后的神情變化時，心中頓時一緊。

今日祁修瑾始終沒有露面，之前從白十七的口中得知，祁修瑾對晉王早有提防，早就做下了佈置，她原本鬆了口氣，可是如今一顆心卻又提了起來。

晉王是個老狐狸，她怕祁修瑾不是他的對手。

也不知道祁修瑾如今身在何處。

而被蘇曈牽掛著的祁修瑾，此時正在城外，他一身銀白盔甲，襯得頎長身形更加偉岸，眉目俊朗，跨坐在馬上，領著一隊人馬正面迎向對面的千軍萬馬。

「殿下，您是千金之軀，不宜以身犯險，還是讓屬下去吧！」沈落擔憂地道。

對面的鄭將軍與晉王關係交好，如今與晉王一齊反了，兵臨城下，殿下孤身前往敵營，萬一鄭將軍乘機動手傷了殿下，到時候後果不堪設想。

可他硬是不聽勸，執意孤身前往，意圖與鄭將軍談判。

「今日本宮必須親自出馬，若是換了你，不但不會成功，反而會更加激怒鄭將軍。」祁修瑾不理沈落，策馬向鄭軍方向而去。

他曾經調查過有關鄭將軍的來歷和經歷，都說鄭將軍是個愛惜手下兵將的好將軍，這樣一個人，絕不會是個不顧天下蒼生，一心造反的人。晉王一開始也沒能說服對方，後來卻不知為何，讓鄭將軍又改變了主意。

祁修瑾想弄清楚鄭將軍之所以改變主意的原因，以此作為突破點，或許能說服他放棄造反，棄暗投明。

不論如何，他都不願意這麼一個有著赫赫戰功的好將領誤入歧途，這是大盛朝的損失。

祁修瑾一到鄭軍陣營，便被請下馬。

然而才剛踏入鄭將軍營帳的大門，就被圍了起來。

蘇曈總覺得內心不安，然而此刻的她，只不過是個手無縛雞之力的弱女子，就算想做些什麼也改變不了局勢。

在場的朝臣們，隨著方才晉王說出他們家人被挾持的消息，已經有大半的人投入了晉王的陣營。

然而晉王似乎還不是很滿意，他坐在椅子上，保養得很好的手指輕輕地敲在桌上，目光

時不時看向門外，似乎在等什麼消息。
蘇曈見狀，總覺得他是在等祁修瑾的消息，頓時更加擔憂了。
不知等了多久，外面終於來了一名身穿軍服的小兵，對晉王低聲說了幾句，晉王臉上露出克制不住的笑意。
待小兵退下，晉王朝皇帝說道：「皇兄，我知道你是個愛民如子的好皇帝，我也不為難你，若你當真不想兵戎相見，造成生靈塗炭，你現在就擬一份禪位詔書，將皇位禪讓於我，只要禪位詔書一蓋上你的大印，我立即退兵，你看如何？
「當然，你也可以不寫，不過我的大軍就會立馬將盛京城踏平，你可要好好考慮清楚。」
晉王此話落下，有人不知從哪裡弄來了一份空白聖旨和筆墨，擺在了皇帝的面前，逼迫他寫下禪位詔書。
皇帝面色鐵青地看了晉王一眼，震怒中，寫下了禪位詔書。
「陛下，萬萬不可！」
裴皇后和裴老太爺等人臉色大變。
晉王笑得猖狂，然而等他看到禪位詔書的那一刻，臉色立即由晴轉陰。
「你耍我？」
禪位詔書上寫著禪位的對象是太子殿下，而非晉王。

晉王怒了，沒想到皇帝都這時候了還敢耍他。

一聲令下，手下再次放出信號彈，又傳來震耳欲聾的聲響。

這一次，不再是隔山打牛，雷聲大、雨點小，而是真的有大軍在逼近。

看著驚慌失措的眾人，晉王滿意地笑了。

若是皇帝此刻在宮裡倒也罷了，皇宮大內戒備森嚴，又有精銳禁衛和暗衛守護皇帝的安全，一時之間想要攻破宮城要付出巨大的代價，甚至還有可能失敗。

然而今日，皇帝偏偏出宮了，身邊也沒幾個暗衛隨身保護，而滿朝文武百官，近一半都在裴府做客，這簡直是天賜良機。

他若是不把握住這個機會，就太蠢了。

所幸，他真的把握住了這個機會，而且眼看也快成功了。

僵持半個時辰後，裴府外站滿了軍隊，將整個裴府包圍得水洩不通。

晉王世子一身盔甲，平日裡看著溫和的面容顯出了幾分冷意，他目不斜視，龍行虎步，走向晉王，朝他拱手。「父王，我軍已經擊潰守城將領，正聚集在裴府外，等候您的示下。」

晉王打量他一眼，目光微閃了下。「怎麼是你來了？」

「鄭將軍擔心皇帝還有後手，親自坐鎮軍中，以防不測，所以只能讓孩兒先來與父王報信。」

晉王淡淡地道：「我兒辛苦了，待父王登上皇位，你便是太子，將來這祁家江山，到底是咱們父子倆的。」

晉王世子低下頭，什麼都沒說。

這父子倆之間的相處，看得蘇曈覺得怪怪的，彷彿兩人之間一點溫情都沒有，反而帶著一絲幾乎察覺不到的隔閡。

尤其是晉王，他似乎對晉王世子帶有一絲提防。

蘇曈想起聽說過的有關晉王和晉王世子父子倆的事情，都說晉王長期臥病在床，一直以來是晉王世子伺候，任勞任怨，父子倆的感情很深厚。

可是眼下，晉王的狀態表明了他從前都是裝病的，只為了消除皇帝的疑心，為自己籌謀造反，而他與晉王世子之間的感情，也並不像傳聞中那麼好。

都說天家無父子，但晉王與晉王世子之間的關係也太奇怪了些。

晉王頓了頓，又不放心地讓晉王世子把鄭將軍請進來。

晉王世子卻只是搖頭，表示鄭將軍暫時無法前來。

晉王終於意識到不對了。

他皺著眉頭，語氣冷了下來。「宇兒，你是不是有什麼事情瞞著本王？」

晉王世子沈默片刻，看了他一眼，眼中閃過一絲沈痛。「父王，這祁家的江山，您當真非坐不可嗎？」

晉王冷笑。「本王忍辱負重這麼多年，為的是什麼？當然是為了今日雪恥，將他們祁家江山握在手中！怎麼，你突然這麼說，難道你也想當皇帝了？想跟你老子搶皇位？」

他原本只是隨意一說，但想起鄭將軍當初的態度，突然心裡一突。

莫非，老鄭出賣了自己，已經投入了這小子的陣營？

在他印象中，老鄭確實十分寵愛自己的這個兒子，幾乎可以說是有求必應，當初自己想說服老鄭跟著他一道謀逆，老鄭嚴詞拒絕了，並且還規勸自己不要幹傻事；後來自己無奈之下，只好派這小子去勸，結果才被他成功勸服了。

如今看來，這小子當初說服老鄭，並不是為了他，而是為了自己。

晉王向來是個多疑的人，他越想，就越覺得事實肯定是這樣，心裡湧起一陣怒意與寒意。

晉王世子垂首，語氣不見慌張。「父王，您多想了，孩兒從沒想過要當皇帝。」

晉王冷哼，並不相信他的說辭，他冷冷地道：「你去將老鄭叫進來。」

「鄭伯伯暫時無法離開大軍隊伍。」

又是這樣的說辭。

父子倆竟是這般僵持起來。

蘇曈看著晉王和晉王世子之間的互動，突然想起了什麼，她悄悄走到皇帝和裴皇后身

邊，輕聲問了兩人一個問題。

皇帝和裴皇后一愣，接著，難以置信地望向晉王世子。

「曈曈，妳說得可有什麼根據嗎？可是，這不可能啊！」裴皇后摀著嘴，眼中隱隱泛紅。

就連皇帝都覺得不可思議，連連搖頭。「不可能，當年的事情，是朕親眼所見，他不可能活得下來。」

蘇曈卻越想越覺得自己的想法是對的，她輕聲道：「萬一是真的呢？我覺得，晉王世子他很有可能早已知道了。」

帝后兩人頓時沈默了。

正在這時，不遠處的父子倆不知說了些什麼，晉王突然震怒，一把掐住了晉王世子的脖子。

「你如今自覺羽翼豐滿，便想與本王作對是不是？本王將你養這麼大，不是為了讓你阻礙我的，本王再說一遍，若是老鄭還不進來，本王便立即殺了你，還有在場的所有人，一個都逃不掉！」

晉王胸膛起伏，呼吸粗重，他完全沒想過，眼前這個自己一手養大的小狼崽子，如今竟也知道跟他耍手段，而自己竟然還真的中圈套了。

想著籌謀多年的計劃，很有可能因為這個狼崽子而毀於一旦，他的心情就好不起來，臉

色黑如鍋底。

晉王世子沈默片刻，終於說道：「好，請父王放開孩兒，孩兒這就出去請鄭伯伯進來。」

他嗓音沙啞，帶著一絲不易察覺的失望與失落。

晉王並未察覺。

不時，鄭將軍便被晉王世子請進來了，他是個中年男人，一身盔甲，虎背熊腰，整個人如同一座移動的大山似的，身形相當魁梧。

晉王一看見他，臉上立即露出笑容。

然而鄭將軍只是掃了他一眼，並未與他的目光對視，而是繞過他，逕自朝著皇帝的方向走去，在皇帝的面前單膝下跪。

「末將有罪，險些聽信小人讒言，對陛下不利，對大盛江山不利，還請陛下重罰！末將萬死！」

晉王臉色頓時大變，彷彿有一道雷從天空降下，直直打在他的天靈蓋上，打得他頭腦一片空白，耳中嗡嗡作響，不知做何反應。

皇帝扶起鄭將軍，說道：「鄭家世代為將，為大盛朝鞠躬盡瘁，深得天下百姓敬仰，鄭將軍更是本朝的實力老將，以守護大盛百姓為己任，有著令人敬佩的豐功偉績，豈會因小人的讒言所左右？鄭將軍不必自責，朕不會降罪於你。」

鄭將軍慚愧不已，起身之後，將晉王所做的籌謀一五一十全都交代了。

這一變故氣得晉王面目猙獰。「鄭晨廣！」

鄭將軍是晉王目前最大的倚仗，只要有鄭軍在，晉王定然不會失敗，可是萬萬沒想到，鄭將軍竟然會臨陣背叛，將一片大好的形勢毀於一旦。

眼看鄭將軍背叛，晉王深知大勢已去，他神情扭曲之下，不顧一切地下令，要自己所剩不多的親信將在場的人都殺光。

然而不等他的人動手，鄭將軍和白十七等人暴起，將他的親信全都擒下，然後，朝他奔來。

晉王此時被眾人包圍在其中，插翅難飛。

他不甘心，一把揪住晉王世子，挾持著他，朝著皇帝喊道：「皇兄，今日我棋差一著，認輸了，但是你兒子在我手裡，你若是不想要他死，就下令讓他們退兵，放我一條生路，否則，我立即殺了你兒子！」

「父王。」晉王世子面色微白。「您收手吧，您如今已經沒有任何勝算了，何必再執迷不悟。」

「別叫我父王，小子，本王可不是你親爹，你親爹在那兒。」晉王冷冷地道：「當年本王的王妃與裴皇后同一日生產，裴皇后生下一對孿生兄弟，本王的王妃卻生下一個死嬰。後來，本王想到了一個法子，讓人將那個死嬰和皇后的其中一個兒子調包了。這麼多年來，本

王將你養在身邊，教你權謀，讓你爭權，籌謀多年，為的就是有朝一日，讓你幫本王親自奪走你親生父親的江山；可惜你這小子，不愧是他的兒子，竟然敢瞞著我策反老鄭，害得我功虧一簣！」

晉王越說越氣憤，手掌用力，將晉王世子的脖子掐出青紫的顏色。「早知道當初我就該直接將你掐死，省得今日讓你扯我的後腿！」

晉王世子張嘴，想要再說什麼，但晉王的力道越來越大，使得他無法出聲。

就在他目光有些渙散，快要窒息的時候，「咻」的一聲，一支利箭從遠處射來，正巧射在晉王的手臂上，他吃痛一聲，手微微鬆開。

晉王世子一脫離晉王的掌心，白十七便縱身一躍，將他帶離晉王的攻擊範圍。

第七十三章

裴皇后一把推開護在身前的暗衛，衝到晉王世子的身邊，但很快又停下了腳步，看著晉王世子面露猶豫。

晉王世子看了她一眼，微白的面色帶著一絲茫然。

裴皇后頓時心都軟了、碎了，不再猶豫，一把抓住他的手，將他從頭到腳看了一遍，最後目光落在他頸項處青紫痕跡上，微微顫著聲音。「孩子，你沒事吧？疼不疼？」

從前晉王世子也常進宮面聖，時常向她請安，可是因為晉王的關係，她始終對他警惕提防，今日得知這孩子竟是她的親生兒子，不由暗暗後悔往日對他的苛刻與疏遠。

方才射箭的是祁修瑾，此刻他緩緩走進院子，將手中長弓扔給身後的沈落，看向晉王。

「晉王叔，你大勢已去，束手就擒吧！」他淡淡地道。

晉王咬牙，一看見這張俊逸的臉，他就氣不打一處來。

「若非、若非是祁修宇，我也不會……」

「若非皇弟求情，你現在已經是個死人了。」祁修瑾面無表情地打斷他的話。「皇弟早就知道你並非他親生父親。」

晉王愣住。

「不可能，他若是早知道我不是他生父，又怎麼會……」

「在他心裡，不管你是不是他生父，他都將你當成他的父親一樣敬重。」祁修瑾說道：「他從小便對你十分崇拜，與你情同父子，不忍心讓你走錯路，才一再勸阻你，沒想到你竟然如此冥頑不靈；此次你謀逆的計劃，我早就知悉，就算沒有皇弟，你也會失敗，因為你的絕殺閣早就被我的人架空了，而鄭將軍身邊的副將，也是我的人。若是皇弟說服不了鄭將軍，我一聲令下，鄭將軍身邊的副將便會將他的頭顱砍下，隨後帶領大軍進京護駕，到時候，你會敗得比現在更難看。」

祁修瑾一番話說完，晉王瞪大雙眼，完全沒想到自己的計劃竟然早在一開始就已經注定了失敗，更沒想到，祁修宇早就知道自己並非他的生父，卻仍然一如既往地對他。

祁修宇正是晉王世子的本名，他轉身看向失魂落魄的晉王，在皇帝面前跪下。「父王一念之差，犯下謀逆大罪，臣自知他的作為無法原諒，但是還請陛下看在臣主動配合太子殿下，勸降鄭將軍以及絕殺閣眾人的分上，饒了父王一命。我與父王願意自降為庶民，將父王手下全都散盡，從此以後遠離盛京，絕不與朝廷作對。」

「這……」皇帝看著面前的男子，從知道對方是他的兒子開始，他就不可能再讓他認晉王為父了，可是現下聽見他所說的話，一時間怔住，不知該做何反應。

晉王也有些茫然和不可思議，事實上，在他印象中，他雖然將祁修宇抱回王府撫養長大，但這些年來，他對祁修宇並不怎麼好，不但沒有關心過他，甚至對他非打即罵，極其嚴

厲。

他將祁修宇養大，就是銜著報復皇帝的心思去的，甚至還想過，讓皇帝的兒子推翻他的大盛朝，幫自己坐穩皇位，這是一件多麼解氣的事情。他從來沒想過，這個從沒讓他發自內心疼寵過的孩子，竟然會對他這般有情有義。

晉王一時間，心中複雜難言。

祁修宇輕聲說道：「一日為父，終身為父，父王養育我成人，這些年雖然對我十分嚴厲，但這是因為他對我愛之深、責之切。」

皇帝還想說什麼，但見他這般堅決，忍不住嘆了口氣。

「朕可以饒他死罪，但朕不可能看著自己的孩子認賊作父。」

祁修宇沈默良久，緩緩地道：「父皇，就當是我為先帝還債吧，先帝欠他的，由我來還。」

這是他第一次叫面前的天子為父皇，卻也是最後一次。他挺直著背脊，跪在皇帝的面前，半晌不動，以此來證明他的堅決。

皇帝啞口無言，久久不出聲，而一旁的裴皇后，已經哭腫了眼。

不知過了多久，皇帝才道：「好。」

大盛朝四百七十三年，晉王謀逆，伏法，其罪當誅，念其子祁修宇在收服叛賊時立下大

功，免其死罪，貶為庶民。

因晉王等人招供時供出了其他謀逆從犯，其中以程國公為首眾人，皆被判罰。程國公顯赫兩朝，一日之間敗落。

與此同時，江湖中傳聞，絕殺閣不知遭遇了什麼災難，一夜之間人去樓空，從此世上再無絕殺閣。

這一日，皇帝還對外宣佈了一件大喜事。

太子祁修瑾與蘇閣老之孫女蘇曈，即將於下月十三日大婚。

這話一出，盛京城甚至是整個大盛朝都炸開了鍋。

皇帝宣佈得急，這事還沒與蘇家商量，便當眾說出來了，這下不只蘇家人覺得突然，就連祁修瑾和皇后也有些不高興。

到底君臣有別，蘇家人雖然暫時還不想那麼倉促嫁女，但也不敢抵抗皇帝的意思，只好回去匆匆準備大婚事宜了。

可祁修瑾和裴皇后就沒那麼多顧忌了。

裴府壽宴結束後，回宮途中，裴皇后和祁修瑾一人一邊，將皇帝夾在中央。

「父皇，兒臣大婚一事，還請您不要插手，希望您回宮之後，將旨意收回。」

裴皇后輕聲勸道：「陛下，咱們一沒跟蘇閣老通過氣，二沒有準備妥當，怎麼能這麼快就讓皇兒大婚？太倉促了，臣妾不同意。」

皇帝皺眉。「君無戲言，朕說出去的話，豈能收回？反正皇兒早晚都要大婚，早些成親不好嗎？」

皇帝覺得沒讓祁修瑾明天就成親，已經是考慮到他大婚需要大辦，不能太倉促、太寒酸，才多給出一個月時間讓他們準備。

再說，下個月十三號，有什麼不好的？那可是個大好日子。

他覺得這兩人簡直就是不可理喻，皇兒不應該盼著馬上就能做新郎官入洞房的嗎？皇后不應該是盼著馬上就能抱龍孫的嗎？

「不必再說了，朕意已決。」

直到回宮之後，祁修瑾和裴皇后都沒能讓皇帝改變主意。

於是，一氣之下，當晚皇帝吃的又是白粥、鹹菜。

可惡的是，御膳房的人還特地讓人端著好幾樣色香味俱全的菜餚從他跟前經過，卻告訴他，那是太子殿下指定要的，陛下如今腸胃不好，今日在裴府壽宴又受了驚嚇，不宜多吃油膩食物，就好生用著鹹菜、白粥，等腸胃調理好了再說。

皇帝萬分憋悶。

這一個個的，都當他這個皇帝不是天子了是嗎？

皇帝沈著臉，忍著不悅將白粥、鹹菜勉強吃完了。

到了夜裡，他像往常一樣去皇后宮裡就寢。

結果才走到殿門口，就被皇后身邊的貼身宮女攔住了。

「陛下，娘娘身體不適，已經睡下了，她說若是陛下來了，還請移步別的娘娘那裡去。」

殿門沒關，裡面燈火通明。

皇帝瞭解裴皇后的習慣，她就寢時，只要有一點光亮都無法入睡，因此，每晚入睡前必須將殿內所有的燈光都滅了，就連微微發亮的東西都要處理好才滿意。

他沈著臉道：「娘娘當真睡了，不是妳們合夥騙朕？」

宮女臉色一白，跪在地上不敢吭聲。

「妳們可知欺君之罪是什麼罪名？」

宮女顫顫發抖，卻仍是不敢說話。

皇帝訓了宮女一頓，卻知道她也是遵從皇后的命令才這麼說，便不與她為難，咳了咳，邁步想進皇后的宮裡。

結果，還沒等他邁步進去，裡面就傳出「砰」的一聲，殿門被關上了。

皇帝的鼻子被殿門撞得紅腫，氣不打一處來。

這一個個的，都上天了是不是？就吃準了他脾氣好！

皇帝也是牛脾氣，若是皇后好言好語哄幾句，他或許就改變主意了，可這般硬著來，他偏偏不吃這套。

於是，太子大婚的事情，就這麼定下來了。

負責太子大婚事宜的官員和宮中各處，全都忙碌起來。

蘇家也開始張羅著準備蘇曈的嫁妝。

大盛朝習俗，女子出嫁當日穿的一身嫁衣都要自己一針一線繡成，這才吉利。

不過，嫁給皇家的女子例外，尤其蘇曈將來是太子妃，她穿的嫁衣，必須要由司制房的人來負責。

宮裡素來講究排場，凡事追求精緻華麗，完美無瑕。

司制房的女官帶來厚厚的一本花樣圖案來給她挑選，蘇曈隨意翻開，圖樣精緻得令人驚嘆。

「蘇小姐，依照舊例，前面這三個紋樣是太子妃喜服中必須要有的，後面的這些紋樣和款式，您可以根據自己的喜好來挑選，到時候我們會按照您的要求為您量身設計。」女官指著簿子上的彩印圖案，神情恭敬地道。

不說面前的少女即將是太子妃，只說她身為蘇閣老嫡孫女的身分，就已足夠讓她不敢小覷，她自是不敢有任何怠慢。

蘇曈翻看了幾頁就眼花了，她將簿子遞給一旁的蘇藍氏。「娘，這花樣太多了，我瞧著哪樣都好，選擇困難，要不還是您幫我選吧！」

蘇藍氏點了點她的額頭：「妳呀，哪裡是不知道怎麼選，妳是懶得選吧？這好歹是妳大

婚要穿的喜服，妳多上點心不成嗎？」

「點心？娘，您想吃點心了？我這就去給您弄，您先幫我挑圖樣，我很快就回來。」

沒等蘇藍氏開口，蘇曈已經跑得不見人影了。

「哎，等等，蘇小姐——」

女官一驚，想起還沒給蘇曈量身，想攔已經來不及，人都已經走遠了。

離開院子，蘇曈感覺到後面沒人追來，腳步才慢了下來，心不在焉地朝著廚房的方向走去。想起從穿越到大盛朝到如今，才過去了不到一年的時間，沒想到她竟然要嫁人了，一點真實感都沒有。

祁修瑾避開蘇府護衛，翻牆跳下院子裡來，把陳漁和白十七等人支開，就見自己心心念念的女孩兒一臉心事重重的模樣在前邊走著。

他勾了勾唇，三兩步跟上。

「曈曈。」

蘇曈聽見聲音，停下腳步回頭看他。

「哥哥，你怎麼來了？」

自從皇帝宣佈她和祁修瑾的大婚日期之後，兩人就被禁止在婚前見面，蘇藍氏和蘇昊遠這幾日更是防得跟什麼一樣，府裡的護衛都多了好幾批，就是為了防祁修瑾。

前幾日因為晉王謀逆的事情還沒處理完，祁修瑾忙著和皇帝一起清理晉王的殘餘同黨，因此一直沒工夫來找蘇曈。

蘇曈不知內情，還以為他是真的那麼守規矩，不讓來便不來，沒想到這才幾天，他就耐不住性子翻牆進來了。

她四處看了一眼，見護衛們沒注意到這裡，她把祁修瑾拉進角落裡，掩藏住身形，才低聲道：「爹這幾日親自在府裡鎮守，你可別讓他抓住了，到時候他可不管你是不是太子，不會給你留什麼面子。」

她清楚自己爹的性子，好幾次都沒抓到人，氣狠了，這回是卯足了勁，若是真讓他逮住機會，祁修瑾鐵定要被收拾一頓。

她神情嚴肅，語氣擔憂。

祁修瑾看得心裡癢癢的，忍不住笑。

他伸出手臂環住蘇曈的纖腰，低笑道：「我聽說未來太子妃不肯量身裁制嫁衣，便想來看看情況，順便親自幫妳量一遍。」

祁修瑾說要量身，便真的拿出了一截量衣尺。

這種量衣尺是軟尺，約莫兩米左右長，尾端纏繞在他的掌心，拉出一截來。

沒等蘇曈反應，他俯身，高大的身軀在她身前落下陰影，龍涎香的氣息霸道地鑽入她的鼻中，使得她有片刻的失神。然後，蘇曈感覺到腰間落下一點力道，低頭一看，祁修瑾拉著

量衣尺貼著她盈盈不足一握的纖腰繞了一圈兒。

他的力道微微一收緊，量衣尺將蘇瞳的腰間勒緊了些，原本微鬆的裙子下沒能呈現出來的美好身形，立即展現在眼前，勾勒出玲瓏有段的曲線。

美得讓人移不開視線。

祁修瑾的手頓了頓，目光從她的纖腰處不可抑制地向上飄了飄，落在某處柔軟的所在。漆黑的眼深了深。喉結輕微滾動。

「。瞳瞳。」祁修瑾的嗓音沙啞低沈，帶著某種克制與無奈，他偏開頭。「量尺寸的事，看來還是讓司制房的女官來比較好。」

我怕我會忍不住。後面的話祁修瑾沒說出來，他怕說了以後會把面前的少女嚇跑。

蘇瞳的臉瞬間紅了。

她五官本就精緻，只是不愛在臉上塗塗抹抹，再加上經常下廚，便更不耐煩化妝，因此，一張好看的小臉常常是素面朝天的。如今臉頰紅紅的，平添了三分媚色，豔得讓人挪不開目光。

祁修瑾看著看著，咬牙道：「罷了，還是讓我來吧，司制房的女官我也信不過。」

蘇瞳無語。這人都在說些什麼？幾天不見，便騷成這樣了。難道現在這個才是真正的他，從前那乖樣子都是裝出來的？

祁修瑾難得騷一下，不敢騷得太過，怕蘇瞳惱了不理他，連忙轉移話題。

「曈曈，這幾日在府裡悶壞了吧？要不要出去逛一逛？今兒城南有廟會，很是熱鬧，我猜妳一定會喜歡。」

蘇曈目光一亮。

「那你在這等我一會兒，我回去換一套衣服。」

她身上穿的這一身太顯眼了，不適合去廟會。

「不用，我已經準備好了。」祁修瑾攬住她的柳腰，輕聲道：「閉上眼，抓穩了。」

蘇曈順從地閉眼，瞬間感覺到自己的身體一輕，耳邊風聲拂過，她被他抱著翻出了牆外。

牆外停著一輛馬車，沈落抱劍守在那裡，看見兩人，行了禮後不聲不響地退下了。

祁修瑾抱著蘇曈走到馬車前，掀開車簾將她輕輕放下。

「裡面已經準備了好幾套衣服，妳挑一套喜歡的換下，一會兒咱們便去城南。」他說。

蘇曈點頭。但等了片刻，祁修瑾還站在原處，似乎沒有離開的意思。

馬車雖然有車簾，但車簾薄透，若是離得近了，甚至還能看得見裡面的人影。

蘇曈只要想到自己換衣服時這人在外面或許看得見自己的身影，就覺得羞恥。

她惱道：「你在這裡，我怎麼換？」

祁修瑾看著她羞惱得紅紅的小臉，輕笑一聲。「這條小巷雖然人跡罕至，但不代表就沒人經過，妳獨自在裡面換衣服，我不放心。我就在外面守著，不會偷看的。再說，有車簾遮

掩，妳怕什麼？」

蘇瞳等他一眼。「那你轉過身去。」

「好，我轉身，絕不偷看。你總該放心了吧？」祁修瑾順從地轉過身，笑聲中帶著揶揄。

想到他方才給她量尺寸時耍流氓的模樣，蘇瞳仍不放心。「閉上眼睛，一定不許轉身偷看。」

「好。」男人寵溺的嗓音傳來。

蘇瞳盯著他的背影等了片刻，見他一動不動地背對著自己，果真沒有回頭偷看的意圖，這才放心放下車簾。

馬車從外部看起來低調樸素，沒想到裡面裝飾得如此奢華，還燃著龍涎香。

蘇瞳掃了一眼，目光落在小幾子上，那裡整整齊齊擺放著幾套衣服。

這幾套女裝都是時下盛京城平民中流行的款式，顏色低調樸素，看起來似乎平平無奇，但上手了才知道，用的料子極好，並非普通百姓能消費得起的。

她挑了一款素白的裙子，換上之後，發現不寬不緊，正好合身，彷彿特意為她量身而制的一般。

換好後，蘇瞳掀開簾子，見祁修瑾仍背對著自己，唇角彎了彎。

「好了，你可以轉身了。」她輕聲道。

祁修瑾轉身，看見一身素白盈盈站立的嬌俏少女，眼前微微一亮。女要俏，一身孝。蘇曈容貌清麗，氣質又偏清冷，這身素白穿在她身上，更顯得動人。

到了城南，街道兩旁的馬車和行人熙熙攘攘，馬車大半天都不挪動一下，於是兩人便下了馬車，改成走路。

第七十四章

人群擁擠，時不時便被行人碰到，祁修瑾一開始牽著蘇瞳的手，眼見四周越來越擠，甚至有一些行人見蘇瞳生得貌美，故意擠過來要占便宜的。

祁修瑾面沈如水，黑著臉教訓了幾個不知死活要來占便宜的行人之後，改而擁著蘇瞳，將她大半個身子都護在自己懷裡才放心。

「早知今日這般擁擠，就不帶妳來了。」祁修瑾後悔道。

他就不該聽信裴銳的瞎話，把約會地點選在這樣熱鬧嘈雜的地方。

蘇瞳卻不這麼想，四周雖然擁擠不堪，走起來諸多不便，但是古代的廟會確實很有趣，各種攤販擺著平日裡不常見的精巧又便宜的小玩意兒，以及賣藝的小把戲看得她眼花繚亂，越看越有趣。

她的小手被祁修瑾牽著，笑著道：「沒事，我覺得很有趣。」

她自從穿越過來，還沒見過這麼熱鬧的景象，因此覺得很新鮮。

祁修瑾細看了一下她的神情，見她是真的開心，粉嫩的櫻唇微微上揚，伸手拂了拂她額前散落的碎髮，心底那股懊悔瞬間拋到了九霄雲外。

「妳喜歡便好。」

擠出人群，等蘇曈將各處賣藝的小把戲看了個遍後，祁修瑾牽著蘇曈進了人群最多的一處——廣濟寺。

廣濟寺是大盛朝最有名的寺廟，因為靈驗，盛京城的百姓們都十分信奉，常年香火旺盛不斷，在寸土寸金的盛京城，占地面積也十分廣。

祁修瑾牽著蘇曈進了寺廟後，剛表明身分，便有一名僧人帶著他們去了後山。

寺廟的後山種著大片大片的果樹，果子清香撲鼻，蘇曈跟著祁修瑾往果樹林子中走，將寺廟外的喧囂熱鬧都拋在了身後。

「哥哥，你要帶我去哪裡？」

蘇曈眼看著祁修瑾帶她走得越來越偏僻，有些好奇他究竟想做什麼。

「別著急，妳跟著走便是，前面就到了。」

兩人出了果樹林子，繞過蜿蜒的羊腸小徑，來到一條小溪前，祁修瑾抱著蘇曈，一步跨到了小溪的對面。

之後，他不再鬆手，一直抱著她，沈穩地繞過一道山坳。

不知繞了多少條道，他總算停了下來，將蘇曈放下。

「曈曈，妳看，這裡比起妳親手打造的桃山小院如何？」祁修瑾的手按住蘇曈的肩膀，將她的身子轉向自己目光所望之處。

那裡，修建了一間院子，從外面看去，占地面積不小，而且還能看到院牆裡面搭著高高

的棚子，與她在桃山修的棚子有些像。

蘇曈愣了一下。

祁修瑾牽著她走過去，院門沒鎖，他輕輕一推就推開了，芬芳的花香撲鼻而來，整個院子內，一眼望去，全是各種綻放得正鮮豔奪目的鮮花，五顏六色，美不勝收。

名貴罕見的花種全都用好看的古董花瓶和花盆栽種在裡面，擺放的位置也很講究。

而常見的好養活的花卉和香草，則栽滿了整個院子，就連院牆縫隙裡也有，藤蔓甚至攀爬上棚頂，伸出院牆外，生意盎然。

如今不是花開的時節，甚至不同的花花期也不同，然而在這裡，卻全都反常地怒放著，爭奇鬥豔。就算是在現代，要做到這樣的效果都很難，更不用說在條件匱乏的古代，蘇曈難以想像祁修瑾為此花費了多少心思和錢財。

「喜歡嗎？」祁修瑾的嗓音在蘇曈的耳畔溫柔地響起。

蘇曈望著滿院鮮花，點頭。「喜歡，我很喜歡。」

頓了一下，她笑道：「不過，這樣是不是太浪費了？費盡心思佈置了一個這麼好的地方，卻只能藏在廣濟寺的後山深處，無人欣賞。」

祁修瑾做這些只是為了哄她開心，從沒想過浪費不浪費的問題。

他拉著蘇曈進了院子。「曈曈若是覺得浪費，可以將這些花卉用來做糕點，我記得妳當初說過妳會做許多美味又好看的鮮花餅，只是妳至今只做過桂花糕，其他的我還沒有機會嘗

過。」

蘇瞳無語。「這麼名貴的花卉，還是你花費了大量心思培育成的，讓我拿來做糕點？你不覺得太可惜了嗎？」

這裡面有些花卉，可是價值萬金的，若是讓那些愛花之人知道自己要用來做鮮花餅，只怕每人噴一口唾沫，都能淹死她。

「只要妳喜歡，就不可惜。」祁修瑾眸光溫柔。

他握住蘇瞳的手。「瞳瞳。」

他的語氣突然嚴肅，神情也十分認真，蘇瞳莫名地緊張了起來。「嗯？」

「當初在景溪鎮，能夠遇上妳，是我這輩子最大的幸運。」

當初被有心人攛掇著偷溜出宮，結果這一去就險些丟了性命，之後丟失記憶，流落在民間，幾次三番經歷許多不堪回首的事情。

五年來，他過得比乞丐都不如。

直到後來在桃塢村遇見蘇瞳，他才過上了五年來真正有尊嚴的生活，也體會到了獨屬於她的溫暖。也因此，那五年來屈辱的記憶，在他的回憶裡，也變得沒那麼難堪了。

「自從父皇賜婚以來，滿盛京城都說妳能成為太子妃，有多幸運，但實際上，最幸運的人，應該是我才對。她們看到的只有我的身分，卻不知道，妳究竟有多好。」祁修瑾說道：「父皇突然宣佈婚訊，我知道這對妳來說太倉促了，妳一定還沒準備好。我會跟父皇說清

楚，把日期延後，直到妳真正準備好為止。」

他何嘗不想早些與她大婚，讓她徹底成為自己的人。但他更不想委屈她。倉促的大婚儀式，定然會有許多不足，對於一個女子來說，大婚之日是她一生之中最重要的日子，多隆重都不為過，一點瑕疵都不該有。

她是他最珍惜的女子，更不能讓她受任何一絲的委屈。

蘇瞳驚訝地望著他。

正如祁修瑾所說，蘇瞳確實覺得下月就成親是有些倉促，因為回到蘇家的時間還沒多久，蘇家的溫馨讓她留戀，她上一世沒有親人，這一世難得有這麼多關心她愛她的親人，她很珍惜，只想更多地陪伴著他們，每日為他們烹飪最美味的菜餚，能看見他們因為美食而露出滿足的笑容，讓她覺得前所未有的幸福。

因此，皇帝沒經過商量便突然宣佈他們大婚的日期，打亂了蘇瞳的計劃，令她措手不及。

可是如今，看著祁修瑾小心翼翼地為她著想，她心裡的猶豫頓時又消失了。

蘇瞳知道自己是個不太擅長表達情感的人，這段感情中，一直以來她都是處於被動的狀態。她對祁修瑾確實有意，可惜在外人眼裡，或許她對祁修瑾並不是那麼喜歡。

也因此，才導致了祁修瑾一直以來對待這份感情都患得患失，沒有一點安全感。他雖然

說會等到自己準備好為止，但是事實上，他眼中的情緒已經洩漏了他最真實的想法。

蘇瞳心情複雜，感覺胸腔裡被一股暖意脹得滿滿的，輕聲說道：「哥哥，陛下定下婚訊，我的確有些意外，可是並不代表我不願意。」

她望著祁修瑾。「一直以來，你都將自己的姿態放得太低了。對不起，是我不好，讓你這般沒有安全感。你說你遇上我是最大的幸運，我又何嘗不是呢？在景溪鎮，若非有你相伴，我獨自一人在陌生的世界，沒有親人，沒有朋友，或許早就撐不下去了。」

祁修瑾怔怔地望著她。

這是蘇瞳第一次這般直接地向他訴說自己的心意。他一時覺得受寵若驚，一時又懷疑自己是不是在作夢，內心十分地複雜。

直到蘇瞳靠在他懷裡，擁抱著他，輕聲道：「願與君白首不相離。」

祁修瑾呼吸一窒。

隨後，心跳如擂。

蘇府。

蘇昊遠在府裡轉了一圈，都沒看見蘇瞳的蹤影，氣得臉都黑了，把人都派去外面找。

沒多久，一個護衛跑回來稟報。

「老爺，外面有人說方才見過一個長得和咱們家小姐有些相似的姑娘被一個年輕公子帶

去了城南。」

「走，都跟老子去城南找人！」

蘇昊遠咬牙切齒。「如今都什麼時候了，全盛京的人都盯著咱們蘇家，瞳瞳的一舉一動都會引起那些人的注意，這渾小子怎麼就這麼急，不能等大婚後再見嗎？」

「咳咳！」

一聲輕咳傳來，打斷了祁修瑾和蘇瞳的親暱。

裴銳不知從哪個角落冒出來。「太子爺，無意打攪。但是，您的岳父大人如今正帶著人在寺廟周圍找人呢，您要說什麼要做什麼，可得抓緊了。——好了，話傳完了，我先退下了。」

頂著祁修瑾殺人的目光，裴銳飛快地退了下去，走之前甚至還做出了一個「請繼續」的動作。

蘇瞳將腦袋埋進祁修瑾的懷中，臉都不好意思露出來。

一想到方才她和祁修瑾說的話，做的事，都被人從頭看到尾，她頓時覺得又羞又窘。

「他在這裡，你怎麼不告訴我？」她捶了捶祁修瑾的胸膛。

讓她什麼都不知道的情況下，說了那麼多肉麻的話。

祁修瑾難得見她如此情狀，心情愉悅，任她捶了幾下，笑了許久才解釋道：「這處秘

密花園能建成，有他的一半功勞，若非如此，我至少還得等上幾個月才能完成。而且母后一直盯著我，不許我在大婚前與你見面，我只能藉口說要去裴府找他玩耍，母后才肯讓我出宮。」

「算了，看在你花費心思建了這麼漂亮的花園，我便不與你計較了。不過，我爹既然來了，我們還是趕緊離開吧！他如今看你極不順眼，若是讓他抓住，絕不會輕易放過你的。」蘇瞳想起這陣子自己老爹天天黑著臉罵皇帝沒經過商量就直接宣佈婚期，是為了吃什麼都不顧的老饞蟲，不由得失笑。

這個季節，盛放的鮮花難得，名貴的品種蘇瞳捨不得摘，但是其他普通品種的鮮花，她卻可以摘一些下來做鮮花餅和鮮花露。

蘇瞳摘了一些鮮花，扯了幾條野草叢中的藤蔓編成小籃子，裝在裡面，和祁修瑾手牽著手離開了花園。

沿前路回去的時候，裴銳又冒了出來。

「蘇大人正往這邊來，咱們還是別走這條路了，換一條路吧，一會兒該碰上了！」他胡亂指了條道：「我記得這條道也可以下山。」

他性子混，平常不幹正事，專愛和狐朋狗友們四處閒逛，這樣的野地也不知來了多少回，幾乎就沒有他不認得的路。

祁修瑾順著他指的方向看去，皺了眉頭。「沒別的路了？」

「都什麼時候了，還這麼挑。」裴銳說道：「這條道只是看起來不太好走，走過前邊這點距離，後面就好走了，比廣源寺正門那邊下山還快些。還是趕緊走吧，先把瞳瞳送回蘇府要緊。」

祁修瑾仍然擰著眉。

蘇瞳拉了拉他的衣袖。「沒事的，就這種小路，我又不是沒走過，我還沒這麼嬌弱。從前在景溪鎮，還和你一起下過地上過山呢，你當時還被螞蟥咬過，還記得嗎？」

蘇瞳前世什麼苦沒吃過，走幾條有些坎坷的山路算得了什麼，她絲毫沒放在眼裡。

想起從前在景溪鎮的生活，祁修瑾的眉頭鬆了鬆，但仍是不太願意讓她走這樣的路。山路崎嶇石子兒鋒利，他擔心一個不好會把她摔著了傷著了。

猶豫片刻，他在蘇瞳的面前彎下腰，示意她趴到自己背上。

「我背妳下去。」

不遠處裴銳聽見這話，險些沒一腳踩空摔下山去。

他勉強站穩身形，與一旁面色也有些古怪的沈落說道：「你們家殿下可真夠紆尊降貴的，堂堂一國太子，尋常冷著張臉，滿朝文武都不敢招惹的人物，如今這般體貼，若是讓那些人瞧見他如今這副模樣，不嚇壞才怪。我懷疑我是不是眼花看錯了。你捏我一把，我不是作夢吧？」

沈落毫不客氣地掐了他一下。

疼得裴銳嗷嗷叫。「哎喲疼死我了！我說，你也用不著這麼用力吧，小爺險些被你掐掉一整塊肉來！」

「小侯爺，是您讓屬下掐的。」

「。算了，小爺不和你計較！來，背小爺下山。」他擠眉弄眼地指了指前面背著蘇曈的祁修瑾。

「小侯爺太重了，屬下背不動，您自個兒下山吧！小的先走一步。」沈落輕功好，一下子就離裴銳遠遠的。

裴銳咬著牙走在後面，一步一步慢慢挪下去。

算了，誰讓他沒人疼呢！

一行人走得磕磕絆絆，總算順利下了山。

祁修瑾雖然背著蘇曈，但他有武功，下盤穩，一次都沒摔過，沈落輕輕鬆鬆下來。而裴銳，卻是不知怎麼的，摔了好幾回，衣服都被刮破了，相當狼狽。不過好在太子爺沒出事，他鬆了口氣。

「這處小村寨很隱秘，四面環山，只有一條小道直通外面，我也是來過幾次才知道的，蘇大人肯定不知道，咱們趕緊回去，鐵定能在他之前趕回蘇府。」

裴銳得意地說完，拍了拍身上髒兮兮的衣服，卻沒聽見眾人的回應。

他話音說完，祁修瑾面色不變。

蘇瞳望著他的背後，突然問道：「你說的小道，是你背後的那條嗎？」

「對啊，妳怎麼也知道？莫非妳也來過這裡？」他奇怪地問道。

蘇瞳神情古怪，祁修瑾面無表情：「你轉身看看。」

裴銳轉身，看見小道盡頭，蘇昊遠黑著臉，氣勢洶洶地帶領著一隊人馬朝這邊過來。

「。他怎麼知道這條小道的？——不對，他方才不還在廣源寺後山嗎，怎麼這麼快就找到這裡了？」

第七十五章

一行人被蘇昊遠帶著蘇府護衛抓回了蘇府。

蘇藍氏一直等在門前，見蘇昊遠總算帶著人回來了，大鬆了口氣，但是在看見裴銳渾身狼狽，一身摔傷之後，嚇了一跳。

「這是怎麼了？你們去了哪裡，怎麼這般狼狽？」她拉著蘇瞳，上下看了幾眼，沒看見什麼傷，但仍是不放心。「回房讓娘瞧瞧妳身上有沒有傷。」

「娘，我沒事。」

「瞳瞳，妳跟妳娘先回房，爹還有話要跟太子殿下說。」蘇昊遠語氣冷靜，盯著祁修瑾不放。

蘇瞳不放心地看了祁修瑾一眼。

「爹，您別太生氣了，太子畢竟是太子，你千萬不要衝動。」

蘇昊遠不知道是該氣還是該笑。「閨女，妳這胳膊肘往外拐得也太厲害了，如今妳還沒嫁到他們皇家呢，就處處向著他了，以後還得了？放心吧，他好歹也是太子，爹就算再生氣，難不成還能打死他？」

蘇曈抽了口氣。本來沒這麼擔心的，您這麼一說，我還真有點不放心了呢！

「曈曈，妳放心，岳父大人有分寸，不會對我做什麼的。我正好也有話要跟岳父大人說。」祁修瑾很淡定，朝她笑道。

把蘇曈和其他人打發走後，蘇昊遠把祁修瑾請到了自己的書房。

書房裡格外安靜。

兩個男人對立而視，誰也沒開口。

直到許久，蘇昊遠嘆了口氣，終於出聲。「太。」

「岳父大人，您可以直接喚小婿的名字。」祁修瑾說道。

他的態度十分恭謹謙遜，一點都看不出身為皇子的倨傲與高貴，在蘇家人的面前，他表現得並不像對其他人那般冷淡。

蘇昊遠自然也知道他能做到這一步的原因是什麼。

但這並不代表，他就會因此而接受自己的閨女要嫁給眼前這個臭小子的事實。

蘇昊遠輕哼一聲。「太子殿下，我的閨女才貌雙全，心靈手巧，在我心裡，她配誰都綽綽有餘。皇家的媳婦不好當，若是可以選擇，下官絕不願意讓她嫁給太子殿下。你的身分注定了將來不可能只有一個女人，可曈曈她向來是個有主見的孩子，我瞭解她，她不會願意接受自己的夫君擁有三妻四妾。——行了，你也別出聲，我知道你想說什麼，無非就是說你心裡只有她，絕不負她。如今你還年輕，自然覺得自己守得住諾言，可將來等你登上了那個

位置，你就會發現，許多事情不是你想如何便會如何的。」

祁修瑾搖頭。「岳父大人，您或許不知道，祁家雖然身為大盛朝的皇族，但從皇祖父那一代開始，就已經定下了一條新的族規，族中男人只娶一妻，絕不納妾。當年皇祖父對皇祖母一心一意，卻在酒後被算計，幸了一名宮女，鑄成大錯，之後便定下了這條規矩。後宮的妃子們，他一個都沒碰過。您若是不信，可以去問一下如今還活著的太妃們。當年皇祖父散盡後宮，願意離宮嫁人的妃子都假死出宮，被皇祖父安排了極好的親事，而願意留下的，皇祖父除了不能給她們一個丈夫才能給予的寵愛，卻給了她們家族數不盡的好處。」

「不僅是皇祖父的後宮，父皇如今的後宮亦是如此。」

蘇昊遠還真沒想過，坐擁大盛朝江山的祁家，竟然還會有這樣匪夷所思的族規。無意中知道了大盛朝皇室這麼大的隱秘，蘇昊遠啞口無言，一時不知道該說什麼。

誰能想到大盛朝兩朝皇帝都是情種，弱水三千，竟然會只取一瓢飲？許多普通百姓尚且還三妻四妾都不滿足。

「先帝與陛下如此情深，令人敬佩，但他們是他們，你。」

「我知道你的顧慮。」祁修瑾走到蘇昊遠的書桌前，提筆快速寫下一行字，拿出自己的私印輕輕一按。「這是我的承諾，也是我的誠意。」

蘇昊遠看清那行字以後，再也說不出話了。

久久，他才吐出一句。「曈曈便交給你了，有你這一句話，我如今已經沒什麼不放心的

了。」

蘇曈站在外面等了許久，才等到祁修瑾和蘇昊遠雙雙從書房中出來。

她仔細觀察了一下，似乎兩人之間沒發生什麼不愉快，甚至氣氛還挺和諧的。

蘇昊遠面容和善，語氣平和。「太子殿下，雖說你與曈曈大婚在即，往後就是一家人了，但規矩就是規矩，還請您多忍耐一段時間，大婚前儘量不要再與曈曈見面，以免壞了規矩，也讓旁人笑話。」

祁修瑾點頭。「岳父大人放心，今日是我考慮得不夠周到，以後我會注意的。」

蘇曈看得有些好奇，祁修瑾都說了些什麼，明明之前她爹還黑著臉，一副要跟他算帳的樣子，可如今竟然變了個態度，甚至看他的眼神隱隱有些欣賞。

她正想問，蘇昊遠突然看了她一眼。「曈曈，妳就要嫁為人婦了，怎麼還是這般不懂規矩？大婚前不得與太子見面，從今日起，妳不得走出房門半步，快回妳的房間去！」

蘇曈懵了。

這還是她爹第一次這麼跟她說話。她爹究竟被祁修瑾怎麼了？轉眼就變了個人一樣。

「爹，請問我還是您最疼愛的小寶貝嗎？」她噘嘴問。

祁修瑾發出一聲低笑。

蘇昊遠不由失笑。「行了，再給你們半個時辰的時間，好好說會兒話，半個時辰後，若

是太子殿下還不走，我便親自攆人。別怪我沒提醒你們。」

說完，他背著手慢悠悠地走了。

蘇昊遠走後，蘇曈問祁修瑾。「你跟我爹說什麼了，他的態度怎麼變得這麼快？」

祁修瑾捏了捏她的臉頰。「岳父大人太難籠絡了，我為了妳，說盡了好話，拍了不知多少馬屁，才哄得他對我轉變了態度，勉強同意我娶他最疼愛的小寶貝。」

蘇曈拍開他的手。「少來這套。我爹不是拍幾句馬屁便會改變想法的人，老實交代，你跟他都說了什麼？」

「好好好，我說。」祁修瑾唇角彎了彎，突然攔腰將她公主抱，壞笑著在她耳畔低聲說了一句話。

蘇曈的臉瞬間紅了。

「。祁修瑾，你流氓！」

回應她的，是某人開懷的笑聲。

這一日之後，蘇曈在府裡安心待嫁，祁修瑾也再沒來過蘇府。

只是，每一日，都有一車又一車的東西從宮中被送進蘇府，全都是太子殿下從各地搜羅來的奇珍異寶。

除此之外，陛下和皇后娘娘也時不時地賞賜下來大堆的東西，如流水一般地送到蘇府，

堆得整個蘇家庫房滿滿的，暗地裡看得盛京城的許多人眼眶都發紅了。

太子的大婚之日，就在整個大盛朝百姓的關注下到來了。

這一日，豔陽高照，從蘇府鋪到皇宮的紅毯灑滿了花瓣，太子殿下一身喜服，騎著高頭駿馬一路從皇宮來到蘇府門前，唇角笑意不絕，俊美無儔，無意中不知勾走了多少芳心。

太子大婚，舉朝同慶，大赦天下。

宴席熱鬧喧囂，祁修瑾覷著時機偷溜回新房。

執玉如意挑起龍鳳呈祥紅蓋頭，微微抬起的傾城佳人眉眼如畫，攝人心魂。

「娘子，妳真美。」

他愣怔半晌，才緩緩道。

五年後。

太上皇扔下堆積成山的摺子，偷偷帶著皇太后溜出宮四處遊玩，即位不到半個月的新帝祁修瑾捏著眉心在御書房處理政事。

一旁，蘇皇后鍥而不捨地問著同一個問題。

「哥哥，你就告訴我吧，當年你究竟跟我爹說了什麼，才讓他突然轉變了態度？」

祁修瑾撈過她的身子，在她唇上狠狠親了一下，揉了揉她的腦袋。「乖，哥哥先看完這批摺子，晚上妳想知道什麼都隨妳，絕不瞞妳。」

蘇曈翻了個白眼。「你昨兒也是這麼說的。」

這人慣會敷衍自己，每次提到這個，他就轉移話題，甚至還動手動腳，害得自己每每都被轉移了注意力，都五年了也沒問出什麼來。

她不是沒試圖去問過她爹，可是她爹的嘴更緊，她用了無數法子都沒用。原本她只是有些好奇，隨便問了句，可後來隨著時間的流逝，越是問不出，她就越心癢癢，竟是成為一種執念了。

「你說不說，不說是吧？那今兒個你就吃王公公做的午膳，別想碰我的。」蘇曈撇嘴。

祁修瑾如今被她的廚藝養刁了胃口，讓他去吃別人做的飯菜，就相當於讓他餓著肚子了。

更何況，王公公壓根兒就沒下過廚。

祁修瑾將摺子放下，輕輕一拉她的手，將她拉到自己懷裡，直接抱了起來。「看來皇后是太閒了，正好朕看摺子也看累了，打算回寢宮歇息一下，皇后不如陪我一起吧！」

他尾音拖腔帶調，話音意味深長，蘇曈瞬間有股不太妙的預感，忙道：「我想起來霖兒那小子前幾日好像說過想吃葫蘆雞，念了好些天了，正巧今兒得空，還是滿足他吧！哥哥，你放我下來，我要去御膳房。」

霖兒是他們的兒子祁霖，一出生便被太上皇封為皇太孫，祁修瑾即位後，他便順理成章成了太子。如今才三歲，性子頑劣調皮，最愛跟著表叔裴銳在盛京城四處晃蕩，蘇曈管都管

不住。

但他卻只怕一個人，這個人便是他的父皇。

祁修瑾輕哼一聲。「合著，朕只配吃王公公做的飯菜，這臭小子卻能吃皇后做的葫蘆雞？皇后娘娘，是否太過厚此薄彼了？是朕昨兒晚上不夠賣力，讓您對我有什麼不滿嗎？」

他眼微眯，腳下步伐不停，蘇曈被他抱著，從御書房往寢宮方向走去，一路上遇到的宮女內侍皆紛紛掩目退避。

雖然成親幾年，這樣的情形經常發生，但蘇曈仍覺得臉上火辣辣的，又羞又惱。

「。陛下，哥哥，你先放我下來，有話好好說。」她拽住祁修瑾的衣袖，將五爪龍袍揪得起了皺褶，語氣可憐巴巴地。

此時，他們正穿過一道遊廊，清風徐徐，遊廊兩邊栽植的鮮花香飄十裡，片片花瓣落在綠茵茵的草地上，醉人心脾。

祁修瑾突然停下腳步，低眉看她，唇角勾了勾。

蘇曈目光微微一閃，從他的眼中似乎看到了某種令她覺得危險至極的意味。

下一刻，她便聽見他慢悠悠地道：「好啊，此處風景甚美，朕一直想與皇后一起在此擺上一桌好酒好菜，酌酒賞花，只可惜總是找不到機會。今兒正巧，既然皇后如此有興致，朕也不能拂了皇后的美意。」

「來人。」他揚聲。「備酒菜，朕與皇后在此酌酒賞花，任何人不得前來打擾。」

內侍擺上了一桌子酒菜，很快退了下去。

整個園子靜得偶爾只能聽見幾聲鳥鳴。

祁修瑾拉著蘇曈的手，任她掙扎也無法掙開，笑道：「不是皇后要在此處賞花的麼，怎麼這般不情不願的？」

蘇曈瞪他一眼。「誰要在此賞花了，御花園裡的花比這好看多了，我就算要賞花也去御花園，明明是你故意曲解我的話。」

「哦，原來皇后更喜歡御花園。妳早說啊，妳不說，朕怎麼知道妳想什麼？」祁修瑾笑著捏了捏她的下巴，分明以前還敢調戲他，成親五年，她的臉皮反而薄了，隨意調侃幾句，臉便紅得似要滴出血來，可愛極了。

「。祁修瑾！」

「叫哥哥，或者叫夫君也成。」祁修瑾笑著將她摟進懷裡，把玩著她頭上的髮飾，這是他近日新添的一個小愛好。

蘇曈簡直快要被他氣死了，當初明明那麼乖的一個人，怎麼大婚之後，就變了一個樣，霸道強勢，還腹黑。從前多好啊，對她千依百順，如今整日裡都跟她對著幹，還跟個餵不飽的大灰狼似的。

不知想到了什麼，蘇曈的臉瞬間紅得不行，不甚自在地撇開頭。

她的異樣立即被某人捕捉，摩挲著她如珍珠般瑩白圓潤的耳垂以及流蘇耳墜，好整以暇

地問道：「皇后想到了什麼，怎麼臉這麼紅？」

蘇曈不想理他，深吸口氣，總算把那股躁熱壓下去，她算了算時辰，輕聲細語地哄道：「哥哥，霖兒應該快回宮了，你先放開我，一會兒若是讓他瞧見了不好。」

「有什麼不好的？」

「。霖兒還小。」她磨了磨牙。

「我知道霖兒還小，可這和我們賞花有什麼關係？」祁修瑾忍笑。「莫非皇后想與朕做些什麼少兒不宜的事情。」

蘇曈牙齒磨得咯吱咯吱響，靜了許久，終於忍無可忍，轉頭便在背後男人的脖子上狠狠咬上一口。

叫你故意曲解我的話。

叫你故意捉弄調侃我。

疼死你！

「嘶——」祁修瑾倒吸一口涼氣，忍痛道：「曈曈，妳要謀殺親夫嗎？」

看來真的氣狠了。

雖然脖子處疼得很，祁修瑾眼中卻始終帶著溫柔的笑意。

此刻他席地而坐，背靠廊柱，蘇曈坐在他腿上，手腳都被他禁錮著不能動彈，卻扭著脖子向後咬住他的脖子，動作難度極大，也極曖昧。

他忍著疼，鬆開蘇曈的手，繼而輕掐著她的纖腰，將她的身子轉了過來。

蘇曈剛鬆口，沒忍住又在他脖子上咬下一口。

這回她咬得比上回更用力，痛得祁修瑾臉色都變了。

「曈曈，別咬了，妳不是想知道當年我跟岳父說了什麼嗎？我這就告訴妳。」

「呵呵，我現在不想知道了。」

「。」

「表叔，我剛從外祖父的書房偷回了父皇當年的墨寶，聽說就是因為這個，外祖父才對父皇刮目相看，讓他如願娶了母后。你說，我若是把它送給母后，母后會不會同意做葫蘆雞給我吃？」

遊廊外，祁霖小手被裴銳牽著，邁著小短腿，滿臉期待。

他剛問了內侍，父皇和母后就在這附近賞花，此刻他們心情肯定很好，他今兒應該能如願以償。

然而，沒等靠近遊廊，他就聽見從不遠處花叢中傳來奇怪的喘息聲。

裴銳停住腳步，臉色古怪地拉著他往回走。「霖兒，你父皇母后不在這裡，我想，他們應該是在御書房，咱們去那找找看吧！」

祁霖張看了兩眼，他身子矮小，看不見遠處花叢被壓得坍塌了大半，草地亂糟糟的，只

聽見方才那喘息聲似乎更大了些。「好吧，那咱們去御書房。」

裴銳鬆了口氣，抱起他就要走人。結果剛要走，他就聽見母后的聲音。

「祁修瑾，你還要不要臉，你唔。」

祁霖眼睛微微一亮。「父皇和母后就在這裡！」

「表叔，你先把我放下來，我要去找父皇母后。」

裴銳摀住他耳朵，腳步不停，飛快地往外走。「你聽錯了，他們不在這裡，咱們去御書房等他們吧！」

「我沒聽錯啊，剛才那個真的是母后的聲音。哎呀，表叔，父皇的墨寶掉了，你放我下來，我要回去撿。」

掙扎間，祁霖的聲音漸漸遠去。

被他抓得皺巴巴的一張紙被風吹得在空中盤旋幾圈，正好落在蘇瞳的手邊。

蘇瞳剛罵完祁修瑾，被他按在花叢中折騰了一番，此刻衣衫凌亂，髮髻散亂，聲音沙啞得不像話。

餘光瞥見一張微微發黃的紙張，她隨手抓來掃了一眼，眼中的光芒如春水一般柔和，唇角微勾，一把勾住上方祁修瑾的脖子，化被動為主動，反將他狠狠壓在了花叢中。

落英一地，香飄滿園。

——全書完

2019年9月出版

賴上皇商妻

文創風 784～787

穿越醒來變成農村女童，加上便宜老爹、軟弱姊姊與半路後娘，
這一家子嗷嗷待哺的該怎樣才能活下去？她只好拿出本事，
把平凡食物經營成「在地」名產，創造「外銷」機會！

真愛不請自來 真心只待有情人／頡之

怎麼一睜眼醒來，眼前就是一群男女老少吵鬧不休，烏煙瘴氣的，
還有個瘦弱的女孩挨打，而自己竟然變成十一歲的小女孩？！
原來是穿到這個荒涼的古代小農村，成了名叫蘇木的農村女，
那瘦弱的女孩便是自己親姊姊，親娘難產早逝，
留下兩姊妹跟著孝順又耳根子軟的老爹，還有一家子重男輕女的親戚，
怎麼感覺這新生命似乎比前生更苦難呢……

為流浪貓狗加油 和貓寶貝 狗寶貝 廝守終生(一定要終生喔！)的幸福機會

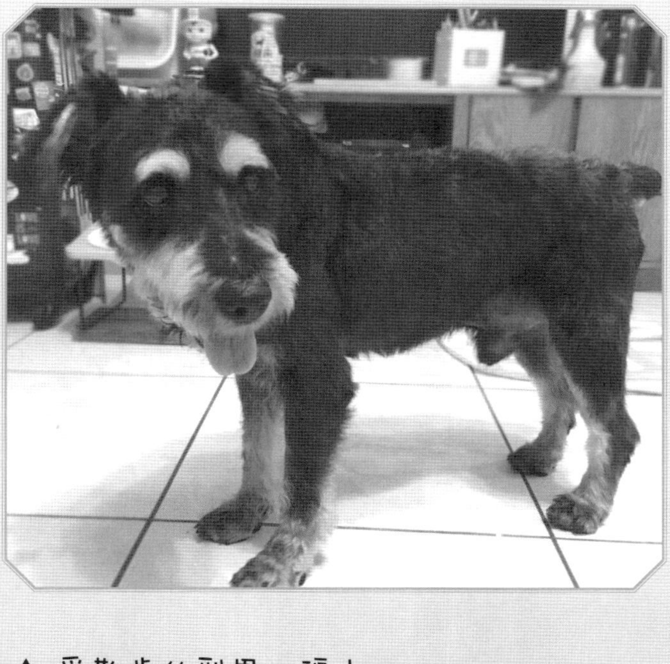

對人來說，貓寶貝狗寶貝只是生活的一部分，但妳（你）對牠們來說，卻是生活的全部，領養前請一定要考慮清楚——

▲ 愛散步的型男　福山

性　　別：男生
品　　種：雪納瑞
年　　紀：獸醫推估約8～10歲
個　　性：較安靜、喜歡散步
健康狀況：（1）約8.7kg；
（2）四合一快篩通過；
（3）有輕微白內障，但不影響視力

『福山』的故事：

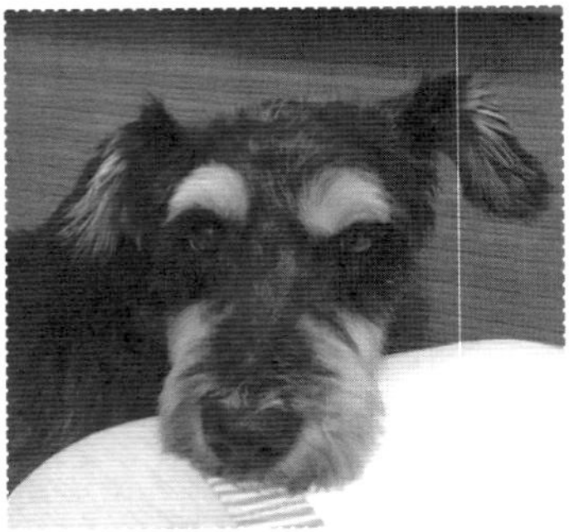

在今年6月20日，有好心人在新北市秀朗橋附近撿到福山，並將其送至中和收容所安置。然而福山在收容所住了一個月，仍沒等到主人來認領，因此中途便決定要幫牠尋找一個永遠的家。

中途表示，福山看起來不論什麼狀況都能很淡定，帶點佛系的感覺；也覺得有些像福山雅治一樣帥氣的氣質，所以暫時取名福山（笑）。中途進一步提到，他和福山同居的當晚，福山就能安靜地一覺熟睡到天亮，適應力超強！

問到關於福山的個性時，中途說，福山平時在家較安靜，不常吠叫，就靜靜地到處閒晃，或趴著休息，但是一發現有人回家，便會開心地去迎接，跟前跟後；另外，福山非常喜歡散步，且很會配合人類的步伐及側身跟隨，不會到處亂跑。

外冷內熱的福山十分乖巧，牠會是個很好的陪伴者喔！若您喜愛福山，歡迎來信orangemoon123@gmail.com（來信請簡單自我介紹）。

認養資格及注意事項：

1. 認養者須獲得全家人的同意，租屋者須徵得房東同意， 絕不可因任何原因及理由而隨意棄養！
2. 須同意簽認養寵物切結書，亦須同意送養人日後之追蹤。

來信請說明：

a. 個人基本資料：姓名、性別、年齡、家庭狀況、職業與經濟來源等。
b. 想認養福山的理由。
c. 過去養寵物的經驗，及簡介一下您的飼養環境。
d. 若未來有結婚、懷孕、出國或搬家等計劃，將如何安置福山？

文創風 798

犀利小廚娘 3 完

國家圖書館出版品預行編目資料

犀利小廚娘 / 遲小容著. --
初版. -- 臺北市 : 狗屋, 2019.11
冊 ; 公分. --（文創風）
ISBN 978-986-509-050-0（第3冊：平裝）. --

857.7　　108015638

著作者	遲小容
編輯	林俐君
校對	沈毓萍
發行所	狗屋出版社有限公司
地址	台北市104中山區龍江路71巷15號1樓
電話	02-2776-5889～0
發行字號	局版台業字845號
法律顧問	蕭雄淋律師
總經銷	知遠文化事業有限公司
電話	02-2664-8800
初版	2019年11月
國際書碼	ISBN-13　978-986-509-050-0

本著作物由廣州阿里巴巴文學信息技術有限公司授權出版

定價250元

狗屋劃撥帳號：19001626

網址：love.doghouse.com.tw　E-mail：love@doghouse.com.tw